Und sie
sollen von seinem
Blut
nehmen

Magnus Mahlmann

Und sie
sollen von seinem
Blut
nehmen

Ein Fall für Laurenz Broich

J.P. BACHEM KRIMI

Bibliografische Information der Deutschen Nationalbibliothek
Die Deutsche Nationalbibliothek verzeichnet diese Publikation
in der Deutschen Nationalbibliografie; detaillierte bibliografische
Datensind im Internet über **http://portal.dnb.de** abrufbar.

Porträtfoto hintere Umschlaginnenseite: © B. Dünkelmann;
Seite 228: © fotokostic, istockphoto

1. Auflage 2019
© J.P. Bachem Verlag, Köln 2019
Alle Rechte vorbehalten.
Titelillustration und Satz: Petra Drumm, Köln
Lektorat: Astrid Roth, Köln
Druck und Bindung: CPI books GmbH, Leck
Printed in Germany

Originalausgabe

ISBN 978-3-7616-3339-7 Buchausgabe
ISBN 978-3-7616-3404-2 PDF
ISBN 978-3-7616-3405-9 EPUB
ISBN 978-3-7616-3406-6 MOBI

Aktuelle Programminformationen finden Sie unter:
www.bachem.de/verlag

1

Dienstag, 4. September

Die Fassade blendend weiß, die Fenster bodentief, dezente Einblicke in stilvoll designte Domizile, so würde es hier aussehen. »Topsanierte Altbauwohnungen in aufstrebendem Quartier«, die Käufer würden Schlange stehen.

Jetzt war da nur schäbiges Mauerwerk, abgeplatzter Putz, und in Kniehöhe malten sich parabelförmige Rückstände von Hundepisse ab. Hier brauchte es nicht nur Investitionen, sondern vor allem Fantasie. Eine Vision. Es brauchte Visionäre.

Ulrike Rössner war eine solche Visionärin. Seit knapp dreißig Jahren schon zogen sie und ihr Mann als Pioniere des zeitgemäßen Wohnens durch die Republik, praktisch seit der Wende. Aber selbst damals hatte das Geschäft nicht so geboomt wie heute. Berlin, Leipzig, Magdeburg, jetzt eben Köln, rechtsrheinisch, sehr heterogenes Viertel mit viel Potenzial. Sie konnte das sanierte Gebäude über die Gläser ihrer randlosen Brille hinweg vor sich sehen. Sie hatte den Willen, es nach ihren Wünschen zu gestalten. Und die Mittel dazu.

Aber sie hatte leider auch ein unappetitliches Problem. Wesentlich unappetitlicher als die tierischen Markierungen an der Wand. Darum stand sie an diesem Vormittag vor der abgewetzten Tür mit der Hausnummer dreizehn und wartete auf den vermutlich seltsamsten Termin ihrer Karriere.

Ein steinalter Beetle bog um die Ecke und hielt ein paar Meter entfernt. Eine Frau stieg aus und winkte. Das musste sie sein. Die Detektivin. Ende dreißig, Lederjacke, Nasenpiercing, breites Lächeln, kräftiger Händedruck.

»Frau Rössner? Ich bin Linda Broich.«

»Angenehm.«

»Abwarten«, brummte Linda. »Die meisten Leute rufen mich ja dann, wenn es gerade nicht angenehm ist. Was bei Ihnen wohl zutrifft.«

»Allerdings.«

Ulrike Rössner zog ein Schlüsselbund aus ihrer Handtasche und öffnete die Tür. Linda folgte ihr in einen hohen Hausflur voller Baumaterial – Schlagbohrmaschine und Industriestaubsauger, Stapel von Zementsäcken und Kübel voller Schutt. Auf der linken Seite fehlte die Wohnungstür. Stattdessen klebte ein transparenter Staubschutz im Rahmen. Handwerker waren nicht zu sehen.

»Vier Etagen, acht Parteien«, sagte Ulrike Rössner. »Nur zwei Wohnungen sind noch bewohnt. Im ersten Stock haust ein junger Mann – komischer Kauz, ein Computernerd. Und oben links, unter dem Dach, lebt eine alte … Dame. Direkt darunter ist die Wohnung, um die es geht.«

Sie stiegen die Treppen hinauf.

»Wann haben Sie das Haus erworben?«, fragte Linda.

»Vor einem knappen halben Jahr.«

»Und standen die Wohnungen da bereits leer?«

Die Immobilien-Entwicklerin blieb auf dem Treppenabsatz stehen und wandte sich zu Linda um.

»Ich weiß natürlich, was Sie denken. Dass wir hier systematisch die alten Mieter rausekeln, um die sanierten Wohnungen an junge Hipster zu verkaufen. Glauben Sie mir, ich kenne alle Stereotype. Sie sehen ja, was hier alles getan werden muss in diesem Objekt. Jahrzehntelanger Sanierungsstau. Die Mieter hätten zu Vorzugspreisen kaufen können. Leider hat niemand unser großzügiges Angebot angenommen. Was ich bedaure.« Sie drehte sich wieder um und ging weiter die Treppe hinauf, Linda folgte.»Der Baulärm vertreibt natürlich auch viele Leute«, sprach sie weiter,»und generell ist ein leeres Haus leichter zu sanieren als ein bewohntes, keine Frage.«

Sie nahm immer zwei Stufen auf einmal, machte in ihrem eleganten Hosenanzug den Eindruck einer Frau, die mit ihren vielleicht fünfzig Jahren schon einige Widerstände im Leben überwunden hatte und es gewohnt war, Probleme anzupacken und zu lösen. Im vorletzten Stock angekommen öffnete sie eine Wohnungstür. Der scharfe Geruch frischer Farbe wehte ins Treppenhaus.

»Nach Ihnen«, sagte sie.

Linda betrat eine Wohnung, die in ganz unterschiedlichen Zuständen zugleich zu existieren schien. Im Flur waren die Tapeten entfernt, im Bad sämtliche Installationen herausgerissen und die Kacheln abgeschlagen, man sah den bröseligen Backstein. Die in Siebzigerjahre-Orange gehaltene Einbauküche hingegen wirkte, als kämen die Bewohner demnächst aus dem Urlaub zurück. Das vormalige Wohnzimmer wiederum lebte als Schattenreich weiter – helle Umrisse an den Wänden dokumentierten ganz deutlich, wo einmal der Wandschrank, das Sofa, der Fernseher gestanden, wo Bilder und wo eine Uhr gehangen hatten. Zwei weitere Räume schienen bereits renoviert – der Dielenboden war abgeschliffen, die Wände grell weiß gestrichen.

Umso klarer zeichneten sich darauf die dunkelbraunen Spritzer ab. Als hätte jemand eine mit Kakao gefüllte Wasserpistole abgefeuert. Und zwar sehr oft. Im größeren der beiden Räume klaffte dort, wo man eine Lampe vermuten würde, ein großes Loch in der Decke. Leider war es kein Kakao, das hatte Ulrike Rössner Linda gestern am Telefon erklärt. Was die neue Klientin allerdings nicht erwähnt hatte, waren die kleinen Überwachungskameras, die in jedem einzelnen Raum angebracht waren.

Linda holte ihren Fotoapparat aus der Handtasche.

»Das erste Mal war hier.« Die Rössner deutete mit dem Finger auf eine bestimmte Stelle auf dem Boden. »Ich hatte einen Termin mit dem Maler und dem Parkettleger, die sich die Wohnung ansehen wollten, für Kostenvoranschläge. Das hier war die erste Einheit, die frei wurde. Da wollte ich schon mal anfangen. Doch dann war da plötzlich diese Blutlache hier. Direkt darüber hatte vorher eine Deckenlampe gehangen, da guckte nur das Stromkabel heraus und daran klebte auch Blut. Als wäre es direkt aus dem Kabel getropft. Ich dachte, dass sich irgendwer einen üblen Scherz erlaubt hat – wie auch immer er hier hereingekommen sein mag. Da habe ich auch noch nicht geglaubt, dass es sich wirklich um Blut handelt. Ich dachte, eine Art Kunstblut vielleicht. Ich habe alles wegmachen lassen. Als dann der Maler anrückte, war die Lache wieder da. Und auch die ersten Spritzer an der Wand. Mein Verdacht fiel auf Frau Fischenich. Das ist die alte Dame, die hier drüber wohnt. Sie wehrt sich beharrlich gegen die Sanierung, weigert sich aber auch, auszuziehen. Rausklagen kann ich sie schlecht, sie wohnt quasi schon ihr ganzes Leben hier.«

»Was genau war denn Ihr Verdacht?«, fragte Linda, während sie die Spritzer an der Wand fotografierte.

»Ich dachte, die alte Dame – oder irgendein Helfer – will irgendeine Horrorgeschichte inszenieren, um die Handwerker zu vergraulen oder auch mich als Investorin. Die Decken und Böden hier im Haus sind aus Holz, teilweise mit einer Mischung aus Lehm und Stroh verfüllt, wie in solch alten Häusern üblich. Ich hätte es zumindest für denkbar gehalten, dass jemand von oben die Decke anbohrt und rote Farbe durch einen Schlauch herunter leitet. Darum hab ich die Decke aufreißen lassen.«

»Aber da war kein Schlauch«, sagte Linda, stellte sich direkt unter das Loch und fotografierte es ebenfalls.

»Richtig. Und eine Weile war Ruhe. Der Spuk, oder was immer das gewesen sein mochte, schien vorbei zu sein. Die Handwerker legten los. Aber eines Morgens, als sie herkamen, war wieder alles voller Blut. Da habe ich die Polizei informiert. Und die haben dann Proben genommen.«

»Und es war tatsächlich menschliches Blut«, sagte Linda.

»Blutgruppe B positiv. Mehr als das war wohl nicht herauszufinden. Vielleicht ist der Fall längst zu den Akten gelegt worden.

Und als dann zwei Tage später – da war hier erneut frisch gestrichen – wieder am Morgen alles voller Blutspritzer war, haben die Handwerker den Job hingeschmissen.«

»Und daraufhin haben Sie diese Kameras installieren lassen?«

»Genau.« Ulrike Rössner nickte. »Ich wollte einfach wissen, was hier vor sich geht. Offenbar muss sich das nachts ereignen. Die Kameras haben Bewegungsmelder. Wochenlang war gar nichts. Letzten Donnerstag hab ich dann wieder neu streichen lassen. Und Freitagmorgen kam ich her, und da – alles voller Blut.«

»Und die Kameras haben nichts aufgezeichnet?«

»Überhaupt nichts. Dabei sind sie technisch einwandfrei, das habe ich prüfen lassen.« Sie steckte die Hände in die Taschen ihrer Bundfaltenhose. »Da war meinem Mann und mir klar, dass wir andere professionelle Hilfe brauchen. Mein Mann hat im Internet recherchiert und gesehen, dass es tatsächlich Dienstleister gibt, die auf paranormale Phänomene spezialisiert sind.«

»Geisterjäger, sozusagen.«

»Das war mir natürlich viel zu unseriös. Darum dachte ich, wir versuchen es mal mit einem Detektivbüro. Ich hoffe doch sehr, dass Sie diesen Fall übernehmen?«

»Nun«, sagte Linda, »ich möchte zunächst …«

Zaghaft klopfte es an der offen stehenden Wohnungstür. »Entschuldigung, ich hatte Stimmen gehört. Da bin ich aber froh, dass Sie es sind, Frau Rössner.«

Linda musterte die zerbrechlich wirkende alte Frau, die im Türrahmen stand. Ihr ungekämmtes weißes Haar hatte einen lilafarbenen Stich. Da sie weder Mantel noch Jacke trug, ging Linda davon aus, dass es die alte Dame aus dem obersten Stock war.

»Ich frage mich manchmal, ob nicht doch die arme Rosalinde umgeht«, sagte die Frau und legte den Kopf schief.

»Rosalinde?«, fragte Linda.

Die Rössner wedelte unwirsch mit der Hand und sagte: »Wir haben hier alles unter Kontrolle, Frau Fischenich.«

»Wer ist Rosalinde?«

»Eine alte Gruselgeschichte«, antwortete Ulrike Rössner anstelle von Frau Fischenich. »Angeblich ist in dieser Wohnung eine junge Frau ermordet worden. Vermutlich eine Prostituierte.«

»Bitte?«, Linda war wirklich erstaunt. »Und das erzählen Sie mir so nebenbei?«

»Ja, weil es nichts zur Sache tut. Der Mord – wenn es ihn denn wirklich gab – soll sich 1951 ereignet haben. Ich glaube eher, dass jemand die Geschichte herausgekramt hat, weil sie gut zu diesem Blut-Stalking passt.«

Frau Rössner warf Frau Fischenich einen vernichtenden Blick zu.

»Glauben Sie, was Sie wollen«, entgegnete die alte Frau bitter. »Ich werde jetzt selbst etwas unternehmen.«

»Aha«, erwiderte die Rössner kühl. »Und was, bitte?«

»Ich werde mich an die Kirche wenden«, sagte Frau Fischenisch mit todernster Miene. »Wenn dieses Haus tatsächlich von einer unerlösten Seele heimgesucht wird, dann kann vielleicht ein Priester helfen. Gleich morgen kümmere ich mich darum, dann werden wir ja sehen.«

»Na, großartig«, murmelte Linda.

»Herr Pastor? Darf ich Sie einen Moment stören?«

Laurenz zog den Schlüssel aus dem Schloss der Pfarrhaustür, wandte sich um und wünschte sich dringend eine Augmented-Reality-Brille, die ihm den Namen von jedem seiner zwanzigtausend Gemeindemitglieder anzeigte, wenn sie ihm plötzlich gegenüberstanden. So wie in diesem Augenblick die Dame mit Dauerwelle und Steppweste, die vermutlich zur Frauengemeinschaft gehörte, vielleicht aber auch zum Bücherei-Team oder zu einem der fünf verschiedenen Kirchenchöre – oder zu allen. Ihr Gesicht jedenfalls kannte er irgendwoher.

Sie sah seine Not und sagte:»Hartlaub, Elke Hartlaub, ich bin eine Nachbarin von Ihnen. Also eigentlich von Ihrer Schwester und Ihrem Großvater. Ich erinnere mich noch, wie Sie als Kind hier um die Kirche herumgetollt sind.«

»Aber natürlich!« Laurenz schob den Hausschlüssel in die Hosentasche und reichte ihr die rechte Hand, während er mit der Linken einen Aktenordner unter die Achsel klemmte. Vermutlich hatte er sie das letzte Mal gesehen, als er neunzehn war. Sie gehörte gar nicht zur Gemeinde, sie war evangelisch oder konfessionslos oder irgendwas. Aber irgendwie gehörte sie natürlich trotzdem dazu, wie alle im Veedel.

»Ich bin auf dem Weg zu einem Termin«, sagte er, »aber eine Minute hab ich natürlich.«

Warum sagte er dauernd »natürlich«? Warum war er so unsouverän? Und warum hatte er überhaupt ausgerechnet in seinem Heimatveedel neuer Pfarrer werden müssen, statt weiterhin als Knastseelsorger zu arbeiten?

»Ich find' ja toll«, sagte Frau Hartlaub, »dass Sie jetzt wieder hier wohnen. Dass Sie der neue Pfarrer sind. Ganz ehrlich.«

»Danke«, nickte Laurenz und wartete auf das »Aber«.

»Und ich finde ganz toll«, fuhr sie fort, »dass Sie Ihrem Schützling eine Chance geben möchten, also, ich meine den Herren mit dem ...«

Mit dem Tattoo eines polnischen Adlers auf dem blankrasierten Schädel, verstand Laurenz.

»Olek Mazur«, nickte er. »Ja, er wohnt hier bei mir und hilft meinem Großvater im Haushalt.«

»Ja, ganz reizend«, sagte Frau Hartlaub. »Aber vielleicht könnten Sie ihn bitten, dass er allmählich damit aufhört, uns alle auszufragen.«

»Auszufragen?«

»Nun ja. Vor einigen Wochen hat ein Unbekannter vor Ihrem Elternhaus eine rätselhafte Botschaft plakatiert, das wissen Sie ja bestimmt. Seitdem versucht Herr Mazur wie besessen herauszufinden, wer diese Person ist. Er hat mich schon mindestens siebzehn Mal danach gefragt – und etliche andere Nachbarn auch. Er ist ja wirklich eine sehr beeindruckende Erscheinung. Verstehen Sie mich nicht falsch, ich habe wirklich keine Vorurteile gegen entlassene Straftäter, aber etwas mehr Zurückhaltung wäre vielleicht schon angebracht.«

»Natürlich«, wiederholte Laurenz. Olek konnte durchaus furchteinflößend wirken, da brauchte man gar keine Vorurteile.»Ich spreche mit ihm, Sie können sich auf mich verlassen. Jetzt muss ich leider los, bitte entschuldigen Sie.«

»Dankeschön.« Frau Hartlaub wollte sich gerade zum Gehen wenden, da hielt sie inne und legte ihm kurz eine Hand auf den Arm.»Ich freue mich wirklich, dass Sie jetzt hier sind. Ich habe mit der Kirche ja eigentlich nichts am Hut. Aber es tut dem Veedel gut, dass hier jetzt wieder ein Pastor wohnt, der sich um die Leute kümmert.«

»Ja, natürlich. Vielen Dank«, antwortete Laurenz etwas ratlos.

»Na, dann, tschüss, Herr Pastor Broich.«

Sie ließ seinen Arm los und ging.

»Broich reicht«, murmelte Laurenz,»sagen Sie einfach Herr Broich.«

Er blieb noch einen Augenblick stehen und starrte ins Nichts. Eigentlich mehr in sich hinein.

Fast hatte er es verdrängt. Den anonymen Brief vom Sommer, an seinen Großvater gerichtet, mit der bohrenden Frage nach einem Datum, dem 22.8. Und dem Verdikt: *Ja, in der Tat: Verrat.* Dieselben Worte hatten

15

wenig später auf der Plakatwand gestanden, direkt vis-à-vis der Haustür. Der oder die mysteriöse Unbekannte hatte aber seither nichts mehr von sich hören lassen und Laurenz hatte irgendwann fast gar nicht mehr daran gedacht. Außer manchmal im Halbschlaf, wenn ihn dieser seltsame Traum von früher heimsuchte.

Er schüttelte den Kopf, als könnte er ihn dadurch zwingen, mit dem Grübeln aufzuhören. Dann öffnete er sein Fahrradschloss, klemmte den Aktenordner auf den Gepäckträger und fuhr durch den lauen Spätsommertag zum Dienstgespräch mit der Kindergartenleiterin.

Mit Olek würde er dann später wohl auch noch eine Art Dienstgespräch führen müssen. Oder wäre das eher ein Job für Linda?

»Bitteschön«, sagte Olek und stellte zwei dampfende Kaffeetassen auf dem Schreibtisch ab.

Linda und die Rössner hatten die weitere Besprechung aus dem spukgeplagten Objekt hinüber in Lindas Büro verlegt, das nicht weit entfernt lag. Hier in diesem Haus war Linda mit ihrem älteren Bruder Laurenz aufgewachsen, hatte sich als Kind unter diesem wuchtigen Schreibtisch versteckt, während Großvater Eberhard, Gründer der Detektei Broich, über seinen Recherchen oder Berichten brütete. Hatte später ihren Eltern über die Schulter geschaut, nachdem diese das Unternehmen übernommen hatten, während Laurenz oben in seinem Zimmer hockte und theologische Bücher las. Oder mit der Katholischen jungen Gemeinde auf Ferienfahrt ging. Und heute saß sie selber hier, führte die Familientradition fort und stapelte ihre Papierberge in den Regalen, auf dem Sofa, dem Couchtisch auf. Nachdem sie zumindest einen Sessel für ihre neue Klientin freigeräumt hatte, nippte sie an ihrem Kaffee, dann fragte sie: »Wer könnte es darauf abgesehen haben, Sie und Ihren Mann als Investoren zu vergraulen?«

»Außer der alten Frau Fischenich? Hm. Das haben wir uns natürlich auch schon gefragt. Hatte ich schon Herrn Tolu erwähnt? Das ist dieser Computernerd aus dem ersten Stock. Der hat versucht, bei mir mächtig auf die Tränendrüse zu drücken, weil er angeblich alleinerziehend mit zwei Kindern ist. Ich blicke da nicht ganz durch. Aber es spielt auch keine Rolle für mich. Ganz ehrlich, ich bin ja nicht das Sozialamt. Ich habe freundlich versucht, ihm zu erklären, dass er Baukindergeld beantragen kann, wenn er seine Wohnung kaufen möchte. Da ist er mir fast ins Gesicht gesprungen.«

»Wieso eigentlich Computernerd?«, hakte Linda nach. »Was macht er genau?«

»Wieso? Warum ist das wichtig?«

»Wer immer diese Sauerei im dritten Stock angerichtet haben mag«, sagte Linda nachdenklich, »er muss irgendwelche komplexen technischen Hilfsmittel verwenden. Oder zumindest wissen, wie man die Kameras manipuliert, die Sie angebracht haben.«

»Ah. Sie meinen, der Tolu hat die Kameras irgendwie gehackt? Klar, die funktionieren übers Internet. Er schaltet die Kameras auf Pause und dann verschafft er sich Zugang zur Wohnung und verspritzt das Blut.« Plötzlich wirkte die Rössner geradezu erleichtert. »Ja, das könnte wirklich die Erklärung sein!«

»Es ist erst mal nur eine Theorie«, warnte Linda, »freuen Sie sich nicht zu früh.«

»Ach, wissen Sie«, sagte Frau Rössner und nahm einen Schluck Kaffee, »ich finde einfach den Gedanken sehr beruhigend, dass es möglicherweise eine natürliche Erklärung gibt. Wenn einem so was passiert, beginnt man irgendwann, am eigenen Verstand zu zweifeln.«

»Wir sollten uns jedoch nur nicht vorschnell auf die erste Theorie einschießen«, warnte Linda. »Also: Ich habe verstanden, dass außer diesem Herrn Tolu und der alten Frau Fischenich niemand mehr im Haus lebt, richtig?«

Ulrike Rössner nickte.

»Gibt es trotzdem noch weitere Personen, die wir in unsere Überlegungen einbeziehen sollten?«

»Ich wüsste nicht.«

»Wie ist denn der Kauf abgelaufen? Gab es im Vorfeld irgendwelche Konflikte?«

»Jetzt, wo Sie fragen, fällt es mir wieder ein.« Die Rössner senkte die Stimme. »In der Erbengemeinschaft, der das Haus gehörte, ist es zum Streit gekommen. Das sind drei Geschwister. Der Sohn – Thomas heißt er, glaube ich – wollte das Haus behalten und selbst sanieren. Seine beiden Schwestern hatten daran aber kein Interesse und er hatte wiederum nicht die Mittel, um die beiden Frauen auszubezahlen. Vor allem die mittlere Schwester … eigentlich erzählt man das nicht weiter, aber wir sprechen doch vertraulich, Frau Broich, nicht wahr?«

»Als wären Sie im Beichtstuhl, Frau Rössner«, versicherte Linda und sah sofort ihren Bruder vor sich, der sie für diesen Spruch sicher tadeln würde, der alte Wichtigtuer.

»Also gut. Theresa Buschhausen hat finanzielle Probleme. Oder hatte welche, jetzt nämlich nicht mehr. Die Kaufsumme war so stattlich, dass auch ein Drittel davon sie immer noch gut durch den nächsten Winter bringt.« Ulrike Rössner grinste in sich hinein, weil ihr die formulierte Untertreibung sichtlich gefiel. »Ich hatte den Eindruck, dass die Dame das Ableben ihres Vaters mit aller Macht herbeigesehnt hat, um sich gesundzustoßen.«

Linda zog die Augenbrauen hoch, schluckte die allernächstliegende Frage herunter, um sie dann aber doch zu stellen: »Woran ist Herr Buschhausen denn verstorben?«

»Ach, an nichts Besonderem, denke ich. Er war sehr alt. Woran stirbt man da – Herzversagen?« Die Rössner machte große Augen. »Sie wollen doch nicht andeuten, dass die eigene Tochter da nachgeholfen …?«

»Nein. Überhaupt nicht.« Linda rutschte ein kurzes, trockenes Lachen heraus. »Nicht, dass wir es am Ende mit zwei potenziellen Gespenstern zu tun haben. Also neben diesem Mordopfer von vor fast siebzig Jahren, meine ich. Und selbst wenn – dann hätte das vermutlich nichts mit dem Stalking gegen Sie zu tun, im Gegenteil. Die Dame müsste Ihnen ja eher dankbar sein.« Linda zückte einen Stift und legte ein weißes Blatt auf ihre Schreibtischunterlage. »Ich notiere mir jetzt erst einmal alles, was Ihnen einfällt, damit ich mir ein möglichst umfassendes Gesamtbild machen kann.«

»Ich kann Ihnen auf jeden Fall die Kontaktdaten der Erben mailen«, sagte die Rössner, »dann können Sie sich selbst einen Eindruck von den Herrschaften machen.«

»Gab es eigentlich weitere Interessenten? Andere Investoren, die ein Gebot abgegeben haben?«

Da lachte die Rössner.

»Investoren kann man diesen verlotterten Haufen eher nicht nennen«, meinte sie. »Es gibt da eine Genossenschaft. *Faires Wohnen im Veedel* nennen die sich. So richtige Weltverbesserer, die wollten dort ein – wie haben sie es ausgedrückt? – alternatives Wohnprojekt verwirklichen, ein Mehrgenerationenhaus. Verstehen Sie mich bitte nicht falsch, jedem seine soziale Ader, und natürlich müssen Menschen mit geringerem Einkommen auch irgendwo leben, keine Frage. Aber ich habe ja die Gesetze des Marktes nicht gemacht, ich unterliege ihnen genauso wie jeder andere. So läuft das nun mal.«

»Ich verstehe Sie so, dass diese Genossenschaft mit dem Gebot von Ihnen und Ihrem Mann nicht mithalten konnte.«

»Die hätten nirgendwo mithalten können. Der Boss von denen, ein gewisser Dietmar Pütz, war ziemlich unverschämt. Wir handhaben solche Dinge sehr professionell, normalerweise interessiert es uns nicht, wer noch mitbietet, aber irgendwie war dieser Pütz an meine Nummer gekommen und hat auf ein Treffen gedrängt. Er wollte unbedingt, dass wir kooperieren. Aber dazu gab es leider nicht die geringste wirtschaftliche Grundlage. Wir sind ja nicht …«

»… das Sozialamt«, vollendete Linda den Satz. Ein Teil von ihr war froh darüber, dass sie mit den Rössners endlich mal wieder solvente Klienten hatte, denn auch ein Detektivbüro unterlag schließlich den Gesetzen des Marktes.

Sie überflog ihre Notizen. In die Mitte des weißen Blattes hatte sie ein kleines »Haus vom Nikolaus« gekritzelt, es trug die Hausnummer dreizehn und darum herum verteilten sich in kleinen Wölkchen die Namen der Personen, die die Hausbesitzerin genannt hatte.

»Da haben wir also eine alte Dame, die an Gespenster glaubt, einen alleinerziehenden Computernerd mit zwei Kindern, eine zerstrittene Erbengemeinschaft und einen unverschämten Genossenschaftsboss. Damit kann ich doch schon mal arbeiten.« Im Kopf rechnete sie hoch, wie aufwendig die Recherche werden würde, und überschlug das Honorar. Vielleicht wäre ein Vorschuss angebracht. Schließlich würde sie eine Hilfskraft beschäftigen müssen.

»Haben Sie einen zweiten Schlüssel für die Wohnung?«, fragte sie.

»Ich kann Ihnen meinen gern dalassen.« Die Rössner holte ihr Schlüsselbund aus der Handtasche, nestelte einen der vielen Schlüssel ab und schob ihn über den Schreibtisch zu Linda hinüber. »Das ist der aktuelle Schlüssel. Ich habe das Schloss mehrfach auswechseln lassen, aber das hat unseren Geist auch nicht aufgehalten. Haben Sie etwa vor, sich auf die Lauer zu legen, um ihn auf frischer Tat ertappen? Diesen … Geist?«

»Nicht ich«, erwiderte Linda.

Da steckte Olek den Kopf zur Tür hinein.

»Noch Kaffee?«

»Von dir haben wir gerade gesprochen«, grinste Linda und wandte sich an ihre Klientin: »Ich denke, Herr Mazur wird es locker mit so einem Gespenst aufnehmen können.«

▲

»Hallo, du bist doch der Mann vom Jesus«, rief ihm ein sehr kleiner Junge mit sehr großer Zahnlücke entgegen, als Laurenz den Kindergarten betrat. »Aber wo hast du deinen Sack?«

»Welchen Sack?«, entgegnete Laurenz. »Ich bin doch nicht der Nikolaus.«

»Nein, aber in der Kirche hast du immer so einen bunten Sack umhängen.«

»Das ist ein Messgewand«, verbesserte Frau Klüver mit nachsichtigem Tadel in der Stimme.

Sie meinte zwar das Kind, aber es schien, als sage sie das eher in Laurenz' Richtung.

»Sack ist schon okay«, grinste Laurenz.

Irgendwie fand er das schräg: Neunzig Prozent seiner Gespräche mit der Kindergartenleiterin bestanden darin, dass Frau Klüver sich bemühte herauszustellen, wie wichtig sie und die Erzieherinnen die religiöse Bildung der Kinder nahmen. Als gäbe es einen Generalverdacht, dass die Einrichtung nicht kirchlich genug sei. Laurenz konnte sich kaum vorstellen, dass sein Vorgänger derart inquisitorisch gewesen war, von Pater Matthew Mutumba, der die Gemeinde übergangsweise ein paar Monate lang geleitet hatte, ganz zu schweigen. Aber vielleicht gab es da kritische Eltern – oder atmosphärische Störungen.

Nach außen schien es immer schwieriger vermittelbar, warum es überhaupt noch konfessionelle Kindergärten, Schulen, Krankenhäuser, Altenheime brauchte. Und nach innen wurde gleichzeitig der Zwang immer größer, das sogenannte Kerngeschäft des Glaubens nicht zu vernachlässigen. Als sei die Kirche irgendein Wirtschaftsunternehmen, das seinen Unique Selling Point stärken müsse, um renditehungrige Shareholder zu befriedigen.

Laurenz nahm in Frau Klüvers Büro Platz, legte den Aktenordner auf den Tisch und zog die eingegangenen Bewerbungsunterlagen hervor. Viele waren es nicht. Wenn das so weiterging, würde man irgendwann Headhunter einsetzen müssen, um gutes Kindergartenpersonal zu finden.

Er wollte schon zur Sache kommen, besann sich aber und fragte: »Wie läuft denn so das neue Kindergartenjahr an? Wie klappt die Eingewöhnung bei den Kleinen?«

»Das läuft gut, wir sind zufrieden. Wenn man bedenkt, dass wir noch nie so viele unter zwei hatten.«

»Ja«, nickte Laurenz, »das sind wirklich viele. Und trotzdem macht es mich traurig zu sehen, wie vielen Familien wir absagen mussten. War das eigentlich schon immer so?«

Frau Klüver legte den Kopf schief und fragte sich, ob Laurenz die letzten Jahre hinter dem Mond gelebt hatte. Hatte er im Grunde tatsächlich, zumindest hinter Gittern, als Gefängnispfarrer, das war durchaus vergleichbar.

»Das Magdalenenveedel boomt richtig«, sagte sie. »Noch vor fünfzehn Jahren, als ich hierhergekommen bin, sind die Leute eher weggezogen. Sie fanden die Gegend spießig, kleinbürgerlich. Die alten Arbeiterhäuser, die verwahrlosten Spielplätze, die ranzigen Eckkneipen.«

Laurenz nickte. Er selber war damals ja auch weggezogen.

»Aber plötzlich ist es hier cool«, fuhr die Kindergartenleiterin fort, »keine Ahnung, wieso. Vielleicht, weil die Häuser hier günstig waren, und dann haben irgendwelche Investoren zugeschlagen. Überall wird ja saniert und umgebaut und bald haben wir hier eine Art Prenzlauer Berg oder so, was weiß ich.«

»Klingt fast, als würden Sie das bedauern.«

»Tja. Es ist ja schön, wenn es hier wieder mehr Familien und Kinder gibt. Aber die Mischung muss stimmen, finde ich. Auch für uns, so als …« Sie zögerte.

»Als katholische Einrichtung?«, fragte Laurenz.

»Ja, genau. Manche Eltern wollen unbedingt zu uns, weil sie denken, dass in einem kirchlichen Kindergarten das bürgerliche Milieu unter sich ist. Mir ist sogar Geld angeboten worden.«

»Bitte?«

»Unglaublich, oder?« Sie schüttelte den Kopf. »Einige haben gefragt, ob sie durch eine großzügige Spende an den Förderverein oder an die Pfarrgemeinde ihre Chancen auf einen Kitaplatz steigern könnten. Und zwei-, dreimal ist es vorgekommen, dass man mir persönlich was angeboten hat. Das habe ich natürlich abgelehnt. Ich käme ja in Teufels Küche, wenn ich so was …«

»Klar«, nickte Laurenz.

»Wie stellen die Leute sich das vor?« Auf Frau Klüvers Stirn wurde eine Zornesfalte sichtbar. »Ich bin doch keine Maklerin, die eine Courtage einstreicht. Manche denken wohl, sie können den optimalen Lebensweg für ihre Kinder einfach kaufen. Die beste Kita, die beste Schule, das beste Studium – alles gerade gut genug, um irgendwie den Status zu halten und nicht abzusteigen. Ich glaube, das treibt viele an. Abstiegsängste. Hier geht es keinem mehr um sozialen Aufstieg. Alle strampeln sich nur noch ab, um nicht abzurutschen, weil … ach, entschuldigen Sie. Ich quatsche Sie hier voll, dabei weiß ich doch, wie eng Ihr Terminkalender ist.« Sie sah an ihm vorbei auf die bunt bemalte Uhr an der Wand. »Sie müssen sicher gleich schon wieder los.«

Stimmt, das musste er tatsächlich. Andererseits war Frau Klüver zum ersten Mal ein bisschen aus sich herausgegangen. Von Katholizität war plötzlich keine Rede mehr. Oder womöglich gerade doch.

»Vielleicht«, sagte er, »muss sich die Kirche insgesamt mehr mit diesen Fragen befassen, die Sie da ansprechen. Ich für meinen Teil finde das jedenfalls sehr interessant.«

»Okay?« Es klang eher wie eine Frage als wie eine Zustimmung. »Na, jedenfalls …« Sie griff nach den

Bewerbungsmappen. »Jedenfalls scheint der Erzieherberuf auch nicht gerade für sozialen Aufstieg zu stehen, wenn ich mir die Bewerberlage so ansehe.«

»In der Tat«, meinte Laurenz. »Vielleicht sollten Sie sich demnächst doch bestechen lassen und damit finanzieren wir Gehaltserhöhungen im Kindergarten. Oder zusätzliche Planstellen.«

Als er ihr zweifelndes Gesicht sah, schob er nach: »Das war natürlich ein Witz.«

Sie zog die Augenbrauen hoch. »Ha, ha.«

Gemeinsam sahen sie die Unterlagen durch, wählten drei junge Frauen aus, die zu einem Gespräch eingeladen werden sollten, und wenig später saß Laurenz schon wieder auf seinem Rad, unterwegs zu weiteren Gesprächen: zur Vorbereitung einer Taufe, einer Beerdigung, einer Hochzeit, einer Herbstfahrt der Katholischen jungen Gemeinde, einer Finanzprüfung. Es war das ganze pralle Leben. Es war anstrengend, ja, aber auch schön.

Während er die wärmende Septembersonne genoss, gingen ihm die Worte von Elke Hartlaub durch den Kopf: »Es tut dem Veedel gut, dass hier jetzt wieder ein Pastor wohnt, der sich um die Leute kümmert.«

Eigentlich war das Unsinn. Es gab Pater Mutumba, es gab zwei Diakone und drei Pastoralreferentinnen und hunderte von Menschen mit allen möglichen Ehrenämtern, die sich »um die Leute kümmerten«. Trotzdem wurde immer noch alles an der Person des Pfarrers festgemacht. An der Weihe, am Priestertum. Selbst von Menschen, die eben nichts »mit der Kirche am Hut« hatten. Papst Franziskus warnte ständig vor Klerikalismus, aber irgendwie kam das noch nicht richtig an. Damals im Knast hatte ihm niemand aufgrund seiner Priesterweihe irgendeine Sonderstellung zuerkannt. Die Gefangenen hatten ihn geschätzt, weil man mit ihm reden konnte. Und weil man in seinem Büro rauchen konnte. Weil es dort Kaffee und Plätzchen gab. Vielleicht war das ja auch irgendwie was Sakramentales gewesen, nur auf eine andere Weise.

Und – nun ja: Er, Laurenz, war der Mann vom Jesus, der Mann mit dem bunten Sack. Der am Abend müde im Pfarrhaus in den alten Sessel des verstorbenen Prälaten sank und den Anrufbeantworter abhörte.

»Hier spricht Käthe Fischenich«, krächzte es aus dem Gerät. »Hallo, Herr Pastor? Ich wohne in der Bechsiefener Straße Nummer dreizehn und ich brauche … ich brauche den Beistand der Kirche. Von einem echten Priester, verstehen Sie? Ich kann … hören Sie mich? Das ist auf Band, oder? Ich spreche auf Band, ja? In unserem Haus, also unter meiner Wohnung da … das muss ich Ihnen persönlich erzählen, sonst halten Sie mich für verrückt. Ich brauche wirklich Ihre Hilfe.«

2

Mittwoch, 5. September

Da die – ihrer Stimme nach zu urteilen – recht betagte Frau Fischenich nur ihre Adresse und keine Telefonnummer hinterlassen hatte, machte sich Laurenz zur Bechsiefener Straße auf, um sie zu besuchen. Zwar hätte die Pfarrsekretärin die Nummer sicherlich heraussuchen können, aber erstens hatte Laurenz nach dem Schulgottesdienst an diesem Morgen etwas freie Zeit, zweitens hatte ihn beim nochmaligen Hören der Nachricht eine undefinierbare Ahnung beschlichen, dass die Dame ein entscheidendes Anliegen haben musste.

Entscheidend, was sollte das heißen? Er hatte keine Ahnung, aber dieses Wort war ihm tatsächlich so durch den Kopf gegangen. Etwas an dieser Botschaft, vielleicht die Stimmmodulation, hatte etwas Verborgenes in ihm, Laurenz, zum Klingen gebracht. Es erinnerte ihn, ohne dass er sich das erklären konnte, an den seltsamen Traum von der verschlossenen Tür in einem fremden Keller. Einem Keller mit niedriger Decke und gekalkten Wänden, in die jemand eine Botschaft eingeritzt hatte. Seit seiner Rückkehr nach Köln trat der Traum wieder häufiger in den Morgenstunden zwischen dem ersten und dem zweiten Aufwachen auf. Ohne jeden wirklich ersichtlichen Zusammenhang meinte er zu spüren, dass diese Traumbilder mit Opa Eberhard und seinem rätselhaften Stalker zu tun hatten. Und hier schloss sich der Kreis zu Käthe Fischenich. Denn sie hatte auf dem Anrufbeantworter fast genauso geklungen wie Eberhard Broich senior, wenn er darüber sprach. Da schwang Angst mit. Aber nicht die Angst vor etwas, das erst noch passieren könnte. Sondern vor etwas, das schon vor langer Zeit geschehen war.

Manchmal wünschte Laurenz sich, er könnte seinen grübelnden, laienhaft vor sich hin psychologisierenden Kopf einfach mal abschalten. Und plötzlich geschah das wirklich, als er mit dem Fahrrad in die Bechsiefener Straße einbog und dort den alten Beetle seiner Schwester stehen sah. Alle abstrakte Vorahnung verwandelte sich in eine ganz konkrete: Bitte, bitte lass mich nicht schon wieder in einen von Lindas Fällen hineingeraten.

Wobei der Wagen ja nichts bedeuten musste. Die Straße war lang, Linda musste gar nichts mit dem Haus Nummer dreizehn zu schaffen haben. Hatte sie aber doch, wie sich herausstellte, als Laurenz wenig später der alten Frau Fischenich auf dem Sofa gegenübersaß, dazwischen Kaffee und Plätzchen auf dem Couchtisch voller Häkeldeckchen. Sie erzählte von dem beängstigenden Spuk im zweiten Stock, der aufgetreten war, seit die Rössner-Immobilienentwicklungsgesellschaft mbH das Haus erworben hatte.

»Frau Rössner will jetzt sogar eine Detektivin anheuern«, sagte sie.

»Eine Detektivin«, seufzte Laurenz, schob sich ein Plätzchen in den Mund und versuchte, nicht die Augen zu verdrehen.

»Aber davon wird die arme Rosalinde ganz bestimmt nicht erlöst werden«, fügte Frau Fischenich hinzu.

Laurenz kaute auf dem steinharten, uralten Plätzchen und betrachtete seine Gastgeberin. Sie mochte auf die Neunzig zugehen und war zugleich das, was man wohl »rüstig« nennt. Irgendwie auch steinhart. Das zerfurchte Gesicht hatte den Krieg und die Bombennächte erlebt, den Wiederaufbau und das Wirtschaftswunder, die erste und die zweite Wende, all das. Jetzt saß sie hier auf ihrem Heizkissen, fast am Ende einer langen Lebensreise, und fühlte sich von einer fernen Erinnerung heimgesucht.

»Erzählen Sie mir von dieser Rosalinde«, sagte Laurenz, nachdem er das Plätzchen endlich zerkleinert und heruntergeschluckt hatte. »Haben Sie sie persönlich gekannt?«

»Aber ja.« Ihr knochiger Finger deutete auf den abgewetzten Teppichboden und meinte die Wohnung, die darunter lag. »Rosalinde war nur ein paar Jahre älter als ich. Eigentlich hätten wir uns anfreunden können, doch die Dame wünschte zu niemandem Kontakt. Sie hielt sich wohl für was Besseres. Dabei war sie genau das Gegenteil.«

»Das Gegenteil?«

Laurenz kräuselte die Stirn.

»Meine Eltern und ich waren ausgebombt. Aber kurz nach der D-Mark haben wir die Wohnung hier bekommen. Ja, das war Klüngel, ich gebe es zu, aber wir hatten ja nichts, jeder musste sehen, wo er bleibt. Und diese … Dame … hat auf ihre eigene Art geklüngelt. Verstehen Sie? Ein junges Fräulein, unverheiratet, kann sich plötzlich so eine Wohnung leisten. Und immer piekfein ausstaffiert. Die hatte am Schluss sogar ein Auto. Darum hat meine Mutter mir auch den Umgang verboten.«

»Das heißt?«

»Herrgott, Herr Pastor – muss ich das denn aussprechen? Die war ein leichtes Mädchen. Keine Bordsteinschwalbe oder wie man das nennt, sondern eine Edelprostituierte. Hat angeblich nur in den besten Kreisen verkehrt. Und war mit einem Reporter von der Zeitung liiert. Aber nicht aus Köln, der kam von woanders her und besuchte sie manchmal, da stand dann dieser rote Flitzer vor dem Haus. Ja, und irgendwann hat man sie gefunden. In ihrem Schlafzimmer. Mit durchgeschnittener Kehle. Und die Wände mit Blut bespritzt.« Frau Fischenich musste sich mehrmals räuspern und fuhr wie heiser fort: »Es gab keine Aussegnung, keine Totenmesse – nicht mal ein richtiges Grab, denn sie hatte ja keine Familie. Jedenfalls keine, von der man wusste.«

»Und kannte man den Mörder?«

»Hm.« Frau Fischenich wiegte ihr greises Haupt hin und her. »Sie haben einen vor Gericht gestellt, einen Luden aus dem Miljö. Der soll es gewesen sein. Aber sie konnten es ihm am Ende nicht nachweisen, er wurde freigesprochen. Aus Mangel an Beweisen.«

»Und nun fragen Sie sich also, ob die Ermordete zurückgekehrt ist und hier herumspukt.« Laurenz räusperte sich. »Verstehe ich das richtig?«

»Ja, das verstehen Sie richtig, Herr Pastor. Und ich bin froh, dass Sie es so formulieren: Ich frage mich das. Ich bin nicht abergläubisch, aber man macht sich ja trotzdem so seine Gedanken. Und jetzt frage ich Sie, Herr Pastor. Kann das denn sein? Ist denn so etwas möglich?«

»Sagen Sie einfach Broich zu mir«, erwiderte er, »das reicht. Und ich sage Ihnen ganz ehrlich: Ich halte das nicht für möglich. Weder von meinem Verstand her noch vom Glauben her. Sie haben vorhin so etwas gesagt, dass die verstorbene junge Frau erlöst werden müsse …«

»Weil doch der Mörder niemals ins Gefängnis gemusst hat«, beharrte sie und rutschte auf ihrem Sofa nach vorn bis auf die Kante. »Er ist seiner gerechten Strafe entgangen.«

»Wäre es dann nicht viel mehr der Mörder, der Erlösung braucht?«, fragte Laurenz zurück.

»Das ... hm.« Sie sah einen Moment an die Decke. »Ich hatte gehofft, Sie könnten etwas tun. Unten in der Wohnung. Die Räume mit Weihwasser segnen. Mit Kruzifix und mit Weihrauch. Mit einer Litanei – Sie könnten doch die Heiligen anrufen.«

Laurenz legte den Kopf schräg und fragte so sanft wie möglich: »Glauben Sie denn tatsächlich daran, dass davon der Spuk aufhören würde?«

»Nun, ich war schon lange nicht mehr in der Kirche. Zuletzt, als mein lieber Mann beerdigt wurde, das ist auch schon fast zwanzig Jahre her.« Sie beugte sich vor und griff plötzlich nach seiner Hand. »Ich weiß mir keinen anderen Rat mehr, Herr Past ... Herr Broich. Hat denn die Kirche nicht irgendwas parat für so eine Situation?«

»Eine Wohnungssegnung ist schön und sinnvoll«, antwortete Laurenz, »wenn die neuen Bewohner das wünschen. Da erbitten wir im wahrsten Sinne des Wortes, dass der Haussegen nicht schiefhängt, wir beten für ein gutes Zusammenleben. Aber um die Austreibung irgendwelcher Geister geht es dabei nicht.« Frau Fischenichs Hand war eiskalt und Laurenz hatte den Impuls, sie loszulassen, widerstand dem aber. Er sagte: »Was immer dort unten in der Wohnung geschieht, wird eine ganz natürliche Erklärung haben. Und wenn die Polizei bis jetzt nicht weiterhelfen konnte, dann ist es vielleicht am Ende gar nicht schlecht, wenn ein Detektivbüro sich darum kümmert. Gehen wir davon aus, dass es sich aufklärt.« Er tätschelte die kalte, faltige Hand der alten Frau. »Was die Seele von Rosalinde betrifft, so bin ich sicher, dass sie in Gottes gütiger Hand geborgen ist. Dass sie ihre Erlösung längst gefunden hat. Aber trotzdem können wir etwas tun.«

In ihren Augen glomm Hoffnung auf.

»Ja. Lassen Sie uns gemeinsam beten. Für Rosalinde und auch für ihren Mörder. Für Sie, liebe Frau Fischenich und für alle Menschen, die in diesem Haus wohnen oder hier ein und ausgehen.«

Da verrutschte der Blick der alten Dame, und er dachte kurz, dass auch Frau Klüver ihn vorhin so angeschaut hatte, mit dieser Mischung aus Unverständnis und Nachsicht.

Aber Laurenz ließ sich nicht beirren und faltete die Hände zum Gebet.

»Vielleicht mögen Sie dazu eine Kerze anzünden«, schlug er vor.

Orsan Tolu war von athletischer Gestalt und trug weder Bart noch Brille – oder was auch immer Linda sich unter einem Computernerd vorstellte. Er musterte sie mit leicht zusammengekniffenen Augen. Die beiden standen im hellen Flur der Wohnung, umgeben von Bildern bunter Kopffüßler an den Wänden, von Kickboard, Laufrad und Bobbycar der Kinder. Weiter als bis in den Flur hatte er sie nicht hineingebeten, geschweige denn ihr einen Sitzplatz angeboten.

»Natürlich wünsche ich den Rössners nur das Allerschlechteste«, sagte er grimmig, »denn die machen mir und den Kindern das Leben zur Hölle. Aber Sie sind auf dem Holzweg, wenn Sie denken, ich würde hinter diesem Spuk stecken. Sie glauben doch nicht ernsthaft, ein alleinerziehender Vater hätte neben Job und Kindern auch noch die Zeit für solche Spielchen?«

»Mir geht es nicht um Glauben«, erwiderte Linda, »das überlasse ich den Religionen. Ich halte mich nur an Fakten.«

»Und ich halte mich ans Mietrecht«, sagte er. »Ich werde bis zum letzten Tag dagegen kämpfen, dass die Rössners mich von hier vertreiben. Ich hab mich natürlich nach Alternativen umgesehen, klar, aber als alleinerziehender Vater mit zwei Kindern hat man auf dem Wohnungsmarkt eh schon schlechte Karten. Und wenn man dann noch einen türkischen Namen hat …« Er lachte hohl. »Also, ich würde Ihnen gern helfen, aber ich bin der Falsche.«

»Vielleicht ja nicht«, meinte Linda. »Vielleicht kann mir Ihre Expertise weiterhelfen. Ich bin doch gar nicht hier, weil ich Sie als Verdächtigen im Auge habe. Ich habe gehört, Sie arbeiten in der IT-Branche. Sind Sie Programmierer?«

»Nichts in der Richtung. Was ich mache, hab ich mir selber beigebracht. Learning by doing. Ich bin Clickworker. Eine Art digitales Tagelöhnertum – ich kriege über Online-Plattformen kleine Aufträge für wenige Euro die Stunde. Ganz sicher bin ich kein ausgewiesener Technikexperte.«

»Aber Sie arbeiten doch wohl viel im Internet …«

»Worauf wollen Sie hinaus?«

»Frau Rössner hat in der betroffenen Wohnung Kameras anbringen lassen. Aber als erneut mit Blut rumgespritzt wurde, haben die Kameras nichts aufgezeichnet. Was mich interessiert: wäre es möglich, solche Kameras zu hacken?«

Tolu grinste schief und meinte: »Die sind alle längst gehackt.«

»Bitte?«

»Jedenfalls ist das ziemlich wahrscheinlich. Die meiste Technik im sogenannten Smart Home ist vor allem billig, kommt aus China oder so, und Hacker greifen massenhaft auf diese Geräte zu.«

»Um die Leute auszuspionieren oder was?«

»Nein, überhaupt nicht. Sie verwandeln die Geräte in Bots, quasi in Zombies. Wenn man irgendwo auf der Welt einen Computer oder ein Netzwerk attackieren will, braucht man hunderte, sogar tausende Geräte im Internet, die allesamt koordiniert Anfragen dorthin schicken. Dazu kapern Hacker normalerweise Computer, aber inzwischen auch immer mehr andere Geräte aus dem sogenannten Internet der Dinge – also internetfähige Fernseher oder Klimaanlagen oder eben Kameras und dergleichen, irgendwann bestimmt auch Toaster und Kühlschränke, weil die meistens so gut wie gar nicht geschützt sind. Die Geräte werden dadurch in ihrer Funktion nicht beeinträchtigt. Wenn Ihr Fernseher sich nachts um drei an einer breit angelegten Attacke auf – sagen wir mal – ein britisches Verkehrsunternehmen oder ein brasilianisches Kohlekraftwerk beteiligt, kriegen Sie davon nichts mit. Also, um auf Ihre Frage zurückzukommen: Ja, solche Kameras sind leicht zu hacken, besonders, wenn die Dinger im selben Haus sind, denn dann hätte man genug Zeit, sich in das WLAN einzuklinken. Nur leider hab ich persönlich eben überhaupt keine Zeit, denn als …«

»… alleinerziehender Vater«, vollendete Linda den Satz. »Ich habe verstanden.«

Millionen von Frauen waren alleinerziehend, dachte sie. Wenn die alle immer genauso viel Aufheben darum machen würden wie dieser Mann hier, wäre in den Straßen der Städte ein einziges Gejammer und Geheule.

»Und vor allem hätte ich nicht die Zeit«, fuhr er fort, »mir einen Schlüssel für die Wohnung zu besorgen oder einen Dietrich oder weiß der Himmel was. Ich bin froh, wenn meine Kids mich schlafen lassen, da muss ich wahrlich nicht nachts noch in fremde Wohnungen eindringen.«

»Schon klar.« Linda nickte. »Das war ein interes-

santes Gespräch, vielen Dank für Ihre kostbare Zeit.«
Sie zückte ihre Visitenkarte und hielt sie ihm hin. »Falls
Ihnen noch etwas einfällt, was mir weiterhelfen könnte,
oder falls Ihnen verdächtige Personen im Haus begegnen oder so, freue ich mich über Ihren Anruf.«

»Okay.«

Er nahm die Karte und hielt ihr die Tür auf.

Beim Hinausgehen hielt Linda kurz inne, wandte
sich noch einmal um und griff sich wie Inspektor Columbo an die Stirn.

»Eine letzte Frage noch. Sie sagten ja, dass Sie im
Hinblick auf Ihre IT-Kenntnisse Autodidakt sind. Was
ist denn Ihr ursprünglicher Beruf?«

Tolu hatte die Tür hinter ihr schon fast geschlossen
und brummte nun durch den verbleibenden Spalt:
»Ich bin eigentlich Krankenpfleger. Aber das ging
nicht mehr. Die Schichtdienste und so, als …«

»… alleinerziehender Vater.« Linda nickte erneut.
»Verstehe. Also dann, auf Wiedersehen.«

Die Tür fiel ins Schloss und im selben Augenblick
hörte Linda Schritte von oben. Ihr Bruder kam die
Treppe herunter.

»Ah, geistlicher Beistand«, feixte sie. »Hast du dich
schon erfolgreich in Dämonenaustreibung versucht
und den Fall für mich erledigt?«

»Noch nicht ganz«, brummte er. »In der Dämonolo-
gie-Prüfung hatte ich leider nur eine Vier.«

Linda stutzte und überlegte kurz, ob es im Theo-
logiestudium tatsächlich ein Fach dieses Namens geben mochte. Jedenfalls klang das in ihren Ohren auch
nicht mehr nach Fantastik als solche Begriffe wie Dog-
matik oder Moraltheologie.

Dann lachte sie und meinte: »Dieses Konvikt, wo du
damals wohnen musstest, hat ja tatsächlich Ähnlich-
keit mit Hogwarts. Jedenfalls im Nebel.«

Laurenz drückte ihr einen flüchtigen Kuss auf die Wange und sagte:»Guten Morgen, übrigens. Ich hoffe, Schwesterherz, du bist genauso unerfreut wie ich über die Tatsache, dass ich schon wieder in einen deiner Fälle hineingezogen werde.«

»Ist ja deine Entscheidung, ob du dich reinziehen lässt oder nicht«, meinte sie. »Aber können wir das nicht zu Hause besprechen? Olek macht uns bestimmt gern ein zweites Frühstück.«

Wenig später saßen sie in der kleinen Küche von Lindas Mansardenwohnung um den kleinen Küchentisch herum, wo sich auf einem Teller Spiegelei, Bratkartoffeln und Speck stapelten. Oleks zweites Frühstück ersetzte immer häufiger das Mittag- und manchmal auch das Abendessen.

»Seit du bei mir eingezogen bist«, sagte Laurenz zu ihm, »hab ich mindestens drei Kilo zugenommen. Wir müssen daran was ändern.«

»Woran genau?«, fragten Linda und Olek wie aus einem Mund.

»An der Gesamtsituation.«

Olek Mazur war einer von Laurenz' Schützlingen gewesen, damals in der JVA. Er war etwa zum selben Zeitpunkt entlassen worden wie Laurenz – das heißt: Die Justiz hatte Olek aus der Haft entlassen und der Erzbischof hatte Laurenz versetzt. Aber für die beiden ungleichen Männer hatte es sich durchaus ähnlich angefühlt, denn beiden war das neue Draußen-Sein anfangs recht unbehaglich gewesen. Nun bewohnte Olek seit gut zwei Monaten das Gästezimmer in Laurenz' Pfarrhaus und wurde von den Geschwistern als Haushaltshilfe für deren Großvater, den hochbetagten Eberhard Broich senior beschäftigt. Was Olek zum Anlass nahm, auch Laurenz und Linda bestmöglich zu umsorgen.

»Es ist mir nach wie vor unangenehm, dass du hier den Butler spielst«, sagte Laurenz. »Was wir dir zahlen, reicht für zwanzig Wochenstunden. Mit der übrigen Zeit könntest du dir doch einen Zweitjob suchen. Oder dich fortbilden, dich für Kunst und Kultur interessieren, was weiß ich. Aber nicht diesen Rundumservice für uns leisten und zusätzlich noch als Hilfsdetektiv für Opa Eberhard einspringen.«

»Aber wir müssen herausfinden, wer Eberhard verfolgt«, erwiderte Olek mit einem vorwurfsvollen Unterton in der Stimme. »Euch beide kümmert das anscheinend nicht.«

»Du klingst schon wie er«, meinte Laurenz.

»Seit dieses Plakat da hing, hat sich der mysteriöse Unbekannte nicht mehr gemeldet«, sagte Linda. »Ich bin sicher, dass dieser Spuk längst vorüber ist. Was immer das sollte – ich würde es abhaken. Außerdem beschäftigt mich gerade ein ganz anderer Spuk.«

»Mich übrigens auch«, nickte Laurenz, beugte sich zu Olek hinüber und sagte: »Ferner wäre ich sehr dankbar, wenn du die Befragung der Nachbarschaft einstellen könntest.«

»Hat sich jemand beschwert?«, fuhr Olek auf.

Bevor Laurenz antworten konnte, sagte Linda in versöhnlichem Ton: »Man darf den Leuten nicht zu sehr auf die Nerven gehen, sonst machen sie zu.« Sie dachte an Orsan Tolu. »Ein guter Detektiv bleibt immer und in jeder Situation diskret.«

»Sag das mal deinem Großvater«, brummte Olek.

»Na, von wem hab ich das wohl?«, erwiderte sie.

»Natürlich von ihm selbst. Vom legendären Gründer der Detektei Broich, von der ehedem besten Spürnase von Köln.«

»Wo ist er überhaupt?«, fragte Laurenz. »Wollte er nicht mit uns essen? Schläft er?«

»Er observiert das Rheinufer«, sagte Olek mit todernster Miene. Linda und er zwinkerten einander kurz zu.

»Olek hat kürzlich verdächtige Bewegungen im Schiffsverkehr bemerkt«, erklärte Linda mit schelmischem Lächeln, »und nun will Opa sich ein eigenes Bild davon machen.«

»Moment«, sagte Laurenz und ließ seine Gabel sinken. »Ihr erfindet irgendwelche Pseudoaufträge für den alten Mann, damit er an die frische Luft kommt?«

»Ja, und damit er einfach irgendwas zu tun hat«, nickte Linda. »Ein halbes Dutzend Haushaltshilfen während der letzten drei, vier Jahre hat es nicht geschafft, ihn dazu zu bewegen, wenigstens einmal am Tag vor die Tür zu gehen. Aber Olek kriegt das hin. Er kriegt einfach alles hin.«

Laurenz bemerkte, wie die Augen seiner Schwester aufleuchteten, als sie dem breiten Kerl mit der eindrucksvollen Tätowierung auf dem blanken Schädel einen Blick zuwarf.

»Er ist topfit und auch geistig so klar wie schon lange nicht mehr«, schob sie nach. »Also ich meine Opa. Olek ja sowieso.«

Wieder tauschten seine Schwester und sein Ex-Knacki einen Blick.

»Wundervoll«, sagte Laurenz. »Dann ist es ja nur eine Frage der Zeit, bis Opa wieder ins Detektivgeschäft einsteigt, hm?«

Linda lachte und meinte: »Etwas Unterstützung kann ich wirklich gebrauchen, aber nicht gerade von

Opa. Und darum muss sich Olek auch keinen Zweitjob suchen. Schließlich kann ich sein zusätzliches Honorar als Betriebsausgabe abrechnen, wenn er fürs Büro arbeitet.«

Olek runzelte die blanke Stirn und fragte: »Soll ich wieder den Lockvogel spiegeln? Im Schlachthaus nach Schwarzarbeit fragen? Undercover als Pförtner im Autowerk anheuern? Oder was ist es diesmal?«

»Diesmal sollst du ein Gespenst anlocken«, sagte Linda und gab Olek einen knappen Bericht zu ihrem neuen Fall und den Vorkommnissen in der Bechsiefener Straße Nummer dreizehn. »Mein Bruder ist übrigens auch involviert«, sagte sie am Schluss. »Er soll mit Kruzifix und Weihrauch gegen den Spuk vorgehen. Ich würde für dich, Olek, aber eher eine Kamera und ein Handy vorschlagen.«

Laurenz hatte Linda unterwegs ausnahmsweise von seiner Begegnung mit Frau Fischenich berichtet. Eigentlich schwieg er sich über seelsorgliche Gespräche aus, auch jenseits des Beichtstuhls, aber hier war er selber neugierig gewesen, was Linda über die ganze Sache wusste. Und so hatten sie sich kurz ausgetauscht.

»Und du denkst jetzt, dass der Mann aus dem ersten Stock dahintersteckt?«, fragte Laurenz nun. »Dieser Orsan Tolu?«

»Er ist bis jetzt ein ziemlich heißer Kandidat«, sagte sie und begann an den Fingern aufzuzählen: »Unser Blutfink braucht folgende Voraussetzungen: erstens ein Motiv. Hat er. Zweitens technisches Geschick. Hat er. Drittens – und das ist mir vorhin erst aufgegangen! – Zugang zu menschlichem Blut. Am besten, ohne irgendein Gemetzel zu veranstalten. Und, Bingo! Orsan Tolu ist gelernter Krankenpfleger. Er könnte sich oder auch wem anders einfach und sauber genug Blut abnehmen, um das alles ins Werk zu setzen. Die Frage ist nur noch, wie er in die Wohnung kommt.« Sie nickte Olek zu. »Und dabei wirst du ihn erwischen.«

»Eine schöne Wortschöpfung«, meinte Laurenz anerkennend. »Blutfink.«

»Blutfink«, wiederholte Olek dumpf, blies die Backen auf und ließ wie mit einem Seufzer die Luft entweichen, schaute dabei von Linda zu Laurenz und wieder zurück zu Linda. Dann sagte er: »Ich nehme die Kamera. Und das Kruzifix.«

Der alte Mann und der Strom. Da saß er auf einer Bank und blickte auf das dahinfließende Wasser, schaute den Lastkähnen nach, wie sie gleichmütig Richtung Basel oder Rotterdam tuckerten. Es gibt kaum etwas Unspektakuläreres, als einen Rentner auf einer Bank sitzen zu sehen. Von der anderen Straßenseite aus durch das Fernglas betrachtet, hatte die Szene allerdings etwas von einer dramatischen Filmsequenz.

Der alte Broich ging in letzter Zeit immer häufiger aus dem Haus. Womöglich trieb ihn eine innere Unruhe vor die Tür. Wühlten der Brief und das Plakat ihn immer noch auf? Kamen die Ereignisse des 22. August wieder hoch und nahmen ihm seinen vermeintlichen Frieden? Oder lag es schlicht an dem schrankbreiten Typen mit dem Adler-Tattoo auf dem Kopf, der das Leben des Alten in letzter Zeit ein wenig auf Vordermann zu bringen schien?

Oder hing alles mit allem zusammen? Vergangenheit, Gegenwart, Zukunft – scheinbar übersichtlich hintereinander auf einem geraden Zeitstrahl angeordnet – waren in Wahrheit unrettbar ineinander verwoben in einem unauflöslichen kosmischen Wollknäuel. Bis irgendwann jemand mit dem finalen Schnitt den letzten Faden durchtrennte.

Wie auch immer. Es war an der Zeit, dass der alte Mann einen neuen Brief bekam.

3

Donnerstag, 6. September

Laurenz rieb sich die Augen und kämpfte sich aus dem engen, mit wuchtiger Stahltür verschlossenen Kellergewölbe seines Traumes zurück in die Wirklichkeit eines neuen Morgens. Auf dem Nachttisch tastete er nach dem Handy. Seine Finger fuhren über die lose verteilten Bücher, die dort lagen. Sie hatten alle dasselbe Thema: Vererbung von Traumata über Generationen hinweg. Erst kürzlich hatte er sich diese Fachliteratur besorgt und war auf seltsame Weise fasziniert von den Theorien über die unbewusste Weitergabe schrecklicher Erfahrungen aus Kriegen oder Katastrophen an die Kinder und Enkel. Das Ganze blieb natürlich in gewisser Weise abstrakt. Echte Antworten würde er weniger in Büchern finden als vielmehr in Gesprächen mit seinem Großvater. Doch das scheute er. Noch.

Er bekam das Handy zu fassen und weckte es aus dem Flugmodus. Noch im Liegen registrierte er den Eingang von siebzehn E-Mails, acht Whats-App- und sieben Threema-Nachrichten sowie drei Benachrichtigungen von Facebook. Er wischte sie fort und öffnete die Stundenbuch-App.

Erwartet den Herrn, steht als Knechte bereit an der Tür.

Während er die Laudes betete, zog von unten Kaffeeduft herauf. Als er nach dem Duschen in die Küche hinunterging, hatte Olek schon das Haus verlassen, um wie gewöhnlich zwei Straßen weiter in Laurenz' Elternhaus Frühstück für Opa Eberhard vorzubereiten. Und für Linda natürlich. Auch nebenan wurde schon gearbeitet, die Tür zum Pfarrbüro stand offen, obwohl es noch vor acht war. Nadeesha Ratnasiri, die Pfarrsekretärin, begann gern früh mit dem Dienst. Jedenfalls fand Laurenz alles vor neun außerordentlich früh. Die späteren Anfangszeiten im Knast waren ihm damals deshalb sehr entgegengekommen. Aber hier hatte er seinen Rhythmus umstellen müssen. Und mittlerweile mochte er diese Morgenstunden irgendwie ganz gern. Gegen heftigen Protest hatte Frau Ratnasiri sich verpflichten lassen, morgens als allererstes die Kirchentür aufzuschließen. Das war ihm wichtig, offene Herzen und offene Türen, nicht nur symbolisch, sondern auch ganz praktisch. Natürlich war da immer die Gefahr von Vandalismus, andererseits sah man inzwischen tatsächlich manchmal Menschen, die vor der Arbeit noch für einige Minuten die Stille des Gotteshauses suchten, um für den neuen Tag Kraft zu tanken. Oder sogar Schüler und Studierende, die vor einer wichtigen Klausur noch schnell ein Kerzchen anzündeten.

Laurenz schenkte sich Kaffee ein und ging ins Pfarrbüro hinüber, um mit Frau Ratnasiri einen kurzen Plausch zu halten, bevor er anschließend ebenfalls die Kirche betrat. Auch das tat er inzwischen fast an jedem Morgen – um einfach nach dem Rechten zu sehen oder sich für die anstehenden Aufgaben des Tages zu sammeln. Bisweilen kam es aber auch zu Begegnungen und Gesprächen, so wie jetzt, denn in der letzten Bank sah er eine alte Frau sitzen. Käthe Fischenich.

Sie zuckte zusammen, als Laurenz näher kam.

»Guten Morgen«, sagte er. »Wie schön, Sie zu sehen. Darf ich mich zu Ihnen setzen?«

Sie nickte und er nahm in der Bank Platz, ließ aber etwas Abstand, damit sie sich nicht bedrängt fühlte, und schwieg einfach.

Nach einer Weile drehte sie sich zu ihm und sagte: »Wir durften damals kein Wort darüber sprechen. Dieses Fräulein war völlig tabu. Schon als sie noch lebte. Und nach dem Mord erst recht. Meine Mutter war beinahe erleichtert, als man die Tote aus dem Haus getragen hatte. So als wäre die Welt dadurch wieder in Ordnung gekommen. Aber durch einen Mord kann doch nichts in Ordnung gebracht werden, nicht wahr?«

»Nein, das glaube ich auch nicht. Sie haben also mit Ihrer Mutter nie über den Mord sprechen können? Ich stelle mir vor, dass das sehr belastend ist, wenn man als junger Mensch so etwas in direkter Umgebung mitbekommt und niemanden hat, mit dem man das verarbeiten kann. Wie alt waren Sie?«

»Da war ich … ich bin Jahrgang fünfunddreißig … also sechzehn muss ich gewesen sein, das war ja einundfünfzig, dieser Vorfall. Man muss natürlich sagen, dass das sowieso ganz anders war als heute. Das Verhältnis zwischen Eltern und Kindern, meine ich. Damals hat man doch nie über schwierige Themen gesprochen. Sie verstehen, das war kurz nach dem Krieg. Jeder hatte schreckliche Sachen gesehen. Die Männer an der Front. Die Frauen und Kinder im Bombenkrieg. Die Nächte im Bunker. Wenn man abends nicht weiß, ob man am nächsten Morgen noch am Leben ist. Oder noch ein Zuhause hat. Oder was zu essen. Und als der Krieg rum war, da ging es ums Aufbauen, da wurde angepackt und nicht gejammert.«

»Und Sie haben seit Ihrer Jugend immer in dieser Wohnung gelebt?«

»Ja. Mein Vater ist früh gestorben. Als ich geheiratet habe, ist mein Mann bei uns eingezogen. Wir hatten ja nie viel Geld. Meine Mutter hat im Kinderzimmer gewohnt und als sie alt war, hab ich sie gepflegt, bis sie gestorben ist. Und nie ein Wort des Dankes. Dabei habe ich für meine Mutter mehr getan, als man überhaupt für einen anderen tun sollte. Tja. Und später habe ich meinen Mann gepflegt, bis auch der gestorben ist. Und jetzt bin ich allein. Die Wohnung ist fast zu groß für eine einzige Person, aber die Miete ist günstig – noch. Und ich will mich nicht vertreiben lassen. Ich habe doch nur noch ein paar Jahre, wenn's hochkommt. Schon jetzt brauche ich manchmal zehn Minuten für die Treppe, aber das hält mich fit. Solange ich das noch kann, bleibe ich.« Der letzte Satz klang trotzig, aber nun wurde ihre Stimme brüchig, als sie fortfuhr: »Ich habe nicht nur nie über die Rosalinde gesprochen, ich habe auch fast siebzig Jahre nicht mehr an sie gedacht. Und an den Mord. Aber seit da das Blut in der Wohnung aufgetaucht ist, kommt alles wieder hoch.«

Laurenz nickte.

»Die Rosalinde«, fuhr sie fort, »die war ein ganz armes Ding. Also innerlich. Nach außen hatte sie ja Geld und umgab sich mit irgendwelchem Firlefanz. Und dann hatte sie diesen Liebhaber aus München mit dem schicken Sportwagen. Aber innendrin muss sie ganz arm gewesen sein. Einsam. Von allen verlassen.«

Laurenz klappte den Mund auf, um eine Frage zu stellen, besann sich und klappte ihn wieder zu. Die Worte der alten Frau hatten ihn neugierig gemacht, und er wollte nachhaken. Nicht nur in seelsorglicher Hinsicht, sondern aus echtem Interesse an dieser lang verschütteten Geschichte. Doch gleichzeitig war ihm eine Warnung in den Kopf geschossen und die musste er aussprechen.

»Sie haben gestern erzählt, dass Frau Rössner eine Detektivin beauftragt habe«, sagte er. »Ich möchte nicht, dass es zu Missverständnissen oder Gerüchten kommt, darum will ich Ihnen sagen, dass diese Detektivin zufällig meine Schwester ist, Linda Broich. Selbstverständlich können Sie sich mir trotzdem anvertrauen. Sie müssen nicht befürchten, dass das, was Sie mir erzählen, in die Ermittlungen meiner Schwester eingeht. Obwohl ich natürlich hoffe, dass Linda möglichst schnell die natürliche Ursache für diesen Spuk herausfindet. Damit meine ich nicht, dass dann automatisch Ihre Erinnerungen wieder verschwinden werden, Frau Fischenich. Und das müssen sie auch gar nicht. Im Gegenteil ist es ja gut, dass Sie Gelegenheit haben, sich mit diesem verstörenden Erlebnis zu befassen und es für sich zu verarbeiten. Ohne Angst am besten. Das ist …«

Er brach ab, als er ihren verwirrten Blick sah. Er hatte natürlich viel zu schnell gesprochen und viel zu viele Gedanken auf einmal.

Doch nicht das hatte die alte Frau irritiert.

»Broich …«, murmelte sie, »Sie heißen doch Broich. Und Ihre Schwester ist Detektivin? Ich kannte mal einen Detektiv, der auch Broich hieß. Warten Sie, ich komm gleich drauf … Eberhard. Ja, Eberhard Broich. Ist das etwa Ihr Vater? Ach, Gott, nein, was sag ich da – nein, Sie sind viel zu jung.«

»Er ist unser Großvater«, nickte Laurenz. »Er hat die Detektei gegründet. Meine Eltern haben das Büro fortgeführt. Inzwischen haben sie sich zur

Ruhe gesetzt und ihren Lebensmittelpunkt nach Mallorca verlegt. Seitdem führt Linda die Detektei. Ich selbst bin ja erst seit Kurzem hier. Ich sehe meine Tätigkeit von der meiner Schwester klar getrennt.«

»Das glaube ich.« Zum ersten Mal sah er die alte Frau lächeln. Sie grinste ihn richtiggehend an. »Aber manchmal kommen Sie sich trotzdem in die Quere, oder?«

»Sie kennen meinen Großvater von früher?«, fragte Laurenz, ohne noch weiter auf Linda einzugehen.

»Als junge Frau, also vor meiner Hochzeit, habe ich als Verkäuferin gearbeitet«, antwortete sie, »in einem Kolonialwarenladen, wo wir nebenher auch allerhand Krimskrams im Sortiment hatten. Der Eberhard war ein guter Kunde und hat das seltsamste Zeug gekauft. Und wenn ich ihn gefragt habe, was er damit anstellen will, hat er immer nur gezwinkert und so gemacht …«, sie tippte sich mit dem Finger gegen die Nase, »… und hat was gesagt von wegen Diskretion.« Sie lachte. »Ja, der hat immer ein bisschen auf geheimnisvoll getan, um uns Mädels zu beeindrucken. Und ein Charmeur war er. Wie geht es ihm denn? Lebt er überhaupt noch?«

»Oja. Und es geht ihm ganz gut. Er geht viel spazieren. Und wie ist das bei Ihnen – haben Sie auch Familie? Kinder? Enkel? Oder sonst jemanden, der sich um Sie kümmert?«

»Mein Mann und ich – wir haben keine Kinder bekommen. Aber ich habe einen Neffen. Großneffen eigentlich, Dietmar, der ist immer für mich da. Nachdem der alte Buschhausen gestorben war, hat er sogar versucht, das Haus zu kaufen.« Ihr Gesicht versteinerte für einen Augenblick. »Aber die Rössners haben viel, viel mehr geboten«, stieß sie hervor und sah Laurenz böse an. »Wenn man so viel Geld für ein Haus bezahlt, das kann man doch durch die Miete gar nicht wieder reinholen, selbst wenn man die verdoppeln würde. Da war mir direkt klar, dass es denen nur darum geht, das Haus zu sanieren und die Wohnungen extrem teuer wieder zu verkaufen. Aber die Rössners haben die Rechnung wohl ohne die arme Rosalinde gemacht.«

Die Alte kicherte in sich hinein, bevor sie plötzlich innehielt und verstohlen zu dem großen Kreuz über dem Altar schaute.

»Entschuldigen Sie«, murmelte sie. »Das war pietätlos.«

»Ach, was«, meinte Laurenz.

Linda hatte eine Genossenschaft erwähnt, die versucht habe, das Haus zu erwerben. Ob der Neffe mit diesem Verein zu tun hatte? Und wenn ja – wäre dann die Tatsache, dass es sich dabei um Frau Fischenichs Neffen handelte, eine relevante Information? Na, wie auch immer, Linda würde es schon selber herausfinden.

Die alte Frau erhob sich.

»Ich will dann mal wieder«, sagte sie. »Vielen Dank für das Gespräch. Und bitte grüßen Sie den Eberhard von mir. Sagen Sie viele Grüße von Käthe Decker. Das ist mein Mädchenname.«

Thomas Buschhausen lebte in Overath, arbeitete bei einem Versicherungsunternehmen in Köln und hatte sich bereit erklärt, sich während seiner Mittagspause mit Linda zum Lunch zu treffen.

»Ich glaube nicht, dass ich Ihnen weiterhelfen kann«, sagte er gleich zu Beginn, »aber ich war neugierig. Wann lernt man schon einmal einen echten Detektiv kennen? Beziehungsweise eine Detektivin. Und ich muss sagen, ich bin nicht enttäuscht worden.«

Er lächelte, nippte an einem Glas Chardonnay und fuhr mit der anderen Hand durch sein volles, grau meliertes Haar. Linda kannte die Geste. Aus irgendeinem Grund schien sie auf gut situierte Männer Anfang fünfzig eine besondere Faszination auszuüben. Kurz streifte ihr Blick seinen Ehering.

»Meine Recherchen drehen sich vor allem um die Frage«, sagte sie, »wer ein Interesse daran haben könnte, die neuen Eigentümer des Hauses zu vergraulen.«

»Sie meinen, dass es darum geht? Dass da jemand Blut verspritzt und einen Spuk vorgaukelt, um die Rössners zu verjagen?«

»Bei ungelösten Verbrechen oder anderen rätselhaften Vorgängen analysiert man stets als Erstes, wem sie nutzen. Cui bono – wer hat was davon? Das erscheint mir naheliegend. Oder kommt Ihnen noch was anderes in den Sinn?«

»Also mir würde noch vieles einfallen, worüber wir beide uns unterhalten könnten«, lächelte er.

»Bleiben wir lieber beim Thema«, erwiderte Linda kühl.

»Hm, tja. Nein.« Er räusperte sich. »Außer natürlich, dass es wirklich spukt. Aber das wollen wir doch lieber ausschließen, oder? In all den Jahren ist nie etwas Derartiges vorgekommen. Jedenfalls habe ich nichts davon mitgekriegt. Ich habe auch erst durch Sie von dem Mord erfahren. Keine Ahnung, ob mein Vater das wusste. Oder ob das für ihn eine Rolle gespielt hätte.«

»Seit wann besaß Ihr Vater das Haus denn?«

Er nahm noch einen Schluck, lehnte sich zurück und sagte: »Er hat es Anfang der Siebzigerjahre gekauft, kurz nach der Geburt meiner jüngeren Schwester. Es war für ihn Teil seiner Altersvorsorge und zugleich auch als finanzielle Absicherung für uns Kinder gedacht.«

»Sie haben also selber nie in der Bechsiefener Straße gewohnt?«

»Nein, ich bin im Bergischen aufgewachsen und der Gegend immer treu geblieben. In die Stadt hat es mich nie gezogen. Und ich verstehe bis heute nicht richtig, warum Menschen so versessen darauf sind, sich mit möglichst vielen anderen auf ein paar wenigen Quadratkilometern zu knubbeln. Kein Wunder, dass die Grundstückspreise explodieren. Und dadurch auch die Mieten. Natürlich hat die allgemeine Zinsentwicklung daran einen Anteil, dass alle Welt sich auf Immobilien stürzt, was wiederum eine Folge der Finanzkrisen ist … aber das führt hier jetzt zu weit. Das Haus hat uns jedenfalls ein hübsches Sümmchen eingebracht, keine Frage. Trotzdem hätte ich mir vorstellen können, es zu behalten und gemeinsam mit meinen Schwestern zu bewirtschaften. Oder das Objekt an eine Genossenschaft zu verpachten. Wir hatten da so eine Anfrage.«

»Von einem gewissen Dietmar Pütz?«, hakte Linda nach. »Mit seinem Verein *Faires Wohnen*?«

»Richtig. Das wäre eine langfristige Perspektive gewesen und wir hätten dabei sogar noch was Gutes tun können. Aber das haben wir als Erben nicht alle so gesehen. Und so haben wir halt verkauft.«

»Frau Rössner hat die Begegnung mit Herrn Pütz nicht gerade als angenehm geschildert …«

»Ja, das war sicherlich ein Fehler von mir, dass ich ihm den Namen und die Telefonnummer weitergegeben habe.« Buschhausen faltete die Hände auf seiner Serviette. »Er hat mich tatsächlich sehr bedrängt, aber ich fand sein Anliegen eben auch sympathisch und dachte, na ja, vielleicht kann er im direkten Gespräch mit Frau Rössner doch noch etwas erreichen. Was offensichtlich nicht der Fall war. Man muss fraglos zurückhaltender mit Informationen umgehen, als ich es getan habe.« Er beugte sich vor und fügte in einem etwas zu privaten Tonfall hinzu: »Oder als ich es jetzt gerade tue. Doch irgendwie habe ich das Gefühl, dass ich Ihnen ganz besonders vertrauen kann.«

»Ich nicht«, brummte Linda.

»Bitte?«

Sie winkte ab und fragte: »Warum hat dieser Pütz eigentlich so viel Druck gemacht? Ich meine, warum war es ihm offensichtlich so wichtig, ausgerechnet dieses Haus für seine Genossenschaft zu erwerben? Er könnte es ja auch irgendwo anders versuchen.«

»Keine Ahnung. Vielleicht ist das einfach seine Art. Es gibt Leute, die macht es eben völlig fuchsig, wenn sie nicht kriegen, was sie wollen. Am besten, Sie sprechen selber mal mit ihm.«

»Er ist der nächste auf der Liste.« Linda öffnete ihre Tasche und suchte nach dem Portemonnaie. »Also, ich danke Ihnen sehr, dass Sie sich die Zeit genommen haben. Falls Ihnen noch etwas einfällt …«

»Jede Sekunde war es wert«, lächelte er. »Und bestimmt fällt mir tatsächlich noch etwas ein. Darüber könnten wir in anderer Atmosphäre sprechen. Ich könnte zum Beispiel heute Abend früher Feierabend machen.«

»Da wird sich Ihre Frau sicher freuen«, erwiderte Linda und winkte dem Kellner. »Die Rechnung bitte.«

Was in der Wohnung unter der ihren geschah, fand Käthe Fischenich aus vielerlei Gründen zum Gruseln, auch wenn sie vielleicht ein wenig mehr darüber wusste, als sie dem Pfarrer gegenüber zugeben konnte. Was sie aber beinahe genauso gruselte, war das neue Telefon. Es lebte nämlich. Natürlich nicht richtig, sie hatte das schon verstanden, aber es wirkte trotzdem so, denn es erkannte ihre Stimme, es antwortete auf Fragen, etwa nach dem Wetter, und es wusste meistens ganz genau, wer anrief. Wenn denn mal jemand anrief. Das Telefon war flach und winzig klein, obwohl Dietmar behauptet hatte, es sei riesig groß, extra für ältere Menschen, ein Senioren-Smartphone. Er hatte es für sie besorgt und sein Bild war es jetzt auch, das auf dem großen Bildschirm aufleuchtete.

Sie nahm das Gerät und fuhr mit dem knochigen Finger über den Bildschirm, um das Gespräch anzunehmen.

»Hallo, Tante Käthe, geht's dir gut? Ich bin heute Abend mal wieder in Köln und wollte kurz vorbeischauen, falls es dir passt. Soll ich irgendwas mitbringen?«

»Ja, es passt mir, das weißt du doch. Und es ist gut, dass du kommst. Die arme Rosalinde macht mich ganz verrückt.«

»Dass du sie immerzu *arm* nennst«, antwortete

er. »Es wird alles gut werden, das hab ich dir doch versprochen.«

»Der Pfarrer sagt ...«

»Was?« Die Stimme aus dem winzigen Riesenseniorentelefon sprang eine Oktave nach oben. »Was denn für ein Pfarrer?«

»Broich heißt der. Das ist der neue Pastor hier. Ich habe mich an ihn gewandt, weil ich nicht mehr weiter wusste. Ich dachte, er kann etwas tun, damit die arme ... also, dass Rosalinde Frieden findet.«

»Tante Käthe, ich bitte dich! Du klingst, als meinst du das ernst. Ich kann es nicht fassen, dass du in die Kirche rennst und einen Pfarrer mit hineinziehst.«

Plötzlich kicherte sie und sagte: »Wirkt es dadurch nicht viel glaubwürdiger?«

Einen Moment blieb es am anderen Ende der Leitung still, dann hörte sie ihren Neffen schallend lachen.

»Mensch, Tante, ich hab für einen Moment gedacht, du glaubst jetzt wirklich an Rosalindes Rückkehr und dass sie in ihrer Wohnung spukt. Aber eigentlich ist das eine gute Idee von dir, das mit dem Pfarrer. Ich muss schon sagen – Respekt. Du spielst deine Rolle außerordentlich gut.«

»Ja. Und weißt du auch warum?« Da war kein Kichern mehr. Stattdessen sah sie sich beklommen nach allen Seiten um, bevor sie in das Gerät flüsterte: »Weil es gar keine Rolle ist.«

»Okay, Tante, das wird mir jetzt ein bisschen zu kompliziert. Lass uns nachher darüber sprechen, wenn ich bei dir bin.«

»Gut«, nickte sie. »Kannst du mir einen Kasten stilles Wasser mitbringen?«

»Mach ich. Und ich bringe dir auch was zum Lesen mit. Einen Zeitungsartikel. Wird dich interessieren.«

Klack, war er weg und auch das Bild vom Bildschirm verschwunden. Aufgelegt. Sagte man das eigentlich noch?, überlegte sie. Auch wenn man schon lange keinen Hörer mehr auf die Gabel legte? Sie legte ihr Senioren-Smartphone auf die Anrichte im Flur und schaute durch die Wand hindurch in die Vergangenheit.

Immer dieselben Typen, dachte Linda, während sie das Bistro verließ und in der Tasche nach ihrem Handy kramte. Beim ersten Mal, vor knapp zehn Jahren, hatte sie noch an die große Liebe geglaubt und tatsächlich den Beteuerungen eines gewissen Florian getraut, er werde demnächst seine Frau für Linda verlassen. Das *Demnächst* zog sich über zwei Jahre, Florian und seine Frau bekamen ein Kind, aber der Kerl wunderte sich trotzdem, als Linda endlich Schluss machte. Beim zweiten Mal, mit Andreas, war es von vornherein nur eine Affäre gewesen und Linda hatte zumindest noch ein schlechtes Gewissen seiner Frau gegenüber empfunden. Bei Dirk, dem dritten verheirateten Kerl in ihrem Leben, war sie schon nach der ersten Nacht zur Besinnung gekommen und hatte die Sache klargestellt, aber Dirk hatte immer wieder geschrieben und angerufen – bis irgendwann an ihrer Stelle einmal Olek ans Telefon gegangen war. Ganz praktisch eigentlich. Am liebsten würde sie ihn auch gleich diesem Buschhausen auf den Hals hetzen. Gab es eigentlich irgendwas, was Olek nicht konnte? Schwimmen, aber das ließe sich ja ändern.

Drei Anrufe in Abwesenheit. Sie stellte das Handy immer lautlos, wenn sie in einem wichtigen Gespräch war. Dass das Gespräch derart unwichtig, da wenig ertragreich werden würde, hatte sie ja nicht wissen können. Alle drei Anrufe auf der Mailbox waren von der Rössner. Ihre Stimme überschlug sich fast.

»Haben Sie heute schon Zeitung gelesen? Rufen Sie mich bitte so schnell wie möglich zurück.«

Einerseits fand Laurenz es ärgerlich, dass sein evangelischer Kollege kurzfristig das Treffen zur Vorbereitung des ökumenischen Erntedankfestes abgesagt hatte. Andererseits hatte er nun etwas freie Zeit und nutzte die Gelegenheit, bei Opa Eberhard vorbeizuschauen. Der stand soeben vor der Tür des zeitlos grünen, typisch rheinischen Dreifensterhauses, schloss die Tür ab und strich noch einmal liebevoll über das diskrete Schild mit der Aufschrift Detektivbüro Broich. Dann wandte er sich der Straße zu, erkannte Laurenz und rief: »Oh, mein Enkel, der Herr Pfarrer!«

»Na, auf dem Weg zu einem kleinen Mittagsspaziergang?«, fragte Laurenz. »Oder bist du in einem kniffligen Fall unterwegs?«

»Letzteres natürlich, mein lieber Enkel. Aber du darfst mich trotzdem begleiten, wenn du möchtest. Solange du dich ganz diskret verhältst. Gestern habe ich am Rhein den Schiffsverkehr beobachtet. Und gerade eben hat Olek mir gesteckt, dass es drüben am Büdchen nicht mit rechten Dingen zugeht.

Angeblich tauschen Geheimagenten dort irgendwelche verschlüsselten Papiere miteinander aus,
indem sie so tun, als würden sie Zeitungen kaufen.«

»Das muss ich mir unbedingt ansehen«, sagte
Laurenz.

Eberhard hakte sich bei seinem Enkel ein und sie
setzten sich in Bewegung.

»Ich weiß übrigens schon, dass Olek und Linda
sich jeden Tag eine andere Story für mich ausden-
ken, damit ich an die frische Luft komme«, sagte der
Alte. »Die denken wohl, sie könnten mich an der
Spürnase herumführen.« Er zwinkerte und tippte
sich mit dem Finger gegen den Nasenflügel. »Aber
ich will kein Spielverderber sein. Die Bewegung tut
mir tatsächlich gut. Und außerdem ist das die beste
Möglichkeit zur Gegenobservation.«

»Ach«, machte Laurenz. »Wer observiert dich
denn? Ist es der mysteriöse Unbekannte, der den
anonymen Brief geschrieben und das Plakat ange-
klebt hat?«

»Falsch«, erwiderte der Alte. »Es ist eine *Sie*.
Also die mysteriöse Unbekannte. Ich habe bis jetzt
leider keinen Anhaltspunkt, dass sie es ist, die hinter dem Brief und dem Plakat steckt. Aber dass sie
mich verfolgt, da bin ich mir ziemlich sicher.«

»So, so.«

»Ja, so, so«, äffte der Alte Laurenz' Tonfall nach.
»Sie ist etwa in deinem und Lindas Alter, würde
ich sagen. Hat eine Vorliebe für karierte Röcke und
hohe Stiefel. Ich sehe sie fast jeden zweiten Tag.«

»Ich sehe auch sehr viele Leute fast jeden zweiten
Tag«, gab Laurenz zu bedenken. »Zum Beispiel Menschen, die zur Arbeit gehen. Immer zur selben Zeit auf
demselben Weg. Oder weil sie jeden Nachmittag zur selben Uhrzeit ihre Kinder aus dem Kindergarten abholen.«

»Unsinn. Ich gehe verschiedene Wege. Sie bleibt natürlich immer auf Abstand. Einmal habe ich's drauf angelegt, hab auf dem Absatz kehrtgemacht und bin direkt auf sie zugegangen. Da hat sie sich einfach auf die nächste Parkbank gesetzt und an mir vorbeigeguckt, als wäre nichts.«

»Und wenn wirklich nichts war?«

»Ich wusste, dass du mir nicht glaubst. Und Linda würde mir sowieso nicht glauben, darum erzähle ich es ihr erst gar nicht. Nur auf Olek kann ich mich verlassen.«

Laurenz spürte einen Stich im Herzen und wunderte sich darüber, dass die Worte des Alten, obwohl er nicht viel darauf gab, ihn anscheinend zu treffen vermochten.

»Du kannst dich auf jeden von uns verlassen«, gab er zurück und fand, dass er sich trotzig anhörte. »Vielleicht haben wir ein anderes Verständnis davon, was Verlässlichkeit ausmacht. Dazu gehört, dass wir nicht blind alles nachplappern, was du sagst, sondern auch mal kritisch sind. Du willst doch schließlich ernst genommen werden oder nicht?«

»Da ist das Büdchen«, sagte der Alte stoisch.

Waren Laurenz' Worte zu komplex für ihn gewesen? Oder hatte der Alte nur keine Lust, sich mit all dem auseinanderzusetzen? Altersstarrsinn vorzugeben, war vermutlich eine sehr kommode Technik, um übergangslos aus jedem unliebsamen Gespräch auszusteigen.

Laurenz folgte dem Blick des Alten zu dem Kiosk, unweit der Straßenbahnhaltestelle Mitscherlichstraße. Als Kind hatte er sein erstes Taschengeld dort hingetragen – eine gemischte Tüte für fünfzig Pfennig. Und später dort ganz heimlich die erste Packung Zigaretten gekauft. Hier war so etwas wie der inoffizielle Mittelpunkt des rechtsrheinischen Veedels, zu dem neben dem historischen Ortskern rund um die Kirche auch sehr gegensätzliche Orte gehörten, etwa die Hochhaussiedlung am Mauspfad oder das Reichenviertel mit den ausladenden Bungalows am Seidenweg. Dazwischen lagen eintönige Reihenhausquartiere und Straßenzeilen aus blitzblank sanierten Altbauten, aber auch die erwähnten Arbeiterhäuser und Eckkneipen gab es vereinzelt noch. Und ziemlich genau hier an dieser Straßenbahnhaltestelle kreuzten sich die wichtigen Verkehrsadern, die die Viertel untereinander verbanden und rüber ins linksrheinische Köln führten oder nordwärts nach Leverkusen. Wie immer um die Mittagszeit herrschte einiger Trubel.

»Und jetzt gerade?«, fragte Laurenz. »Siehst du sie irgendwo?«

»Hä? Wen?«

»Die Frau mit Karorock und hohen Stiefeln.«

Opa Eberhard vollführte eine Drehung um die eigene Achse und griff unvermittelt nach Laurenz' Arm, als ob es ihn plötzlich schwindelte.

»Nee«, murmelte er. »Aber du kannst ja öfter mit mir spazieren gehen.« Er grinste. »Früher oder später wird sie auftauchen.«

Das könnte seinem Opa natürlich so passen, dachte Laurenz. In dieser komischen Patchwork-Konstellation aus Linda, Olek und ihnen beiden konnte keiner mehr sagen, wer hier eigentlich wen veräppelte. Vielleicht eine Nebenwirkung davon, wenn der Familienbetrieb eine Detektei ist.

»Ich schlag dir was vor«, sagte Laurenz. »Wir kaufen uns einen Kaffee am Büdchen und setzen uns dort drüben ein bisschen auf die Bank. Während ich den Kaffee bezahle, schaust du unauffällig im Zeitungsständer nach, ob da irgendwo geheime Unterlagen versteckt sind.«

»Gute Idee.«

Sie überquerten die Straße und gingen zum Kiosk hinüber, Laurenz bestellte zwei Becher Milchkaffee. Opa Eberhard tat, wie ihm geheißen, und musterte die Zeitungen, zog ein Boulevardblatt heraus und schlug es auf. Laurenz steckte das Wechselgeld ein, nahm die beiden Becher und wandte sich zum Gehen.

»Moment«, sagte der Alte und legte die Zeitung auf die Durchreiche. »Der Express kommt noch dazu.«

Da er aber keine Anstalten machte, zu bezahlen, setzte Laurenz die Becher wieder ab und kramte erneut sein Geld hervor.

»Ich hab kein Portemonnaie dabei«, brummte Eberhard, klemmte sich den Express unter den Arm und schlurfte auf die Bank zu, die ein paar Meter entfernt vor einem vernachlässigten Blumenbeet stand.

Als Laurenz sich wenig später zu ihm setzte und ihm den Kaffeebecher reichte, sagte er: »Ich hoffe, da sind wirklich geheime Unterlagen drin versteckt. Oder interessierst du dich bloß für irgendwelche Pin-up-Girls?«

»Nein, aber für Gespenster.«

Eberhard stellte den dampfenden Kaffeebecher vorsichtig neben sich auf die Bank und tippte auf einen kleinen Artikel von höchstens einer halben Spalte. Die Überschrift fragte in dicken Buchstaben: *Spuk im Magdalenenveedel?*

»Schau mal, da geht es um Lindas neuesten Fall.«

»Das gibt's doch nicht!«

»Toll, was?«, strahlte Opa Eberhard.

»Hier im Veedel ist immer was los, das ist ja fast wie früher.«

»Ja, leider.«

Laurenz beugte sich über die Zeitung und überflog rasch den kurzen Text.

Mysteriöse Blutflecken an den Wänden einer Mietwohnung lehren Bewohner und Eigentümer eines Hauses in der Bechsiefener Straße das Fürchten. In den zurzeit leerstehenden Räumlichkeiten tauchten seit dem Frühsommer immer wieder Spritzer von menschlichem Blut auf. Trotz Einsatzes von moderner Überwachungstechnik konnte die Ursache bislang nicht gefunden werden. Zumindest keine natürliche Ursache, die man wissenschaftlich erklären könnte. Eine andere mögliche Erklärung lässt an einen Gruselfilm denken: Denn in der fraglichen Wohnung soll vor etlichen Jahren eine junge Frau, angeblich eine Prostituierte, ermordet worden sein. Geht etwa ihr Geist dort um?

»Ich glaube nicht an Gespenster«, sagt einer der Bewohner, der seinen Namen nicht in der Zeitung lesen möchte. »Trotzdem mache ich mir als alleinerziehender Vater natürlich Sorgen.«

Sorgen, die auch der Hausbesitzer ernst nehmen sollte. Eine Investmentfirma hatte das Objekt im Magdalenenveedel erst vor wenigen Monaten erstanden und mit der Sanierung begonnen. Die Geschäftsführerin war für eine Stellungnahme bislang nicht zu erreichen.

»Wie um alles in der Welt kommt das in die Zeitung?«, rief Laurenz aus. »Ob Linda das schon mitgekriegt hat? Die wird ausflippen.«

»Ach, ein bisschen Publicity schadet doch nicht«,

meinte Eberhard. »Leider hat man die Detektei nicht erwähnt, aber das kann ja noch kommen. Der Reporter wird sicher dranbleiben.«

»Bloß nicht!« Laurenz schüttelte den Kopf. »Ich hänge da nämlich auch mit drin.«

»Hat die Immobilienfirma dich etwa auch beauftragt? Sollst du das Gespenst mit Weihwasser austreiben?«

»So ähnlich.« Laurenz pustete in den heißen Kaffee, nahm einen Schluck und verbrannte sich die Lippe. »Aber nicht die Firma hat mich beauftragt, sondern eine Bewohnerin. Von der ich dich übrigens grüßen soll.«

»Na so was. Wer ist es denn?«

»Käthe Fischenich – also Käthe Decker, so hieß sie früher.«

»Deckers Kättche«, rief der Alte aus. »Ja, lebt die denn noch?«

»Vor ein paar Stunden lebte sie noch«, meinte Laurenz. »Jedenfalls empfange ich keine Stimmen aus dem Jenseits.«

Wenn man diesen wiederkehrenden Traum mal außen vor ließ, schoss es ihm durch den Kopf, denn wer weiß, aus welchen Sphären dieses Hirngespinst mit dem finsteren Keller kommen mochte.

»Dat Kättche war ein heißer Feger«, sagte Eberhard versonnen, griff nach dem Kaffee und bekleckerte sich.

Laurenz nahm ihm wortlos den Becher aus der Hand, trank einen Schluck daraus, damit das Gebräu nicht mehr überzuschwappen drohte, und gab den Becher zurück.

»Erinnerst du dich an diesen Mord?«, fragte er. »Ich kann mir vorstellen, dass das damals hier im Veedel für Aufsehen gesorgt hat.«

»Aber ja!« Der Alte trank und setzte den Becher wieder ab. »Rosalinde Kaul. Soll eine Edelprostituierte gewesen sein. Ich erinnere mich gut an die Sache, weil ich auch den Mann kannte, dem sie es später angehängt haben. Ich hab deiner Schwester übrigens angeboten, dass ich ihr alles erzähle, was ich darüber noch weiß. Aber Linda denkt ja, dass sie ohne mich besser klarkommt. Sie meinte, dass die jetzigen Vorgänge mit dem Fall von damals nichts zu tun hätten. Das würde nur jemand als willkommenen Anlass für eine inszenierte Spukgeschichte nehmen.«

Er schaute mit düsterer Miene in seinen Kaffeebecher.

»Aber mich würde es interessieren«, sagte Laurenz. »Ehrlich. Du hast also den Mörder gekannt? Ich meine: den mutmaßlichen Mörder.«

»Wirklich? Oder willst du mich nur beschäftigen, so wie Olek mit seinen geheimnisvollen Observierungen?«

»Nein, ernsthaft. Deine alte Freundin, Käthe Fischenich, ist zutiefst von diesem Mord traumatisiert, so wirkt sie auf mich. Vermutlich hat sie das über Jahrzehnte verdrängt, jetzt kommt es plötzlich wieder hoch. Aber es ist nicht einfach nur die Tatsache, dass in ihrer unmittelbaren Nachbarschaft ein Mord geschehen ist, als sie ein junges Mädchen war. Das geht irgendwie tiefer. Vielleicht kann ich das alles besser verstehen, wenn du mir erzählst, was du weißt.«

»Na, dann.« Der Alte trank von seinem Kaffee, lehnte sich behaglich zurück und begann: »Der Mord war monatelang Stadtgespräch. Denn die Polizei tappte völlig im Dunkeln. Es gab Gerüchte, dass unter den Kunden von der Rosalinde viele Persönlichkeiten aus der Hautevolee waren. Politiker, Kaufleute, sogar Kirchenmänner und auch hochgestellte Beamte aus der Polizei. Alles nur Gerüchte, wie gesagt, aber es wurde gemunkelt, dass die Hintergründe auf Befehl von höchsten Stellen vertuscht werden sollten. Doch weil die Presse alle Jahre wieder nachgebohrt hat – und nicht nur aus Köln, sogar bundesweit, die Rosalinde soll nämlich mal mit einem Reporter von der Quick verbandelt gewesen sein –, haben sie irgendwann, das war schon in den Sechzigerjahren, einen Verdächtigen aus dem Hut gezaubert. Das war der Klütte Schäng.«

»Einer aus dem Miljö«, sagte Laurenz, der sich an Käthe Fischenichs Erzählung vom Morgen erinnerte.

»Ein Lude, wie er im Buch steht, sag ich dir«, nickte der Alte. »Mit richtigem Namen hieß der Hans Leimbach, aber so nannte den ja keiner. Hat nach dem Krieg mit Kohlen auf dem Schwarzmarkt sein erstes kleines Vermögen gemacht und das Geld in Pferdchen investiert. Aber nicht auf der Rennbahn in Nippes, sondern auf dem Eigelstein und der Friesenstraße, wenn du verstehst, was ich meine.«

»Denke schon.«

»Ein fieser Kerl, aber man konnte mit dem reden. Wenn ich manchmal Klienten hatte, die irgendwie Probleme mit dem Miljö hatten, dann konnte ich zum Klütte Schäng gehen und sagen, mach mir mal Kontakt zu dem und dem, und dann ging das. Und als sie den vor Gericht gestellt haben, sagte die Anklage, der hätte die Rosalinde umgebracht, weil sie sich keinem Zuhälter hat unterwerfen wollen. Nicht ihm noch irgendeinem anderen. Das sei auch als Warnung für all die anderen Frauen im Miljö gedacht gewesen. So ein Unsinn. Ich hab das nicht geglaubt. Und auch sonst fast keiner, die Beweisführung war hanebüchen. Der sollte ein Bauernopfer sein, der Klütte Schäng, der saß eh schon wegen was anderem im Klingelpütz. Aber der Richter hat das nicht mitgemacht. Die Stadt war zwar ziemlich verkommen damals, aber immerhin haben Gerichte ihre Arbeit getan.« Eberhard blickte beinahe verträumt in den Himmel, bevor er Laurenz ansah und fragte:»Hab ich dir schon mal erzählt, dass Köln damals angeblich die kriminellste Stadt Deutschlands war? Deshalb wurde sie auch Chicago am Rhein genannt.«

»Ja, früher, als ich noch Kind war. Nur ungefähr dreitausend Mal.«

»Und hab ich dir auch gesagt, warum das so war?«

»Hm … nein.« Laurenz sah seinen Großvater erstaunt an. »Warum denn?«

»Wegen der Nazizeit. Die hatten alle Dreck am Stecken – die Politiker, die Kaufleute, die Polizei. Die vor allem. Und deshalb waren die alle erpressbar. Verstehst du? Die Korruption blühte und rund um die Korruption blühte das Verbrechen. Und wir sagten Klüngel dazu. Ein viel zu harmloses Wort.«

Laurenz nickte und fragte sich, ob das nicht in anderen Städten genauso gewesen sein musste, was war in Köln so besonders?

»Alle hatten sie Dreck am Stecken«, murmelte der Alte vor sich hin. »Braunen Dreck. Jeder.«

Laurenz trank von seinem Kaffee, der inzwischen fast kalt war.

»Was ist aus dem Klütte Schäng geworden?«, fragte er.

»Tja«, machte der Alte. »Irgendwann war seine Zeit vorbei. Wie die von den anderen Luden und

Türstehern und wer da sonst noch zum Miljö gehörte. Irgendwann kamen die Türken und Russen und Albaner und so weiter und haben die Halbwelt übernommen. Die waren noch härter und noch abgekochter als die kölschen Halbweltler. Und vor allem jünger. Der Klütte Schäng, soweit ich das weiß, hat am Schluss von der Sozialhilfe gelebt und ist in irgendeinem Pflegeheim gestorben. Das ist auch schon wieder über zwanzig Jahre her. Tja.«

Eberhard leerte seinen Kaffee und erhob sich ächzend.

»Dann lass uns mal langsam nach Hause gehen«, sagte er und warf seinen Becher in den Mülleimer neben der Bank. »Ich könnte ein Mittagsschläfchen gebrauchen.«

Er hakte sich bei Laurenz unter und sah nachdenklich in die Ferne. »Schon damals, als der Klütte Schäng gestorben ist, war das alles längst Geschichte. Schon damals hat sich keiner mehr an die Rosalinde erinnert. Und jetzt, nach siebzig Jahren, da taucht sie wieder ... Hey!«

»Was ist?« Laurenz sah den Alten an. Wie vom Schlag getroffen starrte dieser hinüber auf die andere Straßenseite.

»Da ist sie!«, entfuhr es Eberhard.

»Wer – Rosalinde?«

»Unsinn, Junge! Die Frau mit dem karierten Rock.«

In diesem Augenblick rauschte die Straßenbahn heran. Laurenz war aufgesprungen und versuchte, durch die Glasscheiben der Waggons einzelne Menschen auf der anderen Seite zu erkennen, aber vergebens. Wenig später fuhr die Bahn weiter, von Karorock und hohen Stiefeln keine Spur.

»Dieser Zeitungsbericht ist eine Katastrophe!«, rief die Rössner. »Wenn die Wohnungsinteressenten das mitbekommen – was soll ich denen sagen?«

»Die sind ganz sicher nicht abergläubisch«, hielt Linda dagegen.

Sie war gerade nach Hause gekommen und hatte am Schreibtisch Platz genommen, das Telefon zwischen Schulter und Ohr geklemmt und scrollte am Bildschirm durch die Website des Express.

»Das spielt keine Rolle«, meinte die Rössner. »Wenn es erst mal blöde Gerüchte um ein Objekt gibt, dann bleibt auch immer etwas hängen. Egal, ob da Anarchisten vor der Tür Autos anzünden oder ob es angeblich spukt. Sie müssen die Sache aufklären und beenden, Frau Broich, so schnell es geht.«

»Das werde ich. Ich melde mich, sobald es etwas Neues gibt.«

Linda hatte kaum aufgelegt, als sich der Schlüssel in der Haustür drehte. Opa Eberhard betrat den Hausflur, gefolgt von Laurenz. Beide streckten die Köpfe zur offenen Tür ihres Büros herein. Linda sah, dass der Alte die fragliche Zeitung unterm Arm trug.

»So ein Mist, oder?«, entfuhr es ihr. »Ich könnte den Redakteuren den Hals umdrehen. Lassen sich von diesem Orsan Tolu eine Räuberpistole erzählen und drucken das unhinterfragt ab.«

»Aber wenn sie über den Spuk berichten«, wandte ihr Großvater ein, »werden sie auch über das Detektivbüro berichten, das ihn aufklärt.«

»Diskretion, Opa«, entgegnete Linda. »Unser Erfolgsrezept, schon vergessen?«

»Ach, ein bisschen Werbung kann nicht schaden«, meinte der Alte.

»Apropos Diskretion«, brummte Linda, stand auf und sah Laurenz an. »Hab ich dir schon mal gesagt, was ich an dir gut finde? Dass du im Zölibat lebst. Da kannst du, wenn du fremdgehst, höchstens Gott betrügen, aber nicht deine Frau.«

Laurenz wollte gerade dazu ansetzen, zu erklären, dass er überhaupt nicht die Absicht habe, fremdzugehen, als er an Lindas Blick sah, dass es ihr vermutlich gar nicht darum ging.

Abermals schwang die Tür auf und Olek schob sich rücklings und einen hohen Bücherstapel balancierend herein. Auf den Buchrücken klebten bunte Signaturen.

»Wo kommst du denn her?«, fragte Linda. »Sag bloß, du warst in der Bücherei?«

»Laurenz hat doch gesagt, ich soll mich fortbilden«, antwortete Olek, parkte seinen Bücherstapel auf einer der unteren Treppenstufen und schloss die Tür.

Laurenz musterte die Auswahl und nahm das oberste Buch in die Hand. Der Umschlag war pechschwarz, blutrot brüllte ihm der Titel entgegen: *Kenne den Satan! Alles über die Austreibung von Teufeln und Dämonen.*

Er hielt das Buch hoch und sagte: »Fortbilden ist gut, aber ich meinte damit nicht, dass du Exorzist werden sollst.«

»Ich will vorbereitet sein«, brummte Olek. »In jede Richtung. Auch in andere.«

Laurenz' Blick glitt an dem Bücherstapel hinab. Außer zwei weiteren Titeln zu okkulten Themen ging es da um Rechnungswesen, um Weinbau, Geheimnisse der Pferdezucht oder Webseitenprogrammierung.

»Im Knast hast du mich immer gefragt, wofür ich mich eigentlich interessiere«, sagte Olek. »Wenn ich jetzt ein paar Nächte in dieser Wohnung verbringen soll, ganz ohne Fernseher, dann hab ich Zeit, es herauszufinden.«

Plötzlich begannen seine Augen zu leuchten. »Diese Pfarrbücherei ist ein Paradies im Vergleich zu unserer ollen Gefängnisbibliothek. Da geht einem die Welt auf.«

»Ich wusste gar nicht, dass du einen Büchereiausweis hast«, sagte Laurenz misstrauisch. »Oder dass die Bücherei heute überhaupt aufhat.«

»Hatte sie nicht«, meinte Olek achselzuckend. »Ich hab mir halt deinen Generalschlüssel ausgeborgt. Ich bringe die Bücher schon zurück.«

»Aber du kannst doch nicht einfach … die Bücher müssen doch registriert werden, da gibt es Listen oder was weiß ich.«

»Listen!«, rief Olek. »Ausweise!« Er fuhr sich mit seinen Pranken über den Schädel, als raufe er sich seine nicht vorhandenen Haare. »Ihr Deutschen geht ja nicht mal aufs Klo ohne Ausweise und Listen.«

»Das kann man sicher alles nachholen«, meinte Linda. »Lass uns jetzt erst mal unseren Plan durchgehen, Olek. Vielleicht haben wir Glück und Orsan Tolu schlägt heute Nacht wieder zu.«

»Du hast dich voll auf den Mann eingeschossen, hm?«, fragte Laurenz.

»Für den Moment, ja«, sagte Linda. »Dass er den Rössners jetzt auch die Zeitung auf den Hals hetzt, erhärtet den Verdacht zusätzlich noch.«

»Einerseits schon«, nickte Laurenz. »Andererseits ist mir vorhin eine Sache eingefallen … Du hast gestern erklärt, welche Kriterien dein Verdächtiger erfüllen muss. Dass er ein Motiv braucht und technisches Geschick und Zugang zu menschlichem Blut, ohne gleich ein Massaker anzurichten.«

»Ja, und?« Seine Schwester legte den Kopf schräg und trommelte mit den Fingern ungeduldig gegen den Türrahmen. »Was noch?«

»Er muss von dem Mordfall Rosalinde Kaul wissen.« Laurenz wandte sich an seinen Großvater. »Opa. Du hast es eben so schön auf den Punkt gebracht.«

»Bestimmt«, nickte der Alte zufrieden. »Aber wovon sprichst du, Junge?«

»Du sagtest, der Mord sei schon vor Jahrzehnten in Vergessenheit geraten. Und trotzdem«, jetzt sah Laurenz wieder seine Schwester an, »soll mit den Blutattacken eindeutig auf den Mord Bezug genommen werden. Also – wer außer Frau Fischenich kannte diese alte Geschichte überhaupt?«

Linda zuckte mit den Achseln und sagte: »Jeder, dem es die alte Frau erzählt hat. In so einem Haus wird doch getratscht.«

»Aber nicht über Rosalinde und ihren gewaltsamen Tod«, hielt Laurenz dagegen. »Frau Fischenich hat in all den Jahren nie darüber gesprochen. Sagt sie jedenfalls und ich nehme ihr das ab.«

Linda schaute an die stuckverzierte Decke und rief sich ihr Gespräch vorhin beim Lunch in Erinnerung.

»Die Familie Buschhausen, der vorherige Besitzer, scheint das auch nicht gewusst zu haben«, murmelte sie. »Du könntest recht haben. Offensichtlich ist die alte Frau erst mit der Geschichte herausgerückt, nachdem zum ersten Mal Blutflecken in der Wohnung aufgetaucht sind. Aber könnte sie selber dahinterstecken? Dann muss sie irgendwelche Helfer haben.« Linda stemmte die Hände in die Hüften.

»Wie auch immer. Wir werden den Fall nicht lösen, indem wir hier herumstehen und spekulieren. Deshalb, Olek, gehen wir jetzt nach oben und stellen deine Ausrüstung zusammen. Und morgen statte ich diesem Genossenschaftler, diesem Pütz einen unangemeldeten Besuch ab. Das ist der Letzte auf der Liste. Er hat sich bisher nicht zurückgemeldet und antwortet auch nicht auf meine E-Mails.«

»Na gut«, sagte Olek und wollte Linda schon die Treppe hinauf folgen, blieb aber auf der ersten Stufe stehen. Er sah Laurenz flehentlich an. »Kannst du nicht mitkommen? Nur kurz. Und mir deinen Segen erteilen?«

Dass das Veedel sich rasant veränderte, sah man nicht nur an den Hausfassaden, fand Dietmar Pütz, oder daran, dass auf einmal immer mehr adrette junge Menschen in Designerklamotten teure Designerkinderwagen mit ihren Designerbabys darin durch die holprigen Gassen schoben. Vor allem Parkplätze waren rar geworden. Und so musste er den Wasserkasten zwei Straßen weit schleppen.

Trotz seiner Leibesfülle und der schon wieder hochsommerlichen Temperaturen trug er wie stets ein Holzfällerhemd, glücklicherweise hatte er sein dichtes Haar zu einem Männer-Dutt gebunden. Er musste erst einmal verschnaufen und den Schweiß von der Stirn wischen, als er endlich vor dem Haus mit der Nummer dreizehn stand. Dann drückte er nicht auf das Klingelschild seiner Großtante, sondern auf das der Familie Tolu.

Oben im ersten Stock empfingen ihn ein Duft von Koriander und im Türrahmen der kleine Melih, der sich nach hinten umdrehte und rief: »Papa, da ist wieder der Freund von der Oma Fischi!«

Orsan Tolu tauchte auf, eine Kochschürze umgebunden, rieb sich die Finger daran ab und gab Pütz die Hand.

»Ich hab nicht viel Zeit«, sagte er, »ich mach gerade Abendessen.«

»Haben Sie die Zeitung gelesen?«, fragte Pütz.

»Klar, gleich heute Morgen. Ich hoffe nur, dass Sie recht behalten und wir deswegen keinen Ärger von unserer Heuschreckenkönigin kriegen.«

»Heuschrecken haben keine Königin«, lächelte Pütz. »Davon abgesehen wäre es aber ein sehr schönes Bild für die Rössner. Machen Sie sich bitte keine Sorgen, Orsan. Es ist nicht ungesetzlich, Interviews zu geben. Frau Rössner übt Druck aus und jetzt bekommt sie etwas Gegendruck von uns.«

»Ja, und sie selber erhöht dann ihrerseits auch wieder den Druck«, brummte Tolu. »War diese Detektivin schon bei Ihnen? Linda Broich?«

»Hat mir geschrieben und meine Mailbox vollgequatscht«, antwortete Pütz. »Aber mir fehlt die Zeit, mich um so was zu kümmern.«

»Wie Sie meinen«, sagte Tolu. »Jedenfalls hab ich meinen Teil getan. Aus allem anderen lassen Sie mich raus, ja? Ich trage schließlich Verantwortung für zwei kleine Kinder.«

»Was meinen Sie damit? Mit *allem anderen*?«

»Na.« Tolu deutete nach oben, die Treppen hinauf. »Die Sache mit dem Blut.«

»Ach, das«, grinste Pütz. »Ich dachte, dass *Sie* dahinterstecken.«

»Und ich denke dasselbe von Ihnen.«

»Wer weiß – am Ende ist es wirklich ein Spuk? Es gibt so viele unerklärliche Phänomene auf der Welt, warum nicht auch hier im Veedel?«

»Ich hab was auf dem Herd«, sagte Tolu. »Entschuldigen Sie mich.«

»Ja, dann bis demnächst mal.«

Pütz hievte seinen Wasserkasten wieder hoch und wollte die nächsten Stufen nehmen, als er hörte, wie unten die Haustür geöffnet wurde. Da Tolu und vermutlich auch Tante Käthe im Haus waren und sonst niemand mehr hier wohnte, konnte das eigentlich nur die Rössner sein. Oder jemand aus ihrer Firma. Den Schritten und Stimmen nach zu urteilen, mussten es zwei oder drei Personen sein. Sie kamen die Treppe herauf.

Als Erstes tauchte ein furchterregender Kerl auf, dessen blanken Schädel das Tattoo eines polnischen Adlers zierte. Er schleppte einen riesigen Rucksack, als sei er auf Weltreise. Oder als wolle er hier einziehen. Dahinter kam eine Frau mit Nasenpiercing, gefolgt von einem Mann mit schlabbrigem Leinensakko und ernstem Blick – sah wie ein Lehrer aus oder etwas in der Art. Sein Gesicht ähnelte dem der Frau, vielleicht waren sie Geschwister.

Pütz blieb stehen, bis das seltsame Trio auf seiner Höhe war, und fragte: »Guten Tag, kann ich Ihnen helfen?«

»Bestimmt«, sagte die Frau. »Vielleicht wollen Sie uns sagen, was Sie hierher führt?«

»Ha! Das sollte ich besser Sie fragen. Jedenfalls hab ich Sie hier noch nie gesehen. Und bei den seltsamen Dingen, die im Haus vorgehen, wird man schnell misstrauisch. Bitte nicht persönlich nehmen.«

»Keine Sorge, tun wir nicht«, sagte die Frau.

»Mein Name ist Broich, ich bin Detektivin. Das ist mein Mitarbeiter, Herr Mazur. Und das ist ...« Sie zögerte.

»Ebenfalls Broich«, sagte der Mann im Leinensakko. »Ich bin Pfarrer.«

Pütz konnte sich ein Schmunzeln nicht verkneifen. Was für eine illustre Runde. Na ja, er sollte es vielleicht hinter sich bringen.

»Ich heiße Pütz, Dietmar Pütz. Und ich bin gerade auf dem Weg zu meiner Großtante, Käthe Fischenich.« Er sah, wie die Detektivin kurz überrascht eine Augenbraue hochzog. »Sie sind die Dame, die versucht hat, mich zu erreichen, ja?«

Ganz oben öffnete sich jetzt eine Tür, dann schob sich das Gesicht von Frau Fischenich übers Treppengeländer.

»Ach, du bist es, Dietmar. Und der Herr Pastor – ich meine: Herr Broich? Nanu.«

»Kommen Sie meinetwegen mit hoch«, sagte Pütz zu Linda, »wenn meine Tante nichts dagegen hat.«

»Aber nicht doch«, meinte die alte Frau, »ich hab genug Plätzchen da. Kommen Sie denn auch, Herr Broich? Und Ihr Begleiter auch?«

»Nein«, entgegnete Linda an Laurenz' Stelle und drückte ihrem Bruder einen Schlüssel in die Hand. »Geht ihr doch schon mal in die Wohnung.«

Sie zeigte auf die Tür.

M

Laurenz nickte und schob den Schlüssel ins Schloss, während Linda dem Mann mit dem Wasserkasten ins oberste Stockwerk folgte. Durch den Flur mit seinen kahlen Wänden sah Laurenz schon das Bad, das ohne Installationen und Fliesen mit Blick auf den darunterliegenden Backstein wie eine einzige schwärende Wunde wirkte, wie er fand. Olek folgte Laurenz in die Küche aus Siebzigerjahre-Orange und ließ den schweren Rucksack von der Schulter plumpsen.

»Ich dachte, das wäre ein Witz, dass ich notfalls ins Spülbecken pinkeln müsste«, murmelte er.

»Verschone mich mit Details«, bat Laurenz und ging weiter durch das leere Wohnzimmer mit den Umrissen der Möbel auf der alten Tapete bis in das Spukzimmer. Eigentlich war dies der hellste und freundlichste Raum der Wohnung. Die Dielen waren frisch abgeschliffen und die Wände blütenweiß – wären darauf nicht die undefinierbaren Rückstände zu erkennen gewesen, die Laurenz niemals für Blut gehalten hätte, hätte er es nicht bereits gewusst.

Olek streckte die Hand aus, näherte sich mit zwei Fingern einem der Flecken, zögerte, zog die Hand wieder zurück.

»Kannst du nicht doch wenigstens ...?«

»Nein«, sagte Laurenz. »Ich bin mit euch hierhergekommen, weil du mich so dringend darum gebeten hast. Aber mehr kann ich nicht tun.«

»Aber als ich Kind war, in Polen, kurz nach der Wende, da war auf dem Nachbarhof die Tochter des Bauern von einem Dämon besessen, die hat die Scheune verhext. Da kam ein Priester und hat sie befreit. Also das Mädchen hat er befreit und auch die Scheune. Der hatte ein Buch, der kannte alle Sprüche, die man sagen muss. Und die Namen aller Dämonen. Beelzebul und so weiter.«

»Ich kenne die Namen der Dämonen ebenfalls«,

knurrte Laurenz. »Und du auch, Olek, wir haben sie im Knast alle gesehen, genauso wie draußen auch. Sie heißen Manische Depression oder Schizophrenie, sie heißen Alkoholismus oder Heroinsucht, Empathielosigkeit, Egoismus, Hass. Oder einfach nur Burnout. Das und viele weitere sind die Dämonen unserer Zeit. Ein seriöser Seelsorger vertreibt sie nicht mit Weihwasser und Zaubersprüchen, sondern indem er die betroffenen Menschen dabei unterstützt, eine passende Therapie zu beginnen. Vergiss Beelzebul.«

Laurenz sah Oleks sorgenvolle Miene. »In Ordnung, weil du es bist ...«, seufzte er und griff in die Innentasche seines Sakkos. Er zog ein sehr kleines Aspergill hervor, einen Sprengel, dessen Kopf mit Weihwasser gefüllt war. Daraus ließ er ein paar Tropfen auf Oleks Stirn regnen und sagte: »Der Herr segne und beschütze dich, mein Freund.«

Dann holte er aus und schwang das Gerät gegen die Wände ringsum, dass die Tropfen nur so stoben.

Olek schlug die Augen nieder und bekreuzigte sich.

Laurenz war nicht ganz wohl dabei. Er erinnerte sich an jenen Graumagier, in dessen Haut er als Teenager beim Fantasy-Rollenspiel *Das Schwarze Auge* geschlüpft war. Trotzdem hatte er sich breitschlagen lassen, Linda – und vor allem Olek – hierher zu begleiten. Mitgehangen, mitgefangen. Olek mochte abergläubisch sein, aber deswegen war seine Angst ja nicht weniger real. Außerdem waren ihm die Worte von Käthe Fischenich nicht aus dem Kopf gegangen: Die arme Rosalinde – keine Totenmesse, kein richtiges Grab.

Ihn schauderte. Kein Mensch verdiente es, derart vergessen zu werden. Klar, Laurenz wusste alle

Verstorbenen im Gedächtnis Gottes aufgehoben. Es klang gut, wenn er das vom Ambo herab verkündete oder einem Trauernden leise ins Ohr sagte. Doch er selber konnte sich darunter letztendlich genauso wenig Konkretes vorstellen wie die meisten anderen Menschen auch. Umso wichtiger fand er, dass die Lebenden sich erinnerten. Wäre Rosalinde nicht vor siebzig Jahren in diesem Raum gestorben – was hätte sie aus dieser langen Zeitspanne gemacht? Aus ihren Möglichkeiten und Talenten, welches Leben hätte sie entworfen und gelebt? Fast bekam er eine Gänsehaut bei dem Gedanken, einen Namen auszusprechen, den jahrzehntelang niemand laut genannt hatte: »Wir bitten dich für Rosalinde Kaul. Lass sie ruhen in deinem Frieden.«

»Und mich soll sie bitte auch in Frieden lassen«, murmelte Olek. »Amen.«

M

»Was für ein witziger Zufall«, meinte Pütz, »dass Sie Detektivin sind und Ihr Bruder ein katholischer Priester. Und dass Sie quasi beide auf diesen Fall hier angesetzt wurden.«

»Ich habe den Pastor nicht angesetzt, so kann man das doch nicht sagen«, entrüstete sich Käthe Fischenich und schenkte stilles Wasser ein. »Oder möchte noch jemand einen Kaffee? Nein, nicht mehr um diese Uhrzeit, oder?«

»Es ist auch ein witziger Zufall, Herr Pütz, dass Sie der Neffe von Frau Fischenich sind«, erwiderte Linda. »Das hab ich nicht gewusst. Frau Rössner hat mir gesagt, wie hartnäckig Sie versucht haben, dieses Haus zu erwerben. Ich hatte mich gefragt, warum gerade unbedingt dieses Haus. Aber das ist ja nun klar geworden.«

Linda nahm einen Schluck Wasser und stellte das Glas vorsichtig zurück auf den mit Häkeldeckchen verzierten Couchtisch.

»Brillant gefolgert«, lächelte Pütz. »Ja, genau. Ich wollte es auch für Käthe tun. Vor allem aber verfechte ich die Idee der Solidarität. Die Idee, dass Menschen gemeinsam wirtschaften, anstatt im Wettbewerb miteinander zu liegen. Wohnen ist ein Menschenrecht, darum darf Wohnraum eigentlich kein Spekulationsobjekt sein, finde ich. Tja.« Er klopfte sich auf die Oberschenkel und sagte: »Schade, es hat nicht funktioniert. Aber deswegen glauben Sie doch wohl nicht, dass meine Tante oder ich etwas mit dem Auftreten der mysteriösen Blutflecken zu tun haben.«

Vor allem begann Linda zu glauben, dass in jedem Gespräch mit irgendeiner Zielperson geradezu zwangsläufig ein Satz mit *Sie glauben doch wohl nicht ...* anfing. Das nervte mitunter. Nicht nur, weil sie dabei jedes Mal an Laurenz und seinen Gottesglauben denken musste.

»Wie erklären Sie sich denn den Spuk?«, fragte sie die beiden.

Großtante und Großneffe tauschten einen Blick, den Linda nicht recht zu deuten wusste.

Pütz sagte: »Niemand hält es ernsthaft für möglich, dass hier ein Geist umgeht. Aber für Käthe ist das natürlich extrem aufwühlend, wenn plötzlich Ereignisse aus ferner Vergangenheit wieder hochkommen.« Er tätschelte die Hand der alten Frau. »Deshalb ist es bestimmt gut, dass Sie sich darum kümmern, Frau Broich. Je eher Sie das Rätsel lösen, desto besser, nicht wahr, Käthe?«

»Das war keine Antwort auf meine Frage.«

»Weil ich auch keine habe«, sagte Pütz. »Ich kann es mir beim besten Willen nicht erklären, wie plötzlich Blutspritzer an die Wände kommen. Mehrmals sogar. Wie man hörte, hat Frau Rössner sogar Überwachungskameras installiert? Wenn das nicht hilft, weiß ich es auch nicht. Vielleicht müssen Sie sich einfach auf die Lauer legen und das Gespenst auf frischer Tat ertappen.«

Linda lachte und hoffte, dass ihr Lachen überzeugend klang.

»Ich setze darauf, dass ich auf andere Weise herausfinde, wer dahintersteckt. Ich brauche nämlich meinen Schlaf. Haben Sie denn gar keinen Verdacht? Wer immer das tut, muss irgendwie Zugang zur Wohnung finden und die Überwachungskameras austricksen. Und vor allem muss er oder sie einen Nutzen von der Sache haben.«

»Nutzen …«, sinnierte Pütz. Oder tat er bloß so, als würde er überlegen? Linda bekam kein klares Gefühl zu dem Mann. »Ich verstehe. Sie halten es für möglich, dass der Spuk die Rössners vertreiben könnte? Also dass sie sich am Ende von dem Haus wieder trennen könnten und dass meine Genossenschaft dann vielleicht doch noch zum Zuge käme? Klar, das ergibt natürlich Sinn. Und nach dieser Logik hätte ich ein sehr starkes Motiv.« Er blickte Linda ernst an, dann tätschelte er wieder Käthes Hand und sagte: »Aber bitte versetzen Sie sich mal in die Lage meiner Tante. Es ist ja nicht Frau Rössner, die hier direkt über der betroffenen Wohnung lebt. Die sich nachts bei jedem Geräusch ängstigt und sich immer wieder fragt, ob da nicht doch ein Geist umgeht.«

Wie zur Untermalung seiner Worte ließ die alte Frau einen tiefen Seufzer hören.

»Also wenn Sie mich ernsthaft nach meinem Verdacht fragen ...« Pütz verschränkte die Arme vor der Brust. »Dann kommt mir am ehesten Ihre Mandantin in den Sinn.«

»Frau Rössner selbst?«

»Ja. Sie versucht doch alles, um die letzten Mieter aus dem Haus zu treiben. Bei den Tolus und bei meiner Tante haben alle Mittel bisher versagt. Der Lärm und der Dreck, der hier veranstaltet wird. Die angekündigten Mieterhöhungen. Oder dass einfach mal stundenlang der Strom abgedreht wird oder das Wasser – all diese Schikanen. Folterinstrumente aus dem Werkzeugkoffer der Entmietung. Scheußliches Wort, nicht wahr?«

»Folterinstrument?« Linda zog die Augenbrauen hoch.

»Entmietung«, entgegnete Pütz. »Ein eiskalter bürokratischer Begriff für das Vertreiben von Menschen aus ihrem intimsten Schutzraum. Es ist eben nicht jeder mobil und wurzellos und lässt sich gern mal hier oder dort nieder. Die meisten Menschen brauchen doch einen Ort, der vertraut und verlässlich ist. Geborgenheit und Schutz bietet.«

Plötzlich sah Linda, dass der Frau die Tränen kamen.

»Einen alten Baum verpflanzt man nicht«, flüsterte sie mit erstickender Stimme. »Ich kann doch nirgendwo mehr hin. Mir bleibt doch nur noch das Heim.«

»So weit sind wir noch lange nicht«, sagte Pütz mit entschlossenem Blick. »Wir werden die Rössner damit nicht durchkommen lassen. Mit dem Spuk ist sie endgültig zu weit gegangen.«

»Das glauben Sie doch wohl nicht ernsthaft«, hörte Linda sich sagen, »dass Frau Rössner dahintersteckt?«

»Warum denn nicht?«, fragte Pütz zurück. »Jedenfalls – wenn ich so was inszenieren wollte, dann würde ich das auch mit Technik aufpimpen. Ich meine: Das Blut allein ist ja schon zum Fürchten, aber dann noch Überwachungskameras, die nichts aufzeichnen … ganz großes Kino.« Er blickte Linda fest in die Augen. »Sie fragen sich, wer Zugang zur Wohnung hat und die Überwachungskameras austricksen kann. Die Antwort lautet ebenfalls: Frau Rössner. Und dass die Dame sich dann noch dazu an Sie wendet, macht das Ganze doch perfekt.«

Kurz musste Linda seinem Blick ausweichen. Der Mann schien sehr von dem überzeugt zu sein, was er sagte. Oder er war einfach ein sehr guter Schauspieler? Jedenfalls hatte er Linda an einem verdammt wunden Punkt getroffen. Denn schon einmal hatte sie sich anheuern lassen und beinahe zu spät gemerkt, dass sie bloß als Alibi diente. Dass sie mit ihren Ermittlungen nichts weiter tat, als wie eine Marionette an den Fäden des vermeintlichen Mandanten dessen böses Spiel mitzuspielen. Das war zugleich der erste Fall gewesen, in den sich auch Laurenz verstrickt hatte. Genau wie – anscheinend – jetzt ebenfalls.

Aber solche Geschichten wiederholen sich nicht, ging es ihr durch den Kopf, dazu ist die Wirklichkeit viel zu komplex.

Linda setzte sich aufrechter in ihren Sessel, räusperte sich und sagte: »Ihre Theorie hat Charme, aber ich würde sie trotzdem ausschließen. Denn am Ende dürfte der Spuk den Rössners eher schaden als nutzen. Just heute stand sogar schon etwas in der Zeitung darüber und das fand Frau Rössner gar nicht witzig.« Linda legte den Kopf schräg, lächelte und fragte: »Den Artikel kennen Sie bestimmt, Herr Pütz. Ich würde mich nicht wundern, wenn Sie an dessen Zustandekommen beteiligt gewesen wären.«

»In der Tat«, nickte Pütz und lächelte zurück. »Ich bin mit dem Redakteur bekannt. Aber es war ganz sicher kein Gefälligkeitsartikel. Er hat selber recherchiert und extra eine zweite Stimme eingeholt, um sich ein eigenes Bild zu machen.«

»Die von Herrn Tolu aus dem ersten Stock.«

»Genau. Ich habe das arrangiert, aber journalistisch ist das absolut sauber, denke ich. Und von der Meinungs- und Pressefreiheit gedeckt.«

»Na, Rufschädigung fällt nicht unter die Meinungsfreiheit«, erwiderte Linda.

»Schädigen kann man aber eigentlich nur einen guten Ruf«, wandte er ein, »keinen schlechten. Was für einen Ruf haben denn Ihrer Meinung nach Immobilienhaie, liebe Frau Broich?«

»Touché«, meinte Linda.

Der Mann war rhetorisch nicht gerade unbegabt. Seine Tante hatte dafür gar nicht mehr gesprochen, bloß die Tränen fortgewischt und auf die gehäkelte Tischdecke gestarrt.

Doch nun, als Linda sich schweigend zurücklehnte, sagte sie in die Stille hinein: »Und wenn es am Ende doch die arme Rosalinde ist, die da umgeht? Weil sie keinen Frieden findet?«

»Käthe, bitte«, erwiderte Pütz in einem sanften, aber klaren Tonfall.

»Aber Dietmar, kannst du beweisen, dass es keine Geister gibt? Dass die Toten niemals zurückkehren und dass eine ermordete Seele sich nicht nach Erlösung sehnt?«

Bevor ihr Großneffe darauf antworten konnte, sagte Linda: »Zur Beantwortung dieser Fragen haben wir ja meinen Bruder.« Sie stand auf. »Wie auch immer, wir werden den Geist erwischen. Wenn er übernatürlichen Ursprungs ist, wird der Herr Pfarrer ihn zur Strecke bringen. Wenn aber nicht«, sie zwinkerte Pütz zu, »dann ich. Mein Mitarbeiter untersucht die Wohnung gerade noch einmal auf verdächtige Spuren.«

»Ich drücke Ihnen die Daumen«, erwiderte der. »Damit Käthe endlich wieder ruhig schlafen kann. Und wenn ich Sie irgendwie unterstützen kann, dann melden Sie sich jederzeit. Meine Nummer und meine Adresse haben Sie ja.«

»In der Tat«, nickte Linda.

Sie hätte der alten Frau gern gesagt, dass sie keine Angst mehr haben bräuchte, da ja jetzt fürs Erste Olek Mazur in der Wohnung unter ihr Wache schieben würde. Aber da sie sich unsicher war, ob die Dame wirklich unter Ängsten litt oder ob sie nicht vielmehr selbst – gemeinsam mit ihrem Großneffen – den Spuk ausgeheckt hatte, durfte niemand mitbekommen, dass Olek über Nacht in der Wohnung bleiben würde.

Sie schüttelten einander die Hände und Pütz begleitete Linda hinaus. Sie war schon fast auf dem Treppenabsatz, als ihr einfiel, was Laurenz vorhin gesagt hatte: dass die gesuchte Person noch ein weiteres, wichtiges Kriterium erfüllen müsse, nämlich die Geschichte vom Mord an Rosalinde Kaul zu kennen.

Sie merkte, dass sie Gefallen an der Columbo-Masche fand, als sie jetzt innehielt und sich umdrehte. Pütz, der gerade die Tür schließen wollte, sah sie fragend an.

»Eine Sache noch. Hat Ihre Tante Ihnen je von diesem Fräulein Rosalinde und ihrem gewaltsamen Tod erzählt? Ich meine – bevor zum ersten Mal die Blutflecken in der Wohnung dort unten auftraten?«

»Hm«, machte der Mann und seine Augen suchten kurz nach einem imaginären Punkt an der Decke. »Keine Ahnung ... das heißt: Nein, ich glaube nicht. Warum wollen Sie das wissen?«

Er wusste das genau, dachte Linda. Und er wusste, dass sie ihn erwischt hatte. Oder doch nicht? Jetzt blickte er sie wieder so fest und selbstsicher an wie vorhin. Kaum ein Wimpernschlag war das gewesen.

»Nur so«, meinte sie. »Tschüss, dann.«

Ein Stockwerk tiefer wollte sie gerade den Klingelknopf drücken, als ihr zum ersten Mal der Briefschlitz auffiel, der in der Tür zur Spukwohnung angebracht war. Ein ganz normaler Briefeinwurf, wie man ihn an alten Türen öfter sieht, die Klappe aus ziemlich angelaufenem Messing. Manchmal gab es auf der Innenseite einen Holzkasten, in dem die Post landete. Bei anderen Türen fielen Briefe und Prospekte einfach auf den Fußboden.

Konnte es theoretisch möglich sein, dass jemand – etwa mittels eines Schlauchs oder einer periskopartigen Vorrichtung – durch diesen Schlitz hindurch das Blut in die Wohnung und an die Wände hätte bringen können? Linda bückte sich, um einen Blick hindurch zu werfen. Sie hob die Klappe an und taumelte im nächsten Moment vor Schreck zurück, mit Mühe einen Aufschrei unterdrückend. Zwei weit aufgerissene Augenpaare hatten sie von der anderen Seite des Schlitzes angestarrt.

Und dann öffnete sich die Tür. Laurenz und Olek sahen Linda vorwurfsvoll an.

Laurenz fragte: »Wie kannst du uns nur so der-maßen erschrecken?«

»Machst du Witze? Ihr habt mich mehr erschreckt als ich euch. Schließlich seid ihr zu zweit.«

Sie schob sich an den Männern vorbei in die Wohnung. Dort hatte sich Olek bereits eingerichtet. In der Küche stapelten sich Vorräte, als befürchte er eine wochenlange Belagerung. Im Spukzimmer waren Isomatte und Schlafsack ausgerollt, daneben fand sich der Bücherstapel aus der Pfarrbücherei wieder.

»Sieht ja richtig wohnlich aus«, meinte sie, als sie ihren Rundgang beendet hatte. Dann zeigte sie auf die Wohnungstür. »Ihr habt euch also auch gerade gefragt, ob sie den Briefschlitz benutzt haben.«

»Sie?«, fragte Laurenz. »Jetzt sind es schon meh-rere?«

»Ach … keine Ahnung«, gab Linda zu, »mir schwirrt der Kopf. Vorhin hatte ich einen klaren Fa-voriten. Orsan Tolu. Aber dieser Pütz ist mir min-destens genauso verdächtig. Und er verdächtigt sei-nerseits die Rössners selber. Und seine Tante? Ich weiß nicht … Macht auf alt und ein bisschen tütte-lig, kommt mir aber irgendwie ganz gewitzt vor.« Sie sah Laurenz an. »Wusstest du eigentlich, dass die beiden miteinander verwandt sind? Und wenn ja, wann hattest du vor, es mir zu sagen?«

»Ich wusste, dass du es allein herausfindest«, meinte Laurenz achselzuckend.

»Ja, toll, weil uns Pütz gerade zufällig über den Weg gelaufen ist. Wie ist denn dein Eindruck von der alten Dame? Traust du ihr zu, dass sie uns am Ende alle an der Nase rumführt?«

»Pfff …«, machte Laurenz.

»Vielleicht war es gar keine schlechte Idee von dir, zum Pfarrer zu gehen«, meinte Pütz und setzte sich wieder aufs Sofa. »Wenn du das nächste Mal mit ihm sprichst, kannst du ja mal nachhören, welche Fortschritte die Detektivin macht.«

»Ich soll den Pastor aushorchen?«, entrüstete sich Käthe. »Das tu ich nicht. Und wozu auch. Die Detektivin wird nichts ausrichten können. Dafür sind die Schatten der Vergangenheit doch viel zu mächtig.«

Pütz wollte etwas erwidern, doch er hielt inne und lächelte. Dann sagte er: »Manchmal bist du mir unheimlich. Eigentlich müssten wir gemeinsam auftreten. Kleinkunst oder so was.«

Da blitzte in den Augen der alten Frau etwas auf und ganz kurz erwiderte sie sein Lächeln.

»Manchmal bin ich mir selber unheimlich«, murmelte sie finster.

Laurenz beobachtete Linda dabei, wie sie erneut das Spukzimmer abschritt und dabei immer wieder die Kamera anvisierte, die in einer Ecke des Raumes unter der Decke klebte. Sie war klein und rund und so von außen betrachtet ließ sich kaum sagen, wohin eigentlich die Kameralinse blickte. Doch Linda schien es zu wissen, denn sie schaute zwischendurch immer wieder auf ihr Handy, machte ausladende Schritte von einer Wand zur anderen und zurück.

»Olek, geh bitte mal etwas nach links«, sagte sie und sah auf ihr Handy. »Aha. Hm. Ziemlich viele tote Winkel.«

»Hast du das Kamerabild auf deinem Display?«, fragte Laurenz.

»Genau. Frau Rössner hat mir die Zugangsdaten gegeben. Das sind IP-Cams, die funktionieren über WLAN. Und eine App meldet sich, sobald sich etwas bewegt. Die App hab ich natürlich ausgeschaltet, weil ich sonst jedes Mal geweckt werde, falls Olek sich mal in der Nase popelt oder so.«

Sie grinste.

Olek brummte: »Kann die App auch die Bewegungen von Geistern registrieren?«

»Vermutlich nicht. Aber dafür bist du ja schließlich hier.« Sie steckte das Handy weg und sagte: »Apropos bewegen. Die ganze alte Hütte hier ist ziemlich hellhörig. Du musst bitte versuchen, Olek, so gut wie keine Geräusche von dir zu geben.«

Sie musterte die massige Gestalt, und auch Olek selbst schaute zweifelnd an sich herunter, dann meinte er: »Früher, als ich noch im Geschäft war, bin ich geschwebt wie eine Elfe.«

»Ganz bestimmt«, meinte Linda. »So. Ich schlage vor, wir verlassen jetzt möglichst geräuschvoll alle miteinander das Haus und gehen noch was essen. Vor Einbruch der Dämmerung geschieht hier eh nichts. Und danach schleichst du dich dann wieder rein, Olek.«

»Auf mich müsst ihr leider beim Essen verzichten«, sagte Laurenz, »ich hab gleich PGR.«

»Oh«, machte Linda betroffen. »Das klingt ernst. Was ist das? Eine komplizierte Untersuchung beim Arzt? Aber doch nicht abends.«

»Hör auf, dich immer über die Kirche lustig zu machen«, knurrte Laurenz. »Es heißt Pfarrgemeinderat und gehört eindeutig zu den angenehmeren Terminen.«

»Na, dann«, meinte sie.

»Ja. Ich muss dann mal. Alles Gute für die Nacht, Olek.«

Er wandte sich zum Gehen, hielt aber inne und rang mit sich. Schon seit dem Gespräch mit Opa Eberhard am frühen Nachmittag ging ihm diese Frage im Kopf herum.

»Was ist, Columbo?«, fragte Linda. »Ist dir im Hinausgehen noch eine scheinbar harmlose, aber alles entscheidende Frage eingefallen?«

»Hm, ja.« Jetzt gab es kein Zurück. Er drehte sich um und sagte: »Du hast doch da diesen – wie du es nennst – Bekannten bei der Kripo.«

»Burkhard.«

»Glaubst du, er würde ... also, dass er mir vielleicht die Akte zu dem Mordfall Rosalinde Kaul besorgen könnte?«

»Ach.« Linda musterte ihren Bruder. »Sag bloß, dich packt schon wieder das Ermittlungsfieber. Du willst auf eigene Faust recherchieren?«

»Tja. Vielleicht sind es wirklich die Gene.«

Das sollte lustig klingen, tat es aber nicht. Und Laurenz spielte damit auch nicht so sehr darauf an, dass er nun einmal einer Detektiv-Dynastie entstammte. Sondern er wollte seinem mulmigen Gefühl nachgehen, dass da vielleicht ein Zusammenhang zwischen dem Mord von vor bald siebzig Jahren und der mysteriösen Verfolgerin seines Großvaters bestand. Aber das sagte er nicht.

»Vielleicht«, schob er nach, »stoße ich dabei sogar auch auf Informationen, die für dich nützlich sind?«

»Das glaub ich kaum«, winkte Linda ab. »Und außerdem sind die Akten, die du suchst, schon vor langer Zeit vernichtet worden.«

»Wie kommst du darauf?« Laurenz runzelte die Stirn.

»Soweit ich weiß, werden Gerichtsakten nur dreißig Jahre lang aufbewahrt. Jedenfalls bei schweren Delikten. Bei anderen noch kürzer.«

»Und die Akten der Polizei?«

»Was du meinst, sind die Ermittlungsakten der Staatsanwaltschaft. Die gehen in die Gerichtsakte über. In den Polizeiarchiven wirst du also erst recht nichts mehr finden.«

»Aber ungelöste Mordfälle schließt man doch nicht einfach so ab«, protestierte Laurenz. »Gibt es da nicht irgendwo eine Stelle bei der Polizei, die sich um Cold Cases kümmert? Oder wie immer man das nennt.«

»Ja, gibt es«, nickte sie. »In Fernsehserien. Warum zur Hölle verbeißt du dich so da rein?«

»Es ist mir halt wichtig«, brummte er.

»Ach so, na dann«, brummte sie zurück. »Klar, dafür wird Burkhard Verständnis haben. Wenn ich ihn bitten würde, gegen alle Vorschriften in irgendwelchen alten Fällen rumzuwühlen, und er mich fragen würde, wozu überhaupt – dann sag ich einfach, hey, meinem Bruder ist es halt wichtig und du weißt ja, der ist Priester, also wenn dem mal was wichtig ist, dann … Olek – wo willst du hin?«

»Vor die Tür, rauchen«, sagte Olek. »Ich hasse es, wenn ihr euch streitet. Manchmal glaub ich, ihr macht das nur vor Publikum.«

Damit verließ er die Wohnung.

»Stimmt schon«, meinte Linda in Richtung Tür. »Ohne Publikum macht es keinen richtigen Spaß.«

Laurenz musste grinsen. Dann sagte er: »Ich beschäftige mich seit einer Weile mit der transgenerationalen Weitergabe von Traumata.«

»Wie lange? Seit du wieder in Köln bist oder was?«

»Ja, ungefähr. Aber es hat nicht direkt damit zu tun – oder doch, ich weiß es nicht. Es geht um Opa. Er schleppt irgendwas aus seiner Vergangenheit mit sich rum. An die Oberfläche ist das durch die seltsamen anonymen Botschaften gekommen. Und mich belastet es irgendwie.«

Er war drauf und dran, ihr von seinem wiederkehrenden Traum zu erzählen und von seinen düsteren Ahnungen, dass Eberhardt senior etwas mit dem Fall der Rosalinde Kaul zu tun haben könnte.

Doch während er noch hin und her überlegte, sagte Linda mit einer Prise Spott: »Du bist immer schon sensibler gewesen als ich. Mich jedenfalls tangiert das nicht besonders. Und ich fände es besser, wenn jeder von uns einfach seinen Job macht. Es ist nicht besonders hilfreich, dass du die Spukgeschichte größer machst, als sie ist, indem du die Ängste der alten Frau da oben«, sie streckte den Zeigefinger gen Decke, »auch noch schön weiter schürst.«

»Nein«, knurrte Laurenz, »stimmt, das wäre nicht hilfreich. Und es war auch nicht hilfreich, dass ich überhaupt mit euch herkomme.«

Damit wandte Laurenz sich um und stampfte aus der Wohnung, knallte die Tür zu und polterte die Treppe hinab. Hatte Linda nicht gesagt, sie sollten das Haus möglichst geräuschvoll verlassen? Immerhin eine Sache, bei der er offenbar hilfreich war.

Draußen auf der Straße zog Olek an seiner Zigarette und fragte: »Schon fertig gestritten? Das ging aber schnell.«

»Nur vertagt«, sagte Laurenz und klopfte die Taschen seiner Jacke und seiner Hose ab. »Kann ich von dir eine Kippe schnorren?«

»Du wolltest aufhören«, erinnerte ihn Olek, hielt ihm aber die Packung hin.

»Tu ich jeden Abend«, meinte Laurenz, zog eine heraus und ließ sich von Olek Feuer geben. »Danke, ich revanchiere mich mal.«

»Kannst du jetzt sofort tun«, sagte Olek. »Ähm ... indem du mir das Ding mit dem Weihwasser borgst. Nur bis morgen früh, ja?«

Laurenz wollte verneinen. Andererseits – jetzt gleich bei der PGR-Sitzung würde er sein Aspergill wohl nicht benötigen. Er zog es hervor und legte es in Oleks Hand. Der nahm es an sich, als hätte Laurenz ihm ein geweihtes Schwert überreicht oder die Heilige Lanze von Jerusalem. Na ja. Für Olek war es wohl auch so.

Die Eingangstür ging auf und Linda trat auf die Straße hinaus.

»Rauchst du schon wieder«, tadelte sie Laurenz. »Kann ich eine bei dir schnorren?«

Der zuckte nur mit den Schultern und nickte zu Olek. Schon hielt Olek ihr die Packung hin.

Linda bediente sich dankend, dann stupste sie ihren Bruder an die Schulter und sagte: »Ich muss mich eh mal wieder bei Burkhard melden. Ich frag ihn halt nach deiner Rosalinde, in Gottes Namen.«

»In meinem Namen reicht völlig aus«, lächelte Laurenz. »Danke, Schwesterherz.«

4

Sonntag, 9. September

Orsan Tolu hörte das vertraute Tappen kleiner Füße auf dem Parkett, dann das Knarzen der Tür zu seinem Arbeitszimmer.

»Papa?«

Die Uhr unten rechts auf dem Bildschirm seines Laptops zeigte kurz nach eins. Er drehte sich um.

»Melih ... warum schläfst du nicht?«

»Da sind komische Geräusche«, sagte Melih, kam ins Zimmer und kletterte auf den Schoß seines Vaters. »Bestimmt wieder in der Wohnung da oben.«

Tolu wippte auf seinem Stuhl hin und her.

»Hörst du, wie das Holz von meinem Stuhl knarzt?«, fragte er. »In einem alten Haus gibt es immer irgendwo Geräusche. Und das ist ein gutes Zeichen. Nur Menschen machen solche Geräusche. Gespenster hört man nicht.«

Er strich seinem Sohn sanft übers Haar. Ob seine Kinder irgendetwas von der Spukgeschichte mitbekommen hatten? Er hatte mit ihnen natürlich nicht darüber gesprochen und auch die alte Frau Fischenich beschworen, die Sache bitte auf keinen Fall den beiden Kleinen gegenüber zu erwähnen. Andererseits hatten Kinder eben oft einen speziellen Sensus für Dinge, die man von ihnen fernhalten wollte. Je ferner, desto eher.

»Warum arbeitest du eigentlich immer mitten in der Nacht?«, fragte Melih und betrachtete den Bildschirm, auf dem vor einem schwarzen Hintergrund endlose grüne Buchstaben- und Zahlenkaskaden herunterrieselten. »Bist du wirklich ein Hacker?«

»Wo hast du denn dieses Wort aufgeschnappt?«, wunderte sich Orsan Tolu und ließ einen kleinen Lacher hören. »Im Kindergarten?«

»Hacker sind wie Piraten«, sagte Melih, »nur ohne Schiff, aber mit Computern.« Er klang fast stolz dabei.

»Na, komm, du Piratenkapitän, ich bring dich wieder ins Bett«, sagte sein Vater und klappte seinen Laptop vorsorglich zu.

Linda hockte mit angezogenen Beinen auf dem Sofa, sah mit einem Auge auf den Fernseher und mit dem anderen auf ihr Smartphone. Thomas Buschhausen hatte schon wieder geschrieben. Er hätte rein zufällig eine Opernkarte übrig, wäre doch bestimmt nett, blabla. Burkhard bedankte sich für den schönen Abend und schickte ein Knutsch-Smiley hinterher.

Es war tatsächlich schön gewesen mit ihm, inzwischen klappte das ganz gut, dieses Einfach-nur-Freunde-sein. Immerhin hatte er auch nie seine Frau mit Linda betrogen, denn damals war seine Polizistenehe längst im Eimer gewesen, und bevor er seine neue Frau kennengelernt hatte, war es zwischen Linda und Burkhard auch schon wieder vorbei gewesen. Und über dem Ende eines gemeinsamen Abends dräute nicht mehr wie früher jedes Mal dieselbe Frage, ob er denn jetzt noch mitkäme zu ihr. Dieses Kribbeln hatte sich längst verflüchtigt und das war gut so. Er ging brav heim zu seiner neuen Frau und sie ging brav heim zu ... ihrem Büro, ihrem Opa, ihrem Sofa, ihrem Gute-Nacht-Kölsch.

Ohne Kribbeln kam sie besser klar. Denn Kribbeln war ja vor allem immer auch der Anfang von Komplikationen aller Art. Da fehlte ihr wirklich nichts. Aber warum musste sie dann ständig an Olek denken, der da jetzt allein im Spukzimmer saß, mit einem klobürstenähnlichen Weihwasserschwengel bewaffnet, und auf den großen Unbekannten wartete?

Sie legte das Handy zur Seite und stierte auf den Fernseher, dort lief eine hirnrissige Reality-Show über trashige Typen, die in amerikanischen Mietlagerhäusern die unbekannten Inhalte abgelaufener Container ersteigern. Was halt nachts um eins so im Fernsehen lief, wenn man keine Zeit oder Lust oder Geduld hatte, sich bei Netflix und Co. in irgendeine Serie einzuarbeiten. Im Grunde stierte sie auch nicht auf den Flachbildschirm, sondern mitten durch ihn hindurch. Auch dieses Gerät hing am Netz, gehörte zum »Internet der Dinge« wie Millionen anderer Geräte, so hatte Orsan Tolu das beschrieben. Ob ihr Fernseher hier auch längst ein Zombie war? Der sich als Teil eines Botnets an Cyberattacken beteiligte, während sie hier hockte?

Dieser Orsan Tolu war kein Clickworker. Linda kannte sich zwar nicht gut aus, aber immerhin wusste sie, dass solche Leute oft nur ein paar Cent pro Stunde verdienten, manchmal auch drei oder vier Euro, aber selten mehr, davon ließ sich ganz sicher nicht die Miete aufbringen, nicht mal ohne eine Erhöhung seitens der Rössners. Wovon auch immer dieser Mann lebte – er hatte Linda nicht die Wahrheit gesagt. Computernerd. Er hatte wie ein Hacker geklungen. Woran man eigentlich erkennen sollte, dass er keiner war, denn echte Hacker prahlen nicht, überlegte Linda. Aber Ausnahmen bestätigen nun mal die Regel.

Ihre Gedanken wanderten von Orsan Tolu weiter die Treppe hinauf und auf die andere Seite des Hauses Nummer dreizehn, hinüber in die Wohnung von Rosalinde Kaul, in der Olek jetzt saß. Inzwischen war es schon die dritte Nacht. Allmählich sollte sich dieser Geist mal zeigen, denn allzu viele Nachtzuschläge wollte die Rössner nicht bezahlen. Außerdem machten die Nachtschichten Olek zu schaffen. Linda hoffte, dass er bloß nicht im entscheidenden Moment einschlummerte, während Rosalindes Geist ihn mit ihrem Blut …

Sie zuckte jäh zusammen, als sie am Po die Vibration des Smartphones auf dem Sofa spürte, etwa eine Millisekunde bevor auch das schrille Handyklingeln in ihr Gehirn eindrang und ihrer Hand befehlen konnte, nach dem Gerät zu greifen. Sie sah Oleks Namen auf dem Display und staunte, wie sehr ihre Finger zitterten, als sie darüber wischte.

»Olek! Was ist los!«

Statt einer Antwort hörte sie atemloses Keuchen.

Eine knappe Minute zuvor war Olek hochgeschreckt und hatte im ersten Augenblick nicht die leiseste Ahnung, wo er sich befand. Hatte da nicht gerade irgendwo etwas geblinkt? Und dann war da so ein schlimmer, hoher Ton, so ein Summen oder Surren, eine Hornisse, ein Bohrer beim Zahnarzt oder eine kaputte Leuchtstoffröhre, jetzt entferntes Klappern – der Briefschlitz! – und plötzlich ein Poltern gleich zu seinen Füßen. Ihm war das Handy aus der Hand und zu Boden gefallen, er tastete danach, fand es nicht, stützte sich an der Wand ab und spürte etwas Klebrigfeuchtes an den Fingern. Er stieß einen unterdrückten, beinahe lautlosen Schrei des Entsetzens aus und ließ die Wand los – wo war das Weihwasser? Etwas knirschte unter seinem Fuß, das Handy!, er tastete auf dem Boden herum, fühlte das Handy, seine klebrig-feuchten Finger fuhren darüber, packten es endlich, nahmen es hoch, drückten Tasten. Der Bildschirm glomm auf und war von den blutigen Abdrücken seiner eigenen Fingerkuppen übersät, mit denen er zitternd auf das Symbol der Taschenlampe tippte.

Der Lichtkegel fuhr über die Wand, wo zäh und dunkel, beinahe schwarz im kalten Handylicht, das frische Blut herabtropfte. Den Daumen auf Lindas Nummer zu pressen gelang ihm noch, aber etwas sagen konnte er erst einmal nicht, als sie dranging.

»Sagt den Verzagten: Habt Mut, fürchtet euch nicht!«

Aus dem Mund von Birte Molzhagen klang das überzeugend. Wer, wenn nicht sie, sollte schon wissen, was das wirklich bedeutet – Verzagen? Oder Mut? Vor nicht allzu langer Zeit hatte sie sich mit Laurenz' Hilfe aus einem finsteren Eifelsee ans Ufer gerettet, war in letzter Sekunde einem Mordversuch entronnen. Das war sozusagen Laurenz' erster Fall gewesen, der ihn unfreiwillig in die detektivische Familientradition hatte eintreten lassen. Nun stand sie hier in der sonntagmorgendlichen Kirche am Ambo und trug mit klarer Stimme die Lesung aus dem Buch Jesaja vor. Denn sie war nicht nur stellvertretende Kirchenvorstandsvorsitzende und – trotz des gewaltsamen Todes ihres Mannes oder vielleicht deswegen erst recht – eine vielbeschäftigte Charity-Lady, sondern eben auch Lektorin. Und wenn sie sagte, das Gemeindeleben gebe ihr Halt, war das keine Phrase.

»Seht, hier ist euer Gott! Die Rache Gottes wird kommen und seine Vergeltung; er selbst wird kommen und euch erretten.«

Auch Olek schien dringend Halt zu brauchen. Mit kreideweißem Gesicht saß er in einer der hinteren Reihen und starrte nach vorn auf das große Kreuz. Zwischendurch fielen ihm jedoch die Augen zu, dann sackte er ein wenig zur Seite und schreckte im selben Augenblick wieder hoch. Der Mann gehörte ins Bett und nicht in die Messe, dachte Laurenz. Aber Oleks Ausdruck ließ erahnen, dass die jüngste Nacht im Spukzimmer nicht ganz so ereignislos verlaufen war wie die vorherigen. Bestimmt würde er im Anschluss an die Messe gleich in die Sakristei gestürmt kommen und von seinen Erlebnissen berichten.

Doch das tat er nicht. Stattdessen trat Birte Molzhagen ein, während die Küsterin Laurenz aus dem Messgewand half. Seit der Begegnung im Kindergarten neulich bekam er das Wort »Sack« nicht mehr aus dem Kopf.

»Ich wollte dir bloß schnell den Termin bestätigen«, sagte Birte.

»Termin?«, wunderte er sich und löste den Knoten seines Zingulum genannten Gürtels. »Hab ich was vergessen?«

»Am Mittwoch«, sagte sie, »die Bewerbungsgespräche im Kindergarten.«

»Ach, ja. Gut, dass du dabei bist.«

»Hast du eigentlich von dem Spukhaus in der Bechsiefener Straße gehört?«

»Allerdings.« Er seufzte. »Sehr konkret sogar.«

»Dann stimmt es, dass du eine Hausbewohnerin seelsorgerisch betreust?«

Er legte die Stola ab und schaute Birte konsterniert an.

»Woher weißt du das?«

»Aus dem Nachbarschaftsladen, glaube ich. Oder aus der Frauengemeinschaft?« Sie lächelte. »Im Veedel bleibt halt nichts verborgen. Was für eine aufregende Geschichte.«

Die Küsterin tat, als habe sie nichts gehört, und hängte das Messgewand auf einem breiten Bügel in den Schrank.

»Na ja.« Laurenz faltete die Stola zusammen. »Vermutlich hat das jemand ausgeheckt, um die Investoren zu vergraulen. Wäre zumindest die nächstliegende Erklärung. Und die natürlichste.«

»Dann ist es wohl eher ein Fall für deine Schwester, oder?« Er wich ihrem Blick aus, aber Birte hatte ihn durchschaut. »Lass mich raten – sie ist längst an der Sache dran? Ich hatte mir schon gedacht, dass ihr beide früher oder später mal wieder zusammen an einem Fall arbeiten würdet.«

»Ich nicht«, brummte Laurenz. »Zumindest hatte ich gehofft, dass das nicht wieder geschieht.«

»Das glaube ich dir nicht«, meinte sie.

»Also bitte.« Laurenz zog die Albe über den Kopf und reichte sie der Küsterin. »Glaubst du, es würde mir Spaß machen, Hilfsdetektiv für meine Schwester zu spielen?«

Da sagte die Küsterin, ohne eine Miene zu verziehen: »Jeder glaubt das, Herr Broich. Nur Sie selber noch nicht. Aber es liegt Ihnen halt im Blut, da können Sie gar nichts gegen tun.«

Laurenz sah die beiden Frauen stirnrunzelnd an.

Birte sagte: »Ich finde die Sache vor allem deshalb

interessant, weil es mir mal auf ganz andere Weise die Wohnungsnot verdeutlicht, die auch hier inzwischen herrscht. Ich habe dir ja von meiner Idee erzählt, eine Stiftung zu gründen …«

Laurenz nickte. Birtes Mann hatte ihr ein beträchtliches Vermögen hinterlassen. Kurz vor seinem gewaltsamen Tod hatte er sich leider als ein hinterhältiger Mistkerl entpuppt, der mit seiner Frau ein böses doppeltes Spiel trieb – darum wollte Birte keinen Cent des Geldes für sich haben, sondern war auf der Suche nach einer, wie nannte sie es: sinnstiftenden sozialen Anlagemöglichkeit.

»Eigentlich müsste ich das Objekt kaufen«, meinte sie, »dieses Spukhaus. Da ließe sich bestimmt ein schönes Mehrgenerationenhaus einrichten.«

»Da musst du dich in eine Schlange einreihen«, meinte Laurenz, »die Idee hatten auch schon andere, aber sie sind nicht zum Zuge gekommen.«

»War auch nur so ein Gedanke. Hab einen schönen Sonntag und bis Mittwoch dann.«

Birte Molzhagen verließ die Sakristei.

Als Laurenz wenig später selbst hinaus in den Kirchenraum trat, sah er Olek vor der Kerzenbank knien, ins Gebet versunken. Er legte ihm leicht die Hand auf die Schulter, doch der riesige Kerl schrak so heftig zusammen, dass Laurenz kurz Angst bekam, er würde nach ihm schlagen. Dann erhob Olek sich und berichtete auf dem Weg nach draußen in stockenden, flüsternden Worten, was sich während der Nacht ereignet hatte.

Linda war gleich zu ihm gekommen, sie hatten die ganze Wohnung und den Hausflur auf Spuren untersucht, aber nichts gefunden. Das Blut war da, es war real und es blieb nicht der geringste Anhaltspunkt. Außer dem Klappern des Briefschlitzes. Falls Olek sich darin nicht getäuscht hatte.

Laurenz begleitete ihn ins Pfarrhaus. Eigentlich war es inzwischen schon Tradition, dass sie sonntags gemeinsam mit Linda und Opa Eberhard zu Mittag aßen, doch Olek hatte keinen Hunger. Er fühlte sich durch die Messe so weit entspannt, dass er meinte, endlich Schlaf finden zu können, und so legte er sich aufs Ohr. Laurenz ging den kurzen Weg zum Elternhaus, wo sich wie so oft auch sein Mitbruder Matthew Mutumba einfand, der vorhin in einer anderen Kirche des riesigen Seelsorgebereichs ebenfalls die Messe gefeiert hatte. Inklusive der Abendmessen leiteten die beiden zusammen acht Gottesdienste an jedem Wochenende.

Linda fragte: »Wird euch das nicht manchmal langweilig? Wenn jeder von euch viermal dasselbe erzählt?«

»Wir erzählen seit zweitausend Jahren dasselbe«, meinte Matthew, »aber es wird ständig aktueller. Mmh, Kartoffelsalat. Ich liebe die rheinische Küche.«

»Blutwurst wäre auch passend, heute«, meinte Linda. »Hat Olek von seinem nächtlichen Abenteuer erzählt?«

Laurenz nickte, auch Opa Eberhard war wohl schon im Bilde, doch für Matthew schilderte Linda noch einmal die Ereignisse der Nacht.

»Ein Spuk mit Blut«, sagte Matthew. »Interessant.«

»Inwiefern?«, fragte Laurenz.

»Nun, ein sehr starkes Symbol oder nicht? Spielt eine große Rolle im Glauben. Wie auch im Aberglauben. In manchen Ländern in Afrika glauben Leute, man könne mit dem Blut von Albinos AIDS heilen. Manche morden sogar dafür.«

»Unheimlich«, sagte Linda. »Aber ihr Katholiken seid ja genauso blutrünstig. Von wegen Kreuzigung und so.«

»Wir haben schon tausend Mal darüber gesprochen, wie das zu verstehen ist«, entgegnete Laurenz streng. »Religion und Aberglaube haben nichts miteinander zu tun, ganz im Gegenteil.«

Doch Matthew widersprach ihm: »Die Übergänge vom Glauben zum Aberglauben sind nicht immer so eindeutig, wie wir das gern hätten. Oder wie es vielleicht in Europa scheint. Wer sich alte Rituale oder magische Vorstellungen anschaut, kann eine Menge über die Psyche des Menschen lernen. Dinge, die ihr in eurer westlichen Welt schon lange ins Unterbewusste verdrängt habt. Dem Blut wohnt eine große Kraft inne. In Krakau verehren sie eine Ampulle mit Blut von Johannes Paul II. Und auch in anderen Kulturen gibt es Blut als Talisman.«

»Das klingt ja«, meinte Opa Eberhard, »als würden die Leute glauben, dass das Blut sie vor irgendwem beschützen würde.«

»So ist es«, nickte Matthew. »Und die Bibel kennt das auch.« Er stupste Laurenz an. »Beim Auszug der Israeliten aus Ägypten. Am Vorabend haben sie das Pessachmahl gefeiert und mit dem Blut der geschlachteten Lämmer ihre Türpfosten bestrichen, damit der Todesengel an ihren Häusern vorübergeht.«

»Von ihrem Blut sollt ihr nehmen«, murmelte Laurenz, »so steht es im Buch Exodus.«

Irgendjemand schmierte Blut an die Wand einer leeren Wohnung, um … ja was? Sich vor profitgierigen Investoren zu schützen?

»Das mag ja alles sein«, sagte Linda, »aber der Spuk in der Bechsiefener Straße dreizehn hat eine ausschließlich natürliche Ursache. Und ich werde sie finden.«

Doch Matthew meinte: »Urteile nicht zu vorschnell. Es gibt mehr zwischen Himmel und Erde, als eure

Schulweisheit sich träumen lässt. So sagt ein altes afrikanisches Sprichwort.«

»Unsinn«, sagte Laurenz, »das ist von Shakespeare.« Matthew hatte diesen Tick, ständig irgendwelche Film- oder Literaturzitate als angebliche alte Sprichworte von seinem Heimatkontinent auszugeben. Aber da in Afrika hunderte verschiedener Sprachen gesprochen werden, konnte es so etwas wie ein »altes afrikanisches Sprichwort« eigentlich nicht geben, dachte Laurenz, höchstens als Projektion einer romantisch verklärten europäischen Sicht. Vielleicht war es Matthews Art, genau darauf in ironischer Absicht anzuspielen.

Laurenz versuchte, das Gespräch wieder auf die profanen Aspekte des Themas zu lenken, und fragte: »Haben denn die Kameras gar nichts aufgezeichnet?«

»Nein, komplette Fehlanzeige«, sagte Linda. »Auch die in der Diele nicht. Wobei ich mich im Nachhinein ärgere, dass ich sie nicht versetzt habe. Man müsste sie so anbringen, dass der Briefschlitz in der Tür zu sehen ist. Wenn Olek sich nicht getäuscht hat, dann hat unser Übeltäter den tatsächlich benutzt. Wie auch immer er das genau gemacht hat. Jedenfalls ist die Türe nicht geöffnet worden. Olek hatte – moderne Technik hin oder her – zur Sicherheit ein paar kleine Steinchen oben auf das Türblatt draufgelegt. Wenn jemand einen Nachschlüssel hätte oder das Schloss knacken könnte und einfach so hereinspaziert wäre, hätten diese Steinchen herunterfallen müssen. Sind sie aber nicht. Bleibt also der Briefschlitz.«

»Wie soll das denn vonstattengehen?«, fragte Eberhard senior. »Hast du eine Theorie?«

»Noch nicht«, antwortete Linda. »Dazu brauche ich ein bisschen Inspiration. Deshalb lade ich euch gleich zu einer kleinen Landpartie ein.« Damit meinte sie offenbar ihren Bruder und ihren Großvater. »Wir besuchen Dietmar Pütz.«

»Wieso willst du uns mitnehmen?«, fragte Laurenz verwundert.

»Opa soll ruhig mal ein bisschen rauskommen«, meinte Linda. »Seit Olek im Spukhaus Nachtwache schiebt und tagsüber schlafen muss, ist das ein bisschen zu kurz gekommen. Und dich nehme ich mit, damit du auf ihn aufpassen kannst, dass er keine Dummheiten macht, während ich mich umsehe und den Pütz befrage.«

»Gefällt mir«, nickte der Alte, der kein Problem damit zu haben schien, wenn man in seiner Gegenwart über ihn in der dritten Person sprach und ihn möglicher »Dummheiten« verdächtigte.

»Wie schön«, fand Matthew. »Unterwegs im Namen des Herrn, wie man in einer afrikanischen Redewendung sagt.«

»Ist das nicht aus Blues Brothers?«, fragte Laurenz. »Und außerdem, Linda, möchte ich nicht ungefragt in deine Tagesplanung eingebunden werden.«

»Ich hab eh was gut bei dir«, entgegnete sie, »ich habe nämlich ein paar interessante Informationen über den Fall Rosalinde für dich besorgt.«

»Echt? Was denn?«

»Die kriegst du, wenn wir zurück sind.«

Rhea saß im Besuchersessel des großzügigen Einzelzimmers und schaute ihrem Großvater dabei zu, wie er seine Schätze zählte. Die bestanden aus kleinen Päckchen Butter und Marmelade und einem großen Stapel eingeschweißter Kekse, die er vom Frühstück und vom Nachmittagskaffee aufhob. Er hamsterte sie richtiggehend. So wie man in der Nachkriegszeit Kohlen und Zigaretten gehamstert hatte.

»Ich glaube, er springt langsam drauf an«, sagte sie. »Der alte Broich. Ich bin sicher, er erinnert sich.«

»Ach, was soll das denn bringen«, winkte der alte Mann ab. »Ich hätte dir nie davon erzählen dürfen.«

»Das sagst du jedes Mal. Aber du hast es mir nun mal erzählt. Ich weiß ja selber auch noch nicht, was es bringen soll. Ich weiß bloß, dass es falsch wäre, das Ganze einfach ruhen zu lassen.«

»Rhea, mein Schatz. Es ist so lange her. Fast ein ganzes Menschenleben. Du hast nichts mit der Vergangenheit zu schaffen, du musst dich um die Zukunft kümmern, um deine bezaubernden Kinder, meine Urenkel.« Er lachte heiser. »Wie das klingt – Urenkel. Schau, so alt bin ich. Was damals geschehen ist, ist doch schon gar nicht mehr wahr.«

»Doch, ist es«, widersprach sie ihm trotzig. »Und es bleibt. Jedenfalls bis jetzt. Eine offene Wunde. Du hast sie an Mama vererbt und die hat sie mir vererbt. Aber ich werde sie meinen Kindern nicht vererben, ich werde die Sache klären. Auf den allerletzten Metern, sozusagen.«

»Brauchst du eigentlich Konfitüre?«, fragte er. »Kannst gern nachher was davon mitnehmen. Früher mochtest du doch Erdbeeren so gern.«

Die Landpartie erwies sich als Ausflug ins Vorgebirge. Laurenz hockte auf der Rückbank von Lindas altem Beetle, während Opa Eberhard vom Beifahrersitz aus abwechselnd Lindas Fahrstil kommentierte und

Anekdoten zu Orten und Plätzen am Wegesrand zum Besten gab. »Da drüben am Kölnberg, da hatte ich mal einen Klienten ... das war vielleicht ne Story!«

Es war wie ein Flashback in die Kindheit, fand Laurenz. Sonntage waren stets mit Stress verbunden gewesen. Seine Eltern hatten ungeduldig gewartet, bis er endlich vom Ministrantendienst aus der Kirche zurückkam – ihrerseits mal zur Messe zu gehen, kam ihnen höchstens an Weihnachten in den Sinn –, und pferchten ihn samt seiner kleinen Schwester und meist auch dem Opa hinten in den Opel Senator hinein, um eine Tour ins Umland zu unternehmen. Zumindest sonntags wollten sie einfach eine normale Familie sein. Doch das kam ihm schon als Kind grotesk vor.

Wenn Mutter, Vater, Großvater Detektive sind, gibt es keine Normalität, fand Laurenz, da klang jede harmlose Nachfrage beim Souvenirverkäufer wie ein Verhör und die Ruinen auf dem Drachenfels wurden wie ein Tatort untersucht. Während die anderen Kinder ihn glühend um seine schrägen Erzeuger beneideten, wünschte sich Laurenz nichts sehnlicher, als einfach bloß in seinem Zimmer sitzen und lesen zu können. Egal was, bloß keine Krimis.

Zwischen Spargelfeldern und Obstwiesen voll knorriger Apfel- und Pflaumenbäume lag ein verwinkeltes, leicht heruntergekommenes Gebäudeensemble im Sonnenschein, das vielleicht einmal ein Gutshof gewesen war. Die verschiedenen Teile schlossen von drei Seiten einen Hof ein, auf dem zahllose Kinder tobten, während Erwachsene an Fensterläden herumschraubten oder in Gemüsebeeten schnippelten oder um einen großen Grill herumstanden.

»Was ist das hier? Woodstock?«, fragte Laurenz.

»Jedenfalls eine Art Kommune«, sagte Linda. »Ich hatte die Adresse gegoogelt und irgendwas darüber gelesen. Ein alternatives Wohnprojekt, Bauernhof-WG oder wie die das nennen.«

Sie parkte den Beetle nahe der Hofeinfahrt, half Opa Eberhard beim Aussteigen und klappte dann den Sitz um, damit Laurenz sich herausschälen konnte. Niemand beachtete die Neuankömmlinge besonders. Vermutlich gingen hier ständig irgendwelche Besucher ein und aus.

Linda fragte nach Dietmar Pütz und eine junge Frau mit Häkelmütze wies ihr einen Weg um das Gebäude herum. Sie umrundeten den Nebenflügel und sahen auf der rückwärtigen Seite der Gebäude eine Gruppe von zehn oder zwölf Personen an einer langen Tafel sitzen, offenbar gerade beim Kaffeetrinken. Laurenz erkannte Dietmar Pütz, abermals im Holzfällerhemd. Und offenbar war Opa Eberhard nicht der einzige Senior, der an diesem Sonntag zu einer Landpartie entführt wurde. Denn mit am Tisch saß auch Käthe Fischenich.

Pütz erkannte die Besucher, stand auf und winkte sie heran.

»Das ist ja eine tolle Überraschung«, rief er. »Frau Broich und der Herr Pastor. Und wen haben Sie da noch mitgebracht? Kommen Sie, setzen Sie sich zu uns. Wir haben genug Stühle. Und genug Kaffee und Pflaumenkuchen sowieso.«

»Ich wollte Sie gar nicht lange bei Ihrem sonntäglichen Zusammensein stören«, sagte Linda zögernd. Die Herzlichkeit ihres Verdächtigen schien sie für einen Augenblick zu überrumpeln. »Ich habe bloß noch ein paar Fragen an Sie – und Sie hatten ja angeboten ...«

»Aber natürlich. Jetzt kommen Sie doch. Darf ich vorstellen? Meine Frau Heike«, eine rundliche Mittdreißigerin im grünen Kleid nickte ihnen zu, »unsere Kinder Franzi, Lolle und Ole. Und das sind Nachbarn.

Und meine Großtante muss ich Ihnen ja nicht vorstellen.«

»Mensch, ist es denn wahr?«, rief Opa Eberhard aus. »Et Deckers Kättche.«

Die Leute rückten zusammen, in Windeseile wurden Stühle, zusätzliche Teller und Tassen und Kuchengabeln herbeigeholt und ehe Laurenz sich's versah, saß er zwischen Pütz' Frau Heike und seinem Opa an der reich gedeckten Tafel, bekam fair gehandelten Kaffee eingeschenkt und ein riesengroßes Stück Kuchen auf seinen Teller geladen, der Boden aus Dinkelmehl und der Belag aus den Pflaumen, die ringsum wuchsen.

»Das ist alles wahnsinnig nett von Ihnen, Herr Pütz«, sagte Linda mit sichtbarem Unbehagen, »aber können wir vielleicht einen Moment unter vier Augen …?«

»Natürlich«, sagte Pütz und bedeutete Linda mit einer Geste, dass sie ein bisschen in die weitläufige Wiese hineingehen würden, wo weiter hinten unter einem altehrwürdigen, windschiefen Baum ein ebensolcher Geräteschuppen stand und davor eine Bank.

Die beiden entfernten sich und Laurenz nippte an seiner Tasse. Vor ein paar Monaten noch wäre er in einer solchen Situation am liebsten im Erdboden versunken. Doch seit seiner Bestellung zum Gemeindepfarrer hatte er sich ein wenig daran gewöhnt, aus Anlass von Taufen, Hochzeiten oder Beerdigungen an den Kaffeetafeln wildfremder Leute zu sitzen.

Offensichtlich waren alle am Tisch über die mysteriösen Vorkommnisse im Kölner Magdalenenveedel unterrichtet und Laurenz wurde in seiner Eigenschaft als Theologe nach seinen Ansichten zu paranormalen Phänomenen befragt, wobei er nicht recht wusste, ob das ironisch gemeint war. Und ob irgendjemandem hier klar war, dass Linda Dietmar Pütz verdächtigte, der Urheber des Spuks zu sein, wurde auch nicht recht ersichtlich.

Opa Eberhard vertiefte sich ins Gespräch mit seiner Sitznachbarin Käthe Fischenich. Wie Laurenz aufschnappen konnte, tauschten sich die beiden alten Leute zunächst ausgiebig über gemeinsame alte Bekannte aus dem Veedel aus, was einem nicht enden wollenden Nekrolog gleichkam: »Seiferts Möhr? Der ist auch bald zehn Jahre tot. 'n halbes Jahr später ist ja auch das Friedchen gestorben ...«

Aber dann kam Eberhard unvermittelt auf Rosalinde Kaul zu sprechen.

»Musstest du damals eigentlich auch zur Polizei, eine Aussage machen?«, hörte Laurenz ihn fragen.

»Ich nicht, nur meine Eltern«, sagte Käthe Fischenich. »Aber ich weiß nicht, ob die was wussten. Da haben wir nie drüber gesprochen.«

»Und dich hat nie einer was gefragt?«

Die alte Frau schüttelte den Kopf.

»Das ist wirklich sehr idyllisch hier«, sagte Linda, während sie mit Pütz unter den Obstbäumen flanierte. »Ich kann mir denken, dass Sie sich hier ziemlich wohlfühlen.«

»Na, es geht so«, meinte er. »Klar ist das schön – die Natur, die gute Luft, die Ruhe. Aber ich habe gemerkt, dass ich ein Stadtmensch bin. Wir sind vor drei Jahren hierher gezogen. Vor allem, weil wir uns für alternative Wohnformen begeistern, das haben Sie ja bestimmt bemerkt. Doch Heike arbeitet in Köln und das Pendeln frisst einfach zu viel Geld und Zeit. Wir möchten gern zurück in die Stadt. Eine andere Familie hier ebenfalls, und wir haben noch weitere Interessierte gefunden – Familien wie auch Einzelpersonen, junge Leute, aber auch Senioren – und haben eine Genossenschaft gegründet. Und nun suchen wir ein Objekt in Köln, wo wir unsere Idee eines fairen Zusammenlebens verwirklichen können. Das Haus in der Bechsiefener Straße wäre ideal gewesen. Nicht zuletzt wegen Käthe, denn sie hat niemanden mehr außer mir. Deshalb hole ich sie manchmal am Wochenende zu uns. Wenn sie unter Leuten ist, blüht sie richtig auf.«

Linda warf einen Blick zur langen Kaffeetafel hinüber, wo es gerade nicht so aussah, als würde die alte Dame neben Opa Eberhard aufblühen. Sie schien geradezu in sich zusammengesunken zu sein. Wer weiß, mit welchen alten »Storys« der Mann die arme Frau nervte.

»Herr Pütz, die Frage klingt jetzt vielleicht ein bisschen wie im Fernsehen«, sagte sie, »aber ich stelle sie trotzdem. Wo waren Sie vergangene Nacht zwischen null und zwei Uhr?«

»Sie haben recht«, meinte er, »es klingt wirklich wie im Fernsehen. Sind denn etwa wieder neue Blutspuren aufgetreten? Oder warum fragen Sie mich das?«

»Überrascht Sie das?«, gab Linda zurück. »Oder warum fragen Sie mich das?«

»Ja. Also nein, es überrascht mich nicht, ich habe schon damit gerechnet, dass es wieder passieren würde. Aber wann und wie es passiert, entzieht sich meiner Kenntnis.«

Sie näherten sich dem Geräteschuppen mit der Bank davor. Durch ein staubiges Fenster warf Linda einen Blick ins Innere und sah Gartengeräte, eine Menge aufgerollter Schläuche und ein Regal, in dem sich etliche dünne Rohre stapelten.

»Wozu benutzt man diese Rohre?«, fragte sie. »Ist das zur Bewässerung?«

»Nein«, antwortete Pütz mit ernster Miene. »Mit solchen Rohren legen wir eine Leitung von hier bis nach Köln und dann pumpen wir Blut hindurch, bis es irgendwo an die Wände spritzt.« Er zuckte mit den Achseln. »Ist eine Art Brauch hier im Vorgebirge. Machen wir ständig.«

Obwohl der Typ ihr damit den Mittelfinger zeigte, konnte sich Linda ein kurzes Lachen nicht verkneifen.

»Was machen Sie eigentlich beruflich? Wenn ich fragen darf.«

»Ich war früher in der Versicherungsbranche«, sagte Pütz. »Aber ich hatte irgendwann den ganzen Kommerz-Mist satt. Das Kaufmännische liegt mir allerdings schon, deshalb kümmere ich mich um das Projekt mit der Genossenschaft. Aber in erster Linie bin ich Hausmann und für meine drei Kinder da. Und für Käthe. Und halte meiner Frau den Rücken frei. Die hat manchmal ziemlich unschöne und lange Arbeitszeiten.«

»Was macht sie denn?«

»Heike ist an der Uniklinik. Oberärztin.«

Oberärztin.

Unwillkürlich schnellte Lindas Blick zu seinen Armen hinab auf der Suche nach Einstichlöchern, aus denen seine Frau ihm gestern das Blut abgezapft haben könnte. Aber die Ärmel seines Holzfällerhemds waren zugeknöpft.

Als sie eine halbe Stunde später wieder im Auto saßen, fragte Laurenz von hinten: »Was hat uns dieser Besuch jetzt gebracht? Außer sehr köstlichem Pflaumenkuchen?«

»Zwei interessante Erkenntnisse«, antwortete Linda und berichtete vom Inhalt des Geräteschuppens und davon, dass Pütz' Frau Oberärztin ist. »Das passt ja sogar noch besser als die Krankenpflegerausbildung von Orsan Tolu.«

»Aber bis jetzt hast du keinen einzigen Beweis«, sagte Laurenz. »Bloß ein löchriges Mosaik aus halbgaren Vermutungen.«

»Tja«, meinte sie, »und je mehr Mosaiksteinchen ich beisammen habe, desto mehr kann man das Gesamtbild erkennen.«

»Eine Sache verstehe ich nicht. Ich hatte gedacht, du würdest immer verdeckt arbeiten, unauffällig das Umfeld deiner Zielpersonen auskundschaften und so weiter. Warum gehst du hier so dermaßen offensiv vor? Tauchst zum Sonntagskaffee bei deinem Hauptverdächtigen auf und sagst ihm auf den Kopf zu, was du von ihm hältst?«

»Tatsächlich arbeite ich meistens verdeckt«, nickte sie. »Wenn ich blaumachende Arbeitnehmer zu beschatten habe oder untreue Gatten wie seinerzeit im Fall Molzhagen, worauf du wahrscheinlich anspielst. Aber ich habe natürlich ganz unterschiedliche Strategien. Und in diesem konkreten Fall erscheint es mir ratsam, direkt in die Vollen zu gehen. Im Polizeijargon nennen sie das: den Fahndungsdruck erhöhen. In der Hoffnung, dass der Täter dann nervös wird, Stress bekommt, Fehler begeht.«

»Dietmar Pütz kommt mir nicht wie jemand vor, der schnell nervös wird«, gab Laurenz zu bedenken.

»Mir auch nicht«, seufzte Linda. »Aber jeder Mensch hat seine Schwachstelle. Und ich werde seine schon noch finden.«

»Vielleicht ist seine Schwachstelle, dass er einfach nichts mit der Sache zu tun hat«, meinte Laurenz.

110

Da schaltete sich plötzlich der Alte auf dem Beifahrersitz ein. Laurenz hatte gedacht, sein Opa sei längst weggedöst, doch offenbar hatte Eberhard das Gespräch seiner beiden Enkel verfolgt.

»Hat er doch«, sagte er bestimmt. »Und das Kättchen übrigens auch. Die weiß irgendwas. Da bin ich mir völlig sicher.«

»Wie bitte?« Laurenz beugte sich vor. »Hat sie dir was gesagt? Oder was macht dich so sicher?«

»Also … jetzt so ganz direkt hat sie nichts dergleichen gesagt«, antwortete der Alte, drehte sich, so gut es sein Rücken erlaubte, zu Laurenz herum und tippte mit dem Finger gegen einen Nasenflügel. »Ich spüre so was einfach.«

»Na, bravo«, brummte Laurenz.

Den Rest der Strecke legten sie schweigend zurück, bis Linda den Beetle vor dem grünen Dreifensterhaus parkte.

»Komm mit rein«, sagte sie zu Laurenz. »Ich habe noch was für dich. Meine Notizen liegen auf meinem Schreibtisch.«

Während Eberhard mit angemessen schleppendem Rentnerschritt die Treppe zu seiner Wohnung im ersten Stock emporstieg, folgte Laurenz seiner Schwester ins Büro. Vergeblich suchte er auf ihrem Schreibtisch nach einem Notizblock, einem Tablet oder einem halb zerknüllten Blatt Papier. Alles, was er sah, war eine vollgekritzelte Serviette.

»Sorry«, sagte Linda, »ich hatte nicht damit gerechnet, dass es so viel zu sagen gibt, sonst hätte ich mir natürlich was zum Schreiben eingepackt. Deine genetisch bedingt hochsensible Spürnase hat dich übrigens nicht getrogen, im Gegenteil.«

Grinsend fuhr sie ihren Zeigefinger in Richtung seines Gesichts aus, wohl um ihm scherzhaft auf die Nasenspitze zu tippen, doch Laurenz drehte den Kopf zur Seite und sagte: »Ich versteh überhaupt kein Wort.«

»Gut«, seufzte sie und zog ihre Hand wieder ein, »dann eben von Anfang an. Noch am Donnerstagabend, nachdem du mich darum gebeten hattest, hab ich Burkhard angerufen. Ich hab ihm von deiner Bitte erzählt und wir haben uns für Samstagabend zum Essen verabredet – also für gestern. Und dazwischen, also am Freitag, hat er mit einem Kollegen telefoniert. Du hattest nämlich recht, Bruderherz. Es gibt wirklich eine Cold Cases Unit, wie du sagtest, aber die Arbeitsstelle ist noch ganz neu. Deshalb hatte ich noch nie davon gehört. In Düsseldorf, beim LKA, bauen sie eine Datenbank zu ungeklärten Tötungsdelikten aus der Vergangenheit auf. Hintergrund ist wohl, dass manche alten Mordfälle mit heutigen Methoden ziemlich leicht zu lösen sind. Zum Beispiel, weil an Kleidungsstücken noch DNA-Spuren anhaften. Solche Methoden eben, die zu der Zeit, als die Tat geschah, noch Science-Fiction waren. Jedenfalls, Burkhard kennt zufällig jemanden, der dort arbeitet, und er war so freundlich, seinen Bekannten für mich anzurufen.«

»Und der wusste wohl einiges zu sagen«, meinte Laurenz, nahm die Serviette und versuchte, einzelne Stichworte zu entziffern.

»Allerdings«, nickte Linda, pflückte die Serviette aus ihres Bruders Hand und überflog ihre eigenen Kritzeleien. »Die Sache ist ziemlich interessant. Es fehlen nämlich Unterlagen. Spurenakten, um genau zu sein.«

»Was ist das?«

»Du kennst doch sicher diesen Satz: Die Polizei ermittelt in alle Richtungen. Bei manchen Verbrechen ist es tatsächlich so, dass man vielen verschiedenen Spuren folgt, bis sich hoffentlich eine als die richtige herausstellt, die zum Täter führt. Alle Unterlagen dazu – also zum Täter und zu den Beweisen, die ihn überführen – kommen in die Hauptakte der Staatsanwaltschaft. Und die wird dann dem Gericht vorgelegt und die kriegt zum Beispiel auch die Verteidigung zu Gesicht. Die Akten zu all den übrigen Spuren, zu den weiteren Verdächtigen etwa, die gehören nicht zwingend zu den Gerichtsakten, weil die Spuren ja nichts ergeben haben. Jedenfalls aus Sicht der Staatsanwaltschaft – und das ist das Interessante. Aus Sicht der Verteidigung kann es durchaus interessant sein, diese Spurenakten anzufordern. Denn dann zeigt sich möglicherweise, dass die Polizei bestimmte Spuren nicht konsequent genug verfolgt und sich vielleicht viel zu früh auf den Beschuldigten eingeschossen hat, anstatt genauso ernsthaft auch die übrigen Spuren weiterzuverfolgen. So wie in unserem Fall, denn am Ende waren die Beweise gegen den Beschuldigten – diesen Hans Leimbach alias Klütte Schäng – einfach viel zu dünn und der Hauptbelastungszeuge nicht glaubwürdig genug.«

»Aha. Und was ist jetzt mit diesen sogenannten Spurenakten?«

»Na, gerade weil sie anscheinend in dem Verfahren gar nicht weiter beachtet wurden, ist es doch umso bemerkenswerter, dass sie verschwunden sind. Burkhard kam darauf, weil es in der Verfahrensakte ein Verzeichnis der Spurenakten gibt. Zwei fehlen. Die eine bezieht sich auf den Lebensgefährten der ermordeten Rosalinde.« Linda kniff die Augen zusammen, drehte die Serviette hin und her und las: »Franz Präger. Ein Reporter. Hat damals bei der Zeitschrift Quick gearbeitet. Die andere verschwundene Akte betrifft einen gewissen Erwin Pott. Das war der Hauptbelastungszeuge.«

Linda faltete die Serviette zusammen und legte sie wieder in die Hand ihres Bruders.

»Wenn du mehr darüber herausfinden willst, was damals geschehen ist, sagt Burkhard, solltest du dich an diese beiden Männer halten.«

Laurenz wusste nicht so genau, ob diese Informationen ihn in irgendeiner Weise weiterbringen konnten. »Aber wie kann ich etwas herausfinden, wenn die Akten verschwunden sind? Und warum sind ausgerechnet diese beiden nicht mehr aufzufinden? Wer könnte denn ein Interesse daran haben, sie überhaupt verschwinden zu lassen?«

»Deine Fragen klingen schon mal sehr schlau«, lobte Linda. »Ich sehe, du gehst strukturiert vor und bedienst dich logischer Schlussfolgerungen.«

»Super«, brummte er und hob wie anklagend die Serviette hoch. »Alles, was ich habe, ist dieser bekritzelte Fetzen. Warum konnte Burkhard keine Kopie der Akte mitbringen? Oder wenigstens seine Erkenntnisse per E-Mail an dich schicken?«

»Weil er dann in Teufels Küche käme, du undankbarer, anmaßender Hobbydetektiv«, entfuhr es Linda. »Burkhard hat sich weit genug aus dem Fenster gelehnt. Und das alles, um mir einen Gefallen zu tun. Jetzt mach halt irgendwas daraus.«

Einige Straßen weiter hielt wenig später Dietmar Pütz sein Auto in zweiter Reihe vor dem Haus mit der Nummer dreizehn an, stieg aus und ging zur Beifahrertür, um seiner Großtante Käthe Fischenich beim Aussteigen zu helfen.

»Vielen Dank«, sagte die alte Frau, »das war ein schöner Tag.«

»Fand ich auch«, nickte Pütz. »Abgesehen von diesem höchst seltsamen Überraschungsbesuch.«

»Ach, das war doch ganz nett«, meinte sie. »Vor allem, weil sie den Eberhard mitgebracht haben. Komisch, da wohnt man all die Jahre im selben Veedel, aber man muss erst ins Vorgebirge fahren, um sich mal wieder zu sehen. Ich hoffe nur, dass die nicht zu tief in der Vergangenheit herumstochern.«

»Die Detektivin will einfach nur herausfinden, wer für die Blutflecken verantwortlich ist«, meinte Pütz. »Für sie ist die alte Geschichte um Rosalinde lediglich ein Aufhänger, mehr nicht. Ich glaube kaum, dass sich Frau Broich dafür interessiert, was vor siebzig Jahren geschehen ist.«

»Ach, ich denke gar nicht an die«, widersprach Käthe. »Eher an ihren Bruder.«

»Den Pfarrer?«

»Ja. Der ist so neugierig.«

Hinter ihnen hupte es. Der Fahrer eines SUVs sah sich anscheinend außerstande, sein übertriebenes Vehikel in der schmalen Gasse an Pütz' uraltem Volvo vorbeizusteuern.

»Ist ja gut«, rief Pütz, drückte seiner Großtante einen Kuss auf die Stirn und sagte: »Du musst ja nicht mehr zu ihm gehen, wenn du nicht willst. Es herrscht Religionsfreiheit. Sag einfach, du brauchst seinen Beistand nicht mehr.«

Dann lief er wieder um den Wagen herum und stieg ein, winkte zum Abschied und fuhr los.

Käthe Fischenich schloss die Haustür auf und warf noch einen Blick in den tiefblauen Spätsommerhimmel. Wenn sie das nur wüsste, ob sie Beistand brauchte oder lieber nicht.

Obwohl es noch sehr warm war, merkte man doch, dass der Herbst nahte, denn inzwischen wurde es schon wieder recht früh dunkel. Linda und Olek saßen in einigem Abstand zum Haus Nummer dreizehn in Lindas Beetle und sahen zu, wie die Dämmerung über die Hausdächer der Bechsiefener Straße kroch. Bei Familie Tolu wurden mehrere Lichter eingeschaltet, bei Frau Fischenich war das Küchenfenster hell erleuchtet. Dann ging auch hinter dem benachbarten Fenster mit der Milchglasscheibe das Licht an. Vermutlich war die alte Frau ins Bad gegangen. Auch bei Tolus brannte Licht im Bad, vielleicht putzten die Kids gerade ihre Zähne. Die Wahrscheinlichkeit, jemandem von den Bewohnern im Treppenhaus zu begegnen, schien also jetzt gerade vergleichsweise gering.

Olek und Linda schlichen sich ins Haus und die Treppe hinauf. Olek wusste inzwischen genau, welche Stufen man auslassen musste, weil sie zu sehr knarzten. Entweder hatte er ein fotografisches Gedächtnis oder konnte sich gut Zahlenreihen merken – in jedem Fall eine brauchbare Fähigkeit im Detektivgewerbe. Linda hatte längst beschlossen, Olek mehr ins Geschäft einzubinden, auch wenn es bisher immer bewährte Praxis gewesen war, nicht zu expandieren. Weder Eberhard Broich senior noch Eberhard junior und Brigitte, Lindas und Laurenz' Eltern, hatten weitere Detektive angestellt. Gerade in einem so kniffligen Gewerbe sollte man sich auf den engsten Familienkreis beschränken, war stets das Credo gewesen. Aber irgendwie gehörte Olek ja schon fast zur Familie. Wäre er bloß nicht so abergläubisch.

Sie schlüpften in die Wohnung, Linda schloss lautlos die Tür hinter ihnen und Olek legte wieder ein paar Steinchen oben drauf.

»Moment«, sagte Linda, »ich muss doch nachher wieder hinaus.«

Olek brummelte etwas Unverständliches und betrat das Spukzimmer. Die Blutflecken von letzter Nacht waren jetzt eingetrocknet und fast schon ebenso blass wie die vorherigen.

»Hast du noch Termine?«, fragte er Linda.

»Du weißt doch, dass sich in Deutschland niemand sonntagabends verabredet«, antwortete sie, »weil da alle Tatort gucken müssen.«

»Nur du nicht«, sagte er, »du guckst doch nie Tatort.«

»Nee«, meinte sie und nickte zu den Flecken an der Wand hinüber, »wir haben ja unseren eigenen Tatort.«

Sie ließ sich neben Oleks Schlafsack auf dem Boden nieder und klopfte mit der Hand auf die leere Stelle neben sich.

»Komm her. Ich bleib noch ein bisschen.«

Er setzte sich neben sie und legte seinen mächtigen Arm um ihre Schultern. Ihr fiel auf, dass er noch über eine weitere Fähigkeit verfügte, die einen guten Detektiv ausmachte. Und zwar weit mehr als Opa Eberhard oder ihre Eltern oder sie selbst: Er konnte schweigen.

Das tat manchmal sehr gut.

5

Montag, 10. September

Franz Präger, Lebensgefährte von Rosalinde Kaul, hatte für die Illustrierte Quick gearbeitet. Das Blatt war laut Wikipedia schon 1992 eingestellt worden. Ferner wusste die Online-Enzyklopädie zu berichten, dass Hitlers Sekretärin Traudl Junge einige Jahre lang Sekretärin der Chefredaktion gewesen war. Mit dem Fall Rosalinde hatte das ganz bestimmt nichts zu tun, war aber trotzdem irgendwie interessant, fand Laurenz. Er saß mit seinem Laptop in der Pfarrhaus-Küche, trank seinen Morgenkaffee und hörte zu, wie Olek in seinem Zimmer schnarchte. Er war an diesem Morgen ziemlich beschwingt nach Hause gekommen, vermutlich, weil ihm in der Nacht kein Gespenst begegnet war. Jedenfalls habe es keine erwähnenswerten Vorkommnisse gegeben, hatte er gesagt und bei dem Wort *erwähnenswert* ein wenig hintergründig dreingeschaut.

Wer in den frühen Fünfzigerjahren als Reporter arbeitete, musste spätestens Mitte oder Anfang der Zwanzigerjahre geboren sein, überlegte Laurenz, also rund zehn Jahre vor Opa Eberhard oder Käthe Fischenich. So jemand war höchstwahrscheinlich längst verstorben – oder aber hochbetagt und womöglich dement. Eine Google-Suche erwies sich als vollkommen unergiebig. Natürlich gab es jede Menge Treffer zu diesem Namen, aber die schienen sich allesamt auf andere Menschen zu beziehen. Wer schon im Laufe der Achtzigerjahre das Rentenalter erreicht hatte, ohne zwischendurch als Person der Zeitgeschichte von sich reden gemacht zu haben, hinterließ offenbar keine Spuren im Internet. Zumal Laurenz nicht einmal eine Stadt als Anhaltspunkt hatte. Hauptsitz der Quick war München gewesen, bevor man das Blatt 1966 an den Bauer Verlag mit Sitz in Hamburg verkauft hatte. Präger selbst schien nicht in Köln, sondern in München gelebt zu haben, so weit erinnerte sich Laurenz an Käthes Erzählung bei seiner ersten Begegnung mit der alten Dame.

Er klickte sich lustlos durch die ersten Seiten der Google-Treffer, dann suchte er nach einem Archiv der Quick. Tatsächlich fand er einen Online-Shop, wo diverse Ausgaben der Illustrierten antiquarisch angeboten wurden. Zu knapp vierzig Euro das Stück. Offenbar gab es da einen Kreis passionierter Sammler. Ihm selber würde das vermutlich gar nichts bringen. Selbst wenn er einzelne Artikel von Franz Präger in der Zeitschrift fände, welchen Erkenntnisgewinn hätte das? Er brauchte eine Adresse von Präger beziehungsweise eine Adresse seiner Hinterbliebenen, falls es welche gab. Denn das Einzige, worauf er hoffen konnte, waren irgendwelche Aufzeichnungen, die der Mann vielleicht hinterlassen hatte. Ein Tagebuch oder dergleichen.

Laurenz suchte nach der Telefonnummer des Bauer Verlages, der sich heutzutage Bauer Medien Group nannte, und rief an.

Eine Computerstimme lotste ihn durch ein Menü, bevor sich ein junger Mann meldete.

»Mein Name ist Broich, in bin auf der Suche nach einem Mitarbeiter der Zeitschrift Quick, die Ihrem Verlag einmal gehört hat … also zumindest weiß ich, dass er in den Fünfzigerjahren für den Verlag tätig gewesen ist und …«

»Bitte entschuldigen Sie, dass ich Sie unterbreche. Dies hier ist das Kundencenter. Ich helfe Ihnen gern bei Fragen und Änderungswünschen zu Ihrem Abonnement oder informiere Sie über aktuelle Prämien und …«

»Nein, ich dachte, Sie könnten mich weiterverbinden an – ich weiß auch nicht genau –, haben Sie ein Archiv?«

»Da würde ich Sie gern an unsere Verwaltung verweisen. Leider kann ich Sie nicht verbinden, aber ich gebe Ihnen gern die Nummer …«

Laurenz öffnete eine Textverarbeitung in seinem Laptop, tippte die Zahlen hinein und anschließend in sein Telefon. Es begann eine Odyssee durch mehrere Warteschleifen, bis er irgendwann eine Frau am Ohr hatte, die offenbar zur Personalabteilung gehörte, sofern er das richtig verstanden hatte.

»Darf ich fragen, für wen Sie arbeiten?«, wollte sie wissen.

»Bitte?«

»Für eine Zeitung? Oder eine Versicherung? Oder eine Kanzlei? Wozu brauchen Sie diese Daten?«

»Es ist … privat«, sagte er hilflos, weil ihm auf die Schnelle nichts anderes einfiel.

»Hören Sie – es tut mir leid, aber ich kann Ihnen nicht weiterhelfen. Selbst wenn wir irgendwo noch Angaben gespeichert hätten aus dieser Zeit, was ich ehrlich gesagt bezweifle, dann dürfte ich Ihnen ganz sicher keine Auskunft geben. Datenschutz, Sie wissen schon.«

»Aber … hm.«

»Ich wünsche Ihnen noch einen schönen Tag.«

Klick.

Verdammt. Warum hatte er sich das so einfach vorgestellt? Er hätte Linda fragen sollen, wie sie in solchen Fällen vorging. Ganz bestimmt gab es da bewährte Techniken und Strategien, die ihm natürlich fremd waren. Wenn er im beruflichen Kontext knifflige Telefonate zu führen hatte, meldete er sich bisweilen mit Namen und Titel. Das Wort Pfarrer schien immer wieder Türen zu öffnen, die anderen verschlossen blieben. Trotz der Säkularisierung und all der Krisen und Skandale rund um die Kirche schienen Priester bei vielen Menschen noch immer einen Vertrauensbonus zu besitzen. Aber in dieser Sache, die mit seiner priesterlichen Aufgabe rein gar nichts zu tun hatte, wäre ihm ein solcher Auftritt unredlich vorgekommen. Wobei – im Grunde tat er doch bloß seine Arbeit, denn dass er hier eigene Ermittlungen anzustellen begann, stand doch eigentlich im Kontext seiner seelsorglichen Begleitung von Käthe Fischenich.

Er wandte sich dem anderen Namen zu. Erwin Pott. Hier führte die Google-Suche nach 0,45 Sekunden zu einem Volltreffer.

»Es geht um eine Wette«, sagte Linda lapidar. Um sie herum grünte und blühte es. Und unter dem Glasdach des Gartenbaucenters staute sich die Hitze. Der Verkäufer sah sie zweifelnd an und drehte sich zum Regal. Er nahm ein Sprühgerät heraus, das aus einem dickbauchigen Tank mit Handpumpe bestand und einen dünnen Schlauch mit einer langen Lanze hatte, auf deren Spitze ein Ventil saß.

»Diesen Schlauch können Sie natürlich verlängern«, sagte er. »Aber irgendwie müssen Sie auch noch die Lanze steuern – also wenn Sie in der einen

Hand das Gerät haben, es sei denn, man ist zu zweit, wobei … ich hab ehrlich gesagt immer noch nicht kapiert, worauf Sie hinauswollen.«

Er machte ein richtig unglückliches Gesicht.

»Ich auch nicht«, seufzte Linda. »Ich muss einfach noch mal drüber nachdenken. Vielen Dank für Ihre Zeit.«

Sie ließ den Mann stehen und musterte im Hinausgehen noch einmal einige Schläuche und Rohre, die zwar allesamt durch den Briefschlitz passen würden – aber es gab kein einziges vernünftiges Szenario, bei dem am Ende mithilfe solcher Teile Blut an die Wand im Spukzimmer spritzen würde. Theoretisch würde es gehen, aber dazu würde man etliche Liter Blut benötigen und eine große Pumpe und alles würde viel länger dauern, als es gedauert haben konnte. Nein, irgendwer musste irgendwie selbst in die Wohnung gelangt sein, alles andere schied aus. Auch die Fenster kamen nicht infrage, die hatten Olek und sie eigens noch mal untersucht.

Olek und sie …

Sie hatten die Nacht zusammen im Spukzimmer verbracht.

Der Satz ging ihr durch den Kopf, während sie das Gartenbaucenter verließ und den großen Parkplatz überquerte. Die Nacht zusammen verbracht. Wann immer sie diesen Satz zuvor mit dem austauschbaren Namen eines Mannes gebraucht, gesagt, gedacht hatte, war darin etwas absolut Eindeutiges zum Ausdruck gekommen, obwohl dieser Satz im Grunde völlig harmlos war und auf nichts dergleichen hindeutete. Aber diesmal stimmte es tatsächlich wortwörtlich. Sie hatten die Nacht zusammen verbracht, mehr nicht. Sie hatten lange geschwiegen, irgendwann hatte Olek angefangen ihr vorzulesen aus seinen seltsamen Büchern über Okkultismus und Rechnungswesen, über Weinbau, Pferdezucht und Webseitenprogrammierung. Später waren ihr die Augen zugefallen und er hatte über sie gewacht, während sie tief und fest schlief, den Kopf in seinem Schoß. Ein Gespenst war nicht erschienen. Dafür war Linda klar geworden, als sie noch vor Morgengrauen wach geworden und gemeinsam mit Olek aus dem Haus geschlichen war, dass sie schon seit vielen Jahren nicht mehr ein so starkes Gefühl von Nähe empfunden hatte. Sie stieg in den Beetle und fuhr los.

Orsan Tolu war imstande, die Kameras zu manipulieren, ganz bestimmt. Es gab keinen Beweis dafür, dass er ein Hacker war, sie wusste es einfach. Spürnase halt. Aber kein Hacking der Welt konnte die analogen kleinen Steinchen überlisten, die Olek oben auf die Tür gelegt hatte, um zu überprüfen, ob jemand die Wohnung betreten hatte. Auf dem Beifahrersitz lag der aktuelle Express und darin fand sich unter der Headline *Neuer Spuk und noch immer keine Spur* bereits ein weiterer Artikel über die Sache. Einerseits höchst ärgerlich. Andererseits ein Riesenglück. Denn es konnte nur bedeuten, dass der Tippgeber der Zeitung selbst der Täter war. Er oder sie hatte den alles entscheidenden Fehler gemacht.

An der nächsten roten Ampel nahm Linda die Zeitung zur Hand und suchte über und unter dem Text nach einem Autorennamen. Doch da stand bloß in Klammern das Kürzel »EB«, was, wie Linda wusste, für Eigenbericht stand – mit anderen Worten für gar nichts. Während die Ampel auf Gelb sprang und sie den Gang einlegte, überlegte sie krampfhaft, ob sie nicht noch irgendjemanden beim Express kannte, der ihr da weiterhelfen konnte. Es müsste doch rauszukriegen sein, wer den Artikel geschrieben hatte.

»Hallo Herr Pfarrer ... ich meine Herr Broich, vielleicht erinnern Sie sich an mich, Tom Meinhoff, wir hatten uns im Frühjahr mal unterhalten, ich habe das Portrait über Sie im Kölner Stadt-Anzeiger gebracht. Übrigens schreibe ich nebenher auch manchmal für den Express und bin da gerade an einer etwas gruseligen Sache dran. Und ich habe gehört, dass Sie sich ebenfalls damit beschäftigen, es geht um diese Spukgeschichte in dem Haus in der Bechsiefener Straße. Also, ich würd Ihnen dazu gern ein paar Fragen stellen. Daher wäre es total super, wenn Sie mich einfach zurückrufen könnten.«

Laurenz löschte die Nachricht von der Mailbox. Natürlich würde er nicht zurückrufen. Das war nicht persönlich gemeint, er hatte nichts gegen den jungen Mann, im Gegenteil. Er erinnerte sich tatsächlich an das Gespräch, das war noch vor seiner Amtseinführung gewesen. Ein angenehmes Treffen, aus dem ein ganz guter Text entstanden war. Trotzdem hatte er nicht die Absicht, die mediale Ausschlachtung der Vorkommnisse noch zu befeuern. Schlimm genug, dass sich das überhaupt derart herumsprach. Er steckte das Handy zurück in den Rucksack und schwang sich aufs Rad. Der Termin soeben war ein wenig früher zu Ende gewesen als geplant und bis zur Sitzung mit dem Liturgiekreis um 17 Uhr blieben ihm fast zwei Stunden Zeit, das sollte für einen Besuch bei Erwin Pott reichen.

Er war dem Mann in einer Fernsehdokumentation auf die Spur gekommen, eine Sendung über das Kölner Miljö der Sechziger und Siebziger, der Film stand in der Mediathek. Darin kam besagter Erwin Pott mit ein paar O-Tönen zu Wort und die Stimme aus dem Off hatte erklärt, dass der ehemalige Türsteher und Preisboxer heute seinen Lebensabend in einem Kölner Männerwohnheim verbringe.

Auf einer städtischen Website fand Laurenz eine Übersicht solcher Wohnheime, viele waren es nicht. Er telefonierte sie durch und hatte schon beim dritten Anruf Erfolg.

»Ja, Herr Pfarrer, der Herr Pott wohnt hier bei uns. Er freut sich bestimmt über Besuch, Herr Pfarrer.«

Geht doch.

Von einem Männerwohnheim hatte Laurenz keine genaue Vorstellung. Zwar hatte er während seiner früheren Tätigkeit als Knastpfarrer schon mit einigen solcher Einrichtungen telefoniert, da war es meist um Übergangslösungen für entlassene Strafgefangene gegangen, aber besucht hatte er noch keines. Vielleicht hatte er erwartet, mit Erwin Pott an einem bekritzelten Resopaltisch zu sitzen und kalten braunen Filterkaffee aus Pappbechern zu trinken. Er war angenehm überrascht: Das Heim verfügte über ein eigenes kleines Bistro, wo er in einer gemütlichen Sofaecke beim Latte Macchiato einem knapp Achtzigjährigen mit schlohweißer Igelfrisur gegenübersaß, dem der abgewetzte rote Cordanzug vermutlich früher einmal sehr gut gepasst haben mochte, inzwischen aber drei Nummern zu groß für die leicht vornübergebeugte Gestalt war. Scharfes Rasierwasser stach Laurenz in die Nase und übertünchte sogar das Aroma des Kaffees.

»Ein Pfaffe war ja noch nicht bei mir«, sagte Pott, »bitte entschuldigen Sie die Ausdrucksweise, Hochwürden, ich meine das bloß freundschaftlich. Seit ich im Fernsehen war, kommen immer wieder Leute, um meine alten Geschichten zu hören. Leute von der Presse oder welche, die ein Buch schreiben, oder neulich einer, der macht für die Touristen spezielle Stadtführungen durchs Miljö. Also – durch die Straßen, wo früher das Miljö gewesen ist. Eigelstein, Friesenstraße, Brinkgasse und so weiter. Der wollte meine alten Storys hören, weil der die dann weitererzählt. Gute Geschäftsidee, eigentlich. Schade, dass ich da nicht selber draufgekommen bin. Na ja.« Er nippte an einem Glas Kranwasser. »Früher hab ich nur Schampus getrunken, schon zum Frühstück. Heute reicht es manchmal für'n Asbach vom Penny Markt, aber hier drin ist leider Alkoholverbot, da setz ich mich dann lieber im Volksgarten auf ne Parkbank. Das ist heute eben nicht mehr wie früher. Aber ich bereue nichts, ich hatte mein Leben. Und es waren weiß Gott wundervolle Zeiten. Ehrliche Zeiten, wissen Sie? Ohne Drogen, ohne Waffen, nicht mal Messer – da wurden Konkurrenzkämpfe nachts auf den Ringen einfach mit den Fäusten ausgetragen. Und die Mädels waren von hier, und wir haben sie gut behandelt, haben sie manchmal sogar geheiratet, ich alleine drei von ihnen. Wir waren Ehrenmänner.« Es schien, als müsse er sich eine Träne aus dem Augenwinkel wischen. »Also, Hochwürden, über wen wollen Sie was wissen? Ich hab sie ja alle gekannt: Schäfers Nas, Dummse Tünn, Frischse Pitter …«

»Über den Klütte Schäng«, sagte Laurenz.

Pott verstummte und sah sich verstohlen um, dann trank er von seinem Wasser, wobei er vielleicht versuchte, sich an den Geschmack von Champagner zu erinnern oder wenigstens von Weinbrand.

Schließlich grummelte er: »Nach dem Schäng hat mich noch keiner gefragt.«

»Dann freue ich mich, etwas Abwechslung in die Sache zu bringen«, sagte Laurenz und stellte das Glas mit dem Latte Macchiato unberührt ab. Potts Rasierwasser hatte ihm die Lust darauf verdorben.

»Wieso der Klütte Schäng?«, fragte Pott. »Warum interessieren Sie sich für Hans Leimbach?«

»Wegen Rosalinde Kaul«, antwortete Laurenz in einem möglichst beiläufigen Tonfall. »Es geht um eine seelsorgerische Situation, deren Hintergründe ich gern besser verstehen würde. Sie haben vor Gericht gegen Leimbach ausgesagt.«

Potts Lippen wurden zu einem schmalen Strich, er nickte.

»Ich war ja noch ziemlich jung«, sagte er. Das sollte wohl schon vorab als pauschale Entschuldigung herhalten für alles, was jetzt käme.

»Wie haben Sie sich kennengelernt?«

»Im Klingelpütz. Ich saß wegen Hehlerei. War nicht mal zwanzig, aber sie hatten mich drangekriegt, weil ich ein paar Uhren verkauft hab, im Auftrag von … einem Bekannten. Das war zu der Zeit, als die von Düsseldorf den Haas nach Köln geschickt haben.«

Kriminalrat Werner Haas, Sonderbevollmächtigter. Laurenz kannte den Namen. Er hatte sich übers Wochenende aus der Pfarrbücherei etwas Literatur über das Kölner Miljö geliehen. Ohne Ausweis. So unterschiedlich die Schwerpunkte der einzelnen Bücher und Aufsatzsammlungen auch waren, immer ging es mehr oder minder um diesen Haas, der sich im Auftrag der Landesregierung ab Mitte der Sechzigerjahre zunächst den korrupten Kölner Polizeiapparat vorknöpfte und dann in der Unterwelt aufräumte. Beziehungsweise aufräumen ließ.

»Die Polizei und die Staatsanwälte brauchten dringend Erfolge, so erklär ich mir das zumindest heute«, sinnierte Pott. »Und darum mussten die anscheinend ein paar alte Fälle neu aufrollen, um irgendwie die ganzen Luden von der Straße weg und hinter Gitter zu kriegen. Jedenfalls kam eines Tages so ein Staatsanwalt zu mir und erklärte, dass die glauben, dass der Schäng vor über zehn Jahren eine gewisse Rosalinde umgelegt hätte, aber sie könnten es nicht beweisen. Und wenn ich was rauskriegen würde, dann würde sich das sicher gut auf meine Bewährung auswirken. Und am nächsten Tag haben die mich dann mit dem Schäng in eine Zelle gesteckt. Der saß nämlich praktischerweise auch gerade im Bau.«

»Sie hatten den Auftrag, den Mann auszuhorchen.«

»Könnte man so sagen. Oder auch nicht. Denn der Staatsanwalt hat mir haarklein erklärt, was genau er hören wollte, der wollte eigentlich bloß ein kurzes Ja. Und ich hab dann also den Schäng in ein Gespräch verwickelt und hab genau den Text aufgesagt. Ich hab gesagt: Mensch, Schäng, hab ich gesagt, sag mal, stimmt das? Ich hab gehört, du wolltest vor ein paar Jahren drüben auf der Schäl Sick ein Pferdchen zähmen, aber die Kleine war so widerspenstig, dass du ihr einfach die Kehle durchgeschnitten hast? Ist das wahr? Und da hat der das sofort zugegeben. Ich hab ihm aber kein Wort geglaubt.«

»Ach. Wieso nicht?«

»Das war doch reine Angeberei«, winkte Pott ab. »So, wie ich den gefragt hatte – da hat er doch gedacht, es würd mir imponieren, ich würd den bewundern. Er hat sich richtig was eingebildet darauf, dabei hat der ganz sicher nie im Leben einen umgebracht. Und später vor Gericht musste ich ja dann wiederholen, was er gesagt hatte, und da hat er dann tatsächlich behauptet, es wäre nur Angeberei gewesen. Und der Richter war hin- und hergerissen, bis er den Schäng mal lieber freigesprochen hat, von wegen im Zweifel für den Angeklagten.« Plötzlich sah Pott Laurenz sehr eindringlich an. »Und darauf kommt es doch am Ende an, nicht wahr, Herr Pastor? Dass der Richter mir eh nicht geglaubt hat? Und ich hab ja auch nur gesagt, was ich gehört hab. Niemand hat von mir wissen wollen, ob ich es denn für wahr halte, dass der Schäng das getan hat. Obwohl ich damals dachte, ich hätte es trotzdem sagen müssen, denn ich bin sicher, dass der Schäng das nicht getan hat. Aber ich hab es nicht gesagt, weil der Staatsanwalt so unbedingt dem Schäng diesen Mord anhängen wollte. Dafür kommt man doch nicht in die Hölle, oder? Also der Staatsanwalt vielleicht, aber nicht ich, ich war ja noch ganz jung, nicht mal zwanzig.«

Laurenz holte Luft, um zu einer ausführlichen Antwort anzusetzen. Über die Hölle hatte er schon viele Gespräche geführt, vor allem im Knast, aber er besann sich, das würde jetzt alles zu weit führen. Er schüttelte bloß den Kopf und sagte schlicht: »Nein, ich denke nicht.«

»Gut.« Pott entspannte sich. »Und der Richter hat es ja, wie gesagt, auch nicht geglaubt. Vor allem wegen der Formulierung nicht.«

»Welche Formulierung?«

Pott richtete sich ein wenig auf und fuhr sich mit dem Daumen an seinem Hals vorbei.

»Kehle aufgeschlitzt. So war das nämlich gar nicht gewesen, das kam später im Prozess heraus. Ein moderner Gutachter hatte sich noch mal alle Berichte von dem Mord ganz genau angeguckt, von der Autopsie oder wie man das nennt, und war zu dem Schluss gekommen, dass von Kehle-Aufschlitzen nicht die Rede sein konnte. War mehr ein Stich in den Hals gewesen, hieß es, so als wenn es einen Kampf gegeben hätte. Sie hatte da wohl einen Stich direkt in die Halsschlagader gekriegt und war anschließend mit dem Kopf auf den Bettpfosten geschlagen und so hat man sie in ihrem Schlafzimmer gefunden. Kann sein, dass sie letztlich an dem Sturz gestorben ist und gar nicht an dem Stich. Die Tatwaffe wurde übrigens nie gefunden. Komisch, dass ich mich da noch so gut dran erinnern kann. Ich war aber auch echt froh, dass der Schäng nicht wegen mir unschuldig lebenslang gekriegt hat, das hätte ich mir nie verziehen. Nur einer war nicht froh, nämlich der Staatsanwalt, der Schweinehund. Er hat mir aus lauter Ärger die Bewährung versaut. Dabei war der doch selber schuld gewesen. Warum hat der den Fall so schlampig bearbeitet? Damals hab ich manchmal gedacht, der wollte den Fall ganz schnell loswerden. Also weniger den Klütte Schäng als vielmehr die Rosalinde. Obwohl die damals schon zehn Jahre tot war. Als wäre die trotzdem noch da und würde ihm im Nacken sitzen.«

»Sie soll ja Prostituierte gewesen sein«, sagte Laurenz, »und angeblich ihre Dienste in sogenannten höheren Kreisen angeboten haben. Halten Sie es für möglich, dass dieser Staatsanwalt einer ihrer Kunden war?«

Pott lachte und plötzlich sahen seine Augen richtig jung aus.

»Na, sicher das. Oder sogar, dass der am Ende noch selber der Mörder war. Oder dass er den wahren Mörder zumindest kannte und den decken wollte, was weiß ich. Zu der Zeit damals, da war alles möglich. Mensch … was waren das für verrückte Zeiten …«
Er griff sich unwillkürlich an seine Schulter und rief:
»So lange Haare hatte ich damals, gucken Sie mal. Bis hier runter, Minipli, die Frauen waren verrückt nach mir. Und so einen Schnäuzer hatte ich. Und einen Anzug aus Schlangenleder, das kann man sich heute gar nicht mehr vorstellen.«

»Ich sehe es leibhaftig vor mir«, nickte Laurenz. »Können Sie sich erinnern, ob auch der damalige Lebensgefährte von Rosalinde Kaul vor Gericht erscheinen musste? Ein gewisser Franz Präger?«

»Ich hab ja nicht den ganzen Prozess mitgekriegt«, antwortete Pott. »Aber an den Präger erinnere ich mich, der sprach bayerisch, so richtig wie aus dem Heimatfilm. Aber nur sehr wenig. Hat nicht viel gesagt, hatte ja auch ein Alibi, war während der Tat in München gewesen. Und damals, über zehn Jahre danach, wollte er mit der Sache möglichst nichts mehr am Hut haben. Der hatte wohl Sorge, dass es ihm bei der Arbeit schadet, wenn sich rumspricht, dass er mal mit einem leichten Mädchen zusammen war. Der arbeitete nämlich für irgendeine Firma als Pressesprecher.«

»Sind Sie sicher?«, merkte Laurenz auf. »Nicht etwa als Reporter für eine Illustrierte?«

»Doch – jetzt, wo Sie es sagen – es kann sein, dass er so was erwähnte, dass er vorher Reporter gewesen wär. Ich erinnere mich daran, weil ich es damals schon komisch fand, dass die Rosalinde was mit einem von der Zeitung gehabt haben soll. Na ja, der Staatsanwalt hat den Mann ziemlich links liegen lassen. Aber ich hatte schon den Eindruck, dass der irgendwie nicht ganz sauber war, dieser Präger.« Pott leerte sein Wasserglas und sagte: »Es wäre schon schön, wenn ich mir demnächst noch mal was Gutes zu trinken gönnen könnte.«

Laurenz zückte sein Portemonnaie.

»Oder zwei«, sagte Pott, »oder auch mal drei.«

Laurenz drückte ihm einen Fünfzigeuroschein in die Hand.

»Oh«, strahlte der Alte. »Ein Ehrenmann gibt gern.«

Die Formulierung kannte Laurenz aus dem Knast. Neuerdings galt das sogar als topmodernes Jugendwort. Wo auch immer die zuständigen Sprachforscher während der letzten zwanzig Jahre herumgeforscht hatten – auf dem Gefängnishof sicherlich nicht.

»Eine letzte Frage noch«, setzte Laurenz an. »Dieser Staatsanwalt – wie hieß der? Erinnern Sie sich an seinen Namen?«

»Erinnern? Ha!«, machte Pott, rollte den Geldschein zusammen und ließ ihn in der Innentasche seines roten Cordsakkos verschwinden. »Den Namen dieses Schweinehundes verfluche ich dreimal täglich, auf dass seine verfaulte Seele ewig in der Hölle schmore!«

»Walter Labonté«, wiederholte Eberhard senior. »Das alte Dreckschwein? Wie kommst du denn an den?«

»Ein gewisser Erwin Pott hat mir von ihm erzählt«, sagte Laurenz. »Weil Labonté derjenige Staatsanwalt war, der 1965 den Klütte Schäng wegen des Mordes an Rosalinde Kaul angeklagt hat. Du kanntest ihn also?«

»Pott? Nie gehört.«

»Walter Labonté.«

»Ach, den.« Der Alte blickte einen Moment lang zur Decke.

Sie saßen in Eberhards kleiner Küche, auf dem Tisch stand eine Schnapsflasche und Laurenz, der an diesem Abend keinen Termin mehr hatte, trank ausnahmsweise einen mit. Der Alte kippte sein Glas.

Dann sagte er: »Ich hatte gottlob nie mit dem zu tun.« Er füllte sein Glas erneut. »Jedenfalls beruflich nicht.«

»Und sonst?«

»Wie?«

»Du sagtest, du hast beruflich nicht mit ihm zu tun gehabt. Das heißt dann, dass du ihm stattdessen anderweitig begegnet bist?«

»Wem?«

»Opa!« Laurenz hätte den Alten am liebsten gepackt und geschüttelt.

Eberhard senior starrte seinen Enkel einen Moment lang an, als säße da plötzlich ein fremder Mann in seiner Küche, auf dessen Namen oder Herkunft oder den Grund seiner Anwesenheit er sich nicht den geringsten Reim machen könne. Es kam Laurenz manchmal wie ein Wackelkontakt vor – ein bisschen wie beim WLAN im Pfarrhaus, das immer wieder mal minutenlang ausfiel. Plötzlich Server Error, leerer Bildschirm, nichts geht mehr. Und im nächsten Moment läuft wieder alles.

»Der war bei der Gestapo«, flüsterte der Alte und leerte abermals sein Glas in einem Zug. »Walter, die Kralle. War'n kleiner Fisch im EL-DE-Haus, aber beim Verhör der Brutalste. Der am wenigsten Mitleid hatte. Dem das wahrscheinlich sogar Spaß machte. Ich hab das jedenfalls mal aufgeschnappt.«

Laurenz rührte sich nicht, sagte nichts, wartete einfach darauf, dass der Alte weitersprach. Aber das tat der nicht. Goss sich wieder ein und schwieg.

»Das ist aber dann auch genug Schnaps für heute«, sagte Linda plötzlich.

Laurenz erschrak richtig, er hatte sie nicht kommen hören, obwohl die Treppe immer knarzte, wenn man sie benutzte. Hatte sie sich angeschlichen oder hatte er bloß so gebannt auf Eberhards Worte gelauscht, dass er die Geräusche von draußen aus dem Flur schlicht ignoriert hatte? Wie lange lehnte sie schon so da im Türrahmen?

Jetzt trat sie in die Küche, nahm die Flasche vom Tisch und stellte sie zurück ins Regal, öffnete den

Kühlschrank und holte sich eine Flasche Kölsch heraus. »Darf ich?«

Der Alte nickte.

Linda öffnete die Flasche und nahm einen großen Schluck, dann setzte sie sich mit einem Seufzer zu Laurenz und Opa Eberhard an den Tisch.

»Ich komme kein bisschen voran«, sagte sie. »Da tanzt mir einer auf der Nase rum. So dicht vor meinen Augen, aber ich krieg ihn nicht zu fassen.« Sie schnappte mit der freien Hand in die Luft, als hüpfe da tatsächlich ein kleines Männlein in ihrem Gesicht herum, das ihr immer wieder entwischte. »Heute stand schon wieder was im Express. Diesmal sogar mit einem Foto vom Haus. Großzügigerweise haben sie die Hausnummer verpixelt und auch die Fenster so weit, dass man nicht sofort erkennt, wer da wohnt. Aber wenn man sich ein klein wenig im Veedel auskennt, sieht man trotzdem sofort, um welches Haus es sich handelt.« Sie schlug mit der flachen Hand auf den Tisch und sagte: »Wer immer diesen Artikel von heute lanciert hat, muss der Täter oder die Täterin sein.«

»Wieso?«, fragte Laurenz und dachte an den Anruf von Tom Meinhoff und dessen Nachricht auf der Mailbox. »Das Ganze hat sich doch längst rumgesprochen, viel zu viele Leute wissen davon und reden drüber.«

»Ja, aber nicht darüber, dass es in der Nacht von Samstag auf Sonntag schon wieder passiert ist. Jemand muss gestern im Laufe des Tages jemanden vom Express kontaktiert und die Sache weitergegeben haben. Ich habe niemandem außer euch davon erzählt. Und Olek hält sowieso den Mund.«

»Dann ist es doch einfach«, sagte Opa Eberhard. »Halt dich an den Reporter, der den Artikel geschrieben hat. Er wird dir den Namen schon sagen. Eine Hand wäscht die andere.«

»Versteh ich nicht«, sagte Laurenz. »Willst du Linda etwa auffordern, den Reporter zu bestechen?«

»Na, um Geld geht es nicht«, antwortete Linda anstelle ihres Großvaters. »Aber manchmal lassen Journalisten mit sich reden, wenn du andeutest, dass sie dann bei dir was gut haben. Schließlich komme ich als Detektivin immer wieder mal an sehr spannende Informationen, die je nachdem auch für die Öffentlichkeit interessant wären ... Ich habe nicht mal den Namen herausgekriegt. Ich hab in der Redaktion angerufen, aber die wollten mir das nicht sagen. Und ich kenne auch keinen mehr, der da arbeitet, seit Detlev zur Rundschau gewechselt ist.« Sie nahm einen großen Schluck. »Vermutlich war es Dietmar Pütz«, überlegte sie, »denn der hat auch den ersten Artikel schon initiiert. Es kann aber genauso gut Orsan Tolu gewesen sein. Der hatte ebenfalls Kontakt zur Zeitung. Wenn ich diese Info hätte, könnte ich einen der beiden endlich mal festnageln.«

Laurenz dachte wieder an Tom Meinhoff und seine Rückrufbitte. Und er schwor sich, bloß die Klappe zu halten. Bloß nicht verkomplizieren, nur ja nicht zu viele Verwicklungen. Linda machte ihren Job und er machte seinen und da sollte bitte nichts durcheinandergehen. Nicht schon wieder.

»Und zu allem Überfluss hat mich vorhin noch die Rössner angerufen«, fuhr Linda fort. »Zwei Interessenten für Wohnungen im Haus hätten ihr heute abgesagt, nachdem sie den Artikel gelesen haben, hat sie gesagt. Gerade sind ihr Mann und sie in Berlin, aber am Mittwoch kommt sie wieder nach Köln und bis dahin will sie Ergebnisse sehen, ansonsten ... keine Ahnung.«

»Ansonsten entzieht sie dir den Auftrag?«, fragte Laurenz.

»Keine Ahnung«, wiederholte Linda, »also ja, ich denke schon, sie hat das nicht gesagt, aber so angedeutet. Verdammt.« Sie schlug mit der Faust auf den Tisch, dass die leeren Schnapsgläser hüpften. »Ich hatte schon lange nicht mehr so solvente Klienten. Klar – den bisherigen Aufwand muss sie mir bezahlen, aber die Erfolgsprämie kann ich mir wohl von der Backe putzen.«

»Tja, doof«, meinte Laurenz und erhob sich. »Ich muss dann auch mal. Bringst du mich noch zur Tür, Linda?«

»Hast du vergessen, wo es hinausgeht?«, fragte sie halb verwundert, halb genervt.

Doch Laurenz zwinkerte ihr kurz zu, dann verabschiedete er sich von seinem Großvater und verließ dessen Wohnung, ging die Treppe zum Erdgeschoss hinunter und wartete, dass Linda hinter ihm herkam.

»Gehen wir ins Büro«, schlug sie vor und hielt ihm die Tür auf.

Er trat ein und setzte sich auf ihr Sofa.

»Hast du sein Gesicht gesehen?«, fragte er. »Als er von der Gestapo sprach? Vom EL-DE-Haus? Das ist diese Gedenkstätte in der Nähe vom Appellhofplatz, dort war in der Nazizeit …«

»… die Kölner Gestapo-Zentrale, ich weiß, Bruderherz. Ein klitzekleines bisschen kenne ich die Kölner Stadtgeschichte schon auch. Aber was soll Opa damit zu tun haben?«

»Das ist ja gerade die Frage. Er ist aschfahl geworden, als er vorhin darüber sprach. Erst hat er auf verwirrt gemacht. Und dann sagte er so zwei oder drei Sätze – da hatte ich für einen Augenblick lang das Gefühl, ich hätte ein verborgenes Fenster zu seiner Seele aufgestoßen. Und im nächsten Moment warf er es wieder zu. Da hat er sich ganz schnell von seinen eigenen Worten distanziert.«

Linda verschränkte die Arme vor der Brust und fragte: »Du hast mich hier nach unten gelockt, um mir das zu erzählen?«

»Ja, auch. Was hältst du davon?«

»Pfff ...« Linda zuckte mit den Schultern, ohne den Knoten ihrer Arme zu lösen. »Das ist ja irgendwie mehr so dein Thema, ich hab da keine Meinung zu. Diese Generation hat schreckliche Dinge gesehen. Und sie verdrängt. Kriegskinder eben. Und mir ist schon klar, dass es Leute gibt, die das nicht gut finden, also dieses Verdrängen. Die meinen, dass man die Vergangenheit aufarbeiten müsste, sich den Erinnerungen, den Traumata stellen und so weiter. Und so jemand ist ja vermutlich auch der unbekannte Stalker – beziehungsweise die unbekannte Stalkerin, die Frau mit den hohen Stiefeln und dem karierten Rock, von der Opa gesprochen hat. Sie schickt ihm Briefe und schreibt kryptische Botschaften auf Plakate, weil sie irgendwas bei ihm antriggern will. Aber ich finde – das ist jetzt meine ganz persönliche Meinung, Bruderherz –, ich finde es völlig okay, Sachen zu verdrängen. Hätten die Leute nach dem Krieg nicht alles verdrängt und weggeschoben, wären sie gar nicht überlebensfähig gewesen. Sowohl als Einzelpersonen als auch die ganze Gesellschaft. Und jetzt ist das über siebzig Jahre her, die allermeisten sind tot. Was soll man sich denn jetzt noch damit quälen?«

Laurenz staunte. Natürlich hatte er seine Schwester nicht für dumm gehalten, im Gegenteil, schließlich war sie Detektivin, er fand sie stets äußerst intelligent und pfiffig. Aber nicht intellektuell. Hatte er jedenfalls gedacht. Weil sie im Gegensatz zu ihm nie über Gott und die Welt dozierte oder darüber, wie sie das Wesen des Menschen oder wie sie gesellschaftliche Entwicklungen und Phänomene wahrnahm, solche Sachen halt. Offenbar machte sie sich trotzdem ihre Gedanken. Und ihre Argumente waren stichhaltig. Er kaute nachdenklich auf seiner Unterlippe.

»War's das?«, fragte sie.

»Ich wollte dir noch von meinen Erkenntnissen des heutigen Tages berichten. Und – nun ja – dich um Hilfe bitten. Ich habe nämlich die beiden Spuren verfolgt, die zu den verschwundenen Spurenakten gehören. Eine war sehr ergiebig, ich habe Erwin Pott getroffen.«

Er erzähte ihr kurz von seinem Treffen mit ihm im Bistro des Männerwohnheims und von der merkwürdigen Rolle, die Staatsanwalt und Ex-Gestapo-Mann Walter Labonté in der Sache zu spielen schien.

»Womöglich ist er selbst Rosalindes Mörder oder er wollte den wahren Mörder decken«, wiederholte Laurenz ungefähr die Worte von Pott. »Das würde zumindest erklären, warum er so dringend einen Sündenbock brauchte und dafür den Klütte Schäng benutzen wollte, der ja sowieso schon im Gefängnis saß.«

»Aha«, machte Linda. »Ja, das klingt interessant, aber hat vermutlich leider rein gar nichts mit der Frage zu tun, wer zur Hölle vorletzte Nacht das Blut an die Wände von Rosalindes Wohnung gespritzt hat. Und wie er das getan hat.«

»Bei der anderen Spur«, fuhr Laurenz ungerührt fort, »bin ich nicht das kleinste bisschen weitergekommen.« Er berichtete von seinen erfolglosen Google-Versuchen und der deprimierenden Odyssee am Telefon.

»Oh Mann«, sagte Linda und musste lachen. »Ich glaube, du brauchst mal einen kleinen Crashkurs in Sachen Recherche. Für Anfänger.«

»Blutige Anfänger«, ergänzte Laurenz und nickte.

»Das Wort Blut kann ich langsam nicht mehr hören«, brummte sie, setzte sich auf ihren Schreib-

tischstuhl und weckte ihren Laptop aus dem Standby.
»Regel Nummer eins: Du setzt Vor- und Nachnamen
deiner Zielperson in Anführungszeichen. Dann werden dir nicht tausende von Seiten gezeigt, in denen
zufällig irgendwo der Vorname Franz und an irgendeiner anderen Stelle der Nachname Präger vorkommen,
obwohl sie gar nichts miteinander zu tun haben. Und
Regel Nummer zwei besagt, dass du das Suchwort mit
allen möglichen anderen Suchworten kombinierst, die
irgendetwas damit zu tun haben. Oder haben könnten. Das ist wie Schiffe versenken. Du ballerst auf gut
Glück ins Nichts und mit etwas Glück landest du einen Treffer. Und wenn du dann was getroffen hast,
weißt du trotzdem am Anfang noch nicht, ob es ein
Flugzeugträger ist oder nur ein Beiboot. Also bildlich
gesprochen. Du musst immer weiter ballern.«

»Schon klar«, meinte Laurenz, stand vom Sofa auf
und stellte sich hinter Linda, um ihr über die Schulter
zu sehen. »Dann versuch mal Franz Präger und München – dort hatte die Quick ihren Sitz.«

Linda gab die Worte ein, aber die Treffer brachten
keine neuen Erkenntnisse.

Das Wort Sportwagen, fiel ihm ein, denn Käthe Fischenich hatte doch erwähnt, dass er damit unterwegs
gewesen sei. Half aber auch nicht. Dann erinnerte er
sich an Erwin Potts Schilderung vom Mordprozess.

»Versuch mal Pressesprecher«, bat er Linda.

Sie tippte das Wort ein, wartete kurz und rief: »Bingo.«

Bald schon öffnete sich vor ihnen ein Artikel im Archiv von SPIEGEL-Online, der das Datum 18. März
1972 trug und von sehr mysteriösen Geräten namens
Computer handelte.

»Da haben wir ihn«, sagte Linda und las vor: »Auch
am Wiesbadener DEIMA-Institut vertraut man künftig

auf die atemberaubende Geschwindigkeit des neuen Großrechners TR 440, wie Pressesprecher Franz Präger auf Anfrage berichtet.«

»Ah!«, rief Laurenz, »Mensch, Linda, super. Kannst du mal googeln, ob es dieses … ah.«

Linda hatte schneller geklickt, als Laurenz reden konnte, und schon öffnete sich die Website eines Instituts für Markt und Sozialforschung.

»Den Laden gibt es anscheinend immer noch«, stellte sie fest. »Dort rufst du morgen an und fragst dich durch. Aber, Regel Nummer drei: Niemals über die Zentrale gehen.«

»Das heißt?«

Sie drehte sich zu ihrem Bruder um.

»Jede größere Firma oder Behörde oder was auch immer hat doch eine Telefonzentrale. Wenn du diese Nummer wählst, die unter Kontakt steht, landest du dort. Und die Leute, die da arbeiten, sind drauf trainiert, irgendwelche Idioten oder Querulanten abzuwimmeln. Du ersetzt die Null am Ende der Nummer einfach durch eine beliebige Kombination aus zwei oder drei anderen Ziffern. So kommst du irgendwo anders in der Firma an. Du sagst, du hättest wohl die Durchwahl nicht richtig notiert – ob man dich bitte weiterverbinden könnte.«

»Und das klappt?«

»Meistens schon. Du landest zum Beispiel in der Debitorenbuchhaltung und die Leute sind total happy, dass sie mal Kontakt zur Außenwelt haben, die helfen dir gerne weiter. Frag einfach, wer in der Personalabteilung für Todesanzeigen zuständig ist. Wenn der Präger Pressesprecher war, dann hat die Firma bestimmt eine geschaltet. Oder zumindest kondoliert, auch wenn er schon ewig vorher in Rente war. Wir gehen doch davon aus, dass er tot ist?«

»Keine Ahnung«, meinte Laurenz, »ich würd sagen – eher ja als nein, sonst müsste er weit über neunzig sein. Sagen wir mal, die Wahrscheinlichkeit ist hoch, dass er nicht mehr lebt.«

»Okay. Also geh vor, wie ich es dir beschrieben habe. Und mit etwas Glück bekommst du eine Kontaktinfo zu seinen Kindern oder zu wem auch immer. Und jetzt: Ende der Schulstunde.« Sie wandte sich wieder ihrem Rechner zu. »Geh am besten heim und weck Olek auf, der muss gleich zur Nachtschicht. Und ich muss in Ruhe nachdenken, wie ich an den Typen vom Express rankomme.«

»Ähm …«, machte Laurenz.

Linda hatte ihm wirklich sehr geholfen und es kam ihm nun schäbig vor, sich nicht zu revanchieren. Mit einem Rückruf bei Tom Meinhoff.

»Vielleicht ist das nicht nötig«, sagte er, zog sein Handy aus der Hosentasche und tippte auf die Nummer von Tom Meinhoff.

Der ging sofort dran.

»Broich. Hallo, Herr Meinhoff«, sagte er unter Lindas verständnislosem Blick. »Ich habe Ihre Nachricht abgehört, aber ich muss Ihnen leider einen Korb geben. Das ist eine seelsorgerische Situation, darüber kann ich natürlich nicht reden. Das verstehen Sie bestimmt. Aber hier ist jemand anders, der mit Ihnen sprechen möchte: meine Schwester Linda. – Ja, genau, die Detektivin. Einen Moment, bitte.«

Er hielt ihr sein Handy hin.

»Wer ist das?«

»Der Mann, an den du rankommen wolltest.«

Linda stand auf, nahm das Handy und begann, in ihrem Büro hin und her zu laufen, während sie Tom Meinhoff befragte und mit ihm zu diskutieren begann.

»Natürlich weiß ich, was Quellenschutz bedeutet«,

hörte Laurenz sie sagen. »Aber vielleicht gehen Sie einem geschickt inszenierten Schauermärchen auf den Leim. Ich möchte nicht, dass es für Sie am Ende peinlich ... ach so, ich verstehe. Nein, klar, aus Ihrer Sicht wäre das natürlich auch eine gute Story – ganz egal, wie es ausgeht. Aber wenn es denn irgendwann ausgeht, würden Sie sich bestimmt freuen, es als Erster zu erfahren. – Na, hören Sie mal, wieso ist das ein schmutziger Deal? – Nein, lassen wir das. Wissen Sie was? Sie brauchen mir gar keinen Namen zu nennen. Mir würde schon reichen zu wissen, wer es nicht war. Denn ich gehe sowieso davon aus, dass Sie Ihre Informationen von Dietmar Pütz haben. Wenn ... ach, nicht? Prima, das hilft mir schon. Also dann, vielen Dank. Ich melde mich wieder bei Ihnen. – Ja, versprochen.«

Sie gab ihrem Bruder das Handy zurück und sagte: »Sag Olek bitte, dass die Nachtschicht ausfällt. Wenn unser Mann gar nicht Dietmar Pütz ist, sondern Orsan Tolu, und wenn der, wie ich vermute, die Kameras hacken kann, dann ist unsere nächtliche Überwachungssituation von Anfang an bekannt gewesen.«

6

Dienstag, 11. September

Vor der gekalkten Wand stand ein Mann. Er trug einen langen grauen Ledermantel und stieß mit seinem schwarzen Hut beinahe an die niedrige gewölbte Decke, doch unter dem Hut gab es kein Gesicht. Laurenz wusste trotzdem, wer das war.

»Sie sind Walter Labonté«, sagte er. »Was machen Sie in meinem Traum?«

Der Mann wollte antworten, aber ohne Gesicht ging das nicht. Im selben Moment fiel hinter Laurenz die eiserne Tür ins Schloss, der Riegel wurde scheppernd umgelegt und das Brummen des Handyweckers ließ die alten Gemäuer erbeben. Die Wände und die Decke zerbröselten wie altes Gebäck und der Mann ohne Gesicht löste sich in Luft auf. Laurenz versuchte, die Fetzen des davonfliegenden Traumes zu packen, um irgendwas davon nachher noch, wenn er richtig wach wäre, analysieren zu können. Aber die Schatten flatterten ihm durch die Finger hindurch. Er rieb sich die Augen.

Irgendwas fehlte, was sonst zu einem Morgen im Pfarrhaus dazugehörte.

Der Kaffeeduft.

Zumindest an Tagen, an denen Olek nicht zur Nachtschicht im Spukhaus verdonnert war. Und sein Einsatz für die vergangene Nacht war ja schließlich abgesagt worden. Trotzdem hatte Olek gestern Abend noch das Haus verlassen, »um mal kurz nach Linda zu sehen«.

Als Laurenz nach Morgendusche und Morgengebet in die Küche hinunterging, um sich selber einen Morgenkaffee zu machen, kam sein Mitbewohner gerade zur Tür herein.

Einige Fragen gingen Laurenz im Kopf herum, aber er verkniff sie sich alle, kochte Kaffee – ganz altmodisch mit Maschine und Filter, ohne Kapseln. Und so schmeckte er auch. Na ja, Hauptsache Koffein. Auch Olek schenkte sich davon ein und trank schweigend. So wie er meistens schwieg, wenn es nichts Organisatorisches zu besprechen gab. Aber heute Morgen war sein Schweigen anders, er schaute nicht wie sonst oft stumm in sich hinein, sondern geradezu versonnen an die Decke. Dann zog er los, um Einkäufe für Opa Eberhard zu erledigen.

Laurenz hatte noch etwas Zeit bis zum ersten Termin des Tages. Er hockte sich an den Küchentisch, startete seinen Laptop und rief die Website des Instituts auf, dem Rosalinde Kauls Lebensgefährte Franz Präger mutmaßlich als Pressesprecher gedient hatte. Wie Linda ihm erklärt hatte, ließ er bei der Telefonnummer die Null weg und tippte aufs Geratewohl zwei andere Ziffern an. Es tutete. Und der Plan funktionierte. Nach zwei kurzen Runden Für Elise in der Warteschleife hatte er eine Dame aus der Personalabteilung am Telefon.

»Sie sind Pfarrer, sagen Sie? Und Sie möchten Kontakt zur Familie von Herrn Präger aufnehmen? Können Sie mir denn sagen, um was es geht?«

»Das ist leider persönlich«, antwortete Laurenz. »Eine seelsorgerische Angelegenheit.«

»Hm … na gut.« Durch die Leitung hörte er eine Maus klicken. »Herr Präger ist 1989 in den Ruhestand gegangen und im Jahre 2008 verstorben. Ich war damals noch nicht hier im Hause, aber ich sehe in unserem System, dass wir tatsächlich kondoliert haben. Die

Traueradresse lautet auf einen Herrn Gerd Präger. Ich habe keine Telefonnummer, aber eine Anschrift, das hilft Ihnen sicherlich weiter.«

Laurenz notierte die Adresse, bedankte sich und legte auf, dann suchte er online nach der Nummer von Gerd Präger in Frankfurt. Da war sie schon.

Laurenz seufzte, er kam sich plötzlich unredlich vor. Dabei hatte er noch nicht einmal gelogen. Schließlich ging es tatsächlich um eine seelsorgerische Angelegenheit. Nur wusste er nicht zu sagen, ob es die Seele von Käthe Fischenich war, um die er sich sorgte, oder schlicht seine eigene.

Er trank noch einen Kaffee, dann wählte er die Nummer. Gerd Präger meldete sich sofort.

»Guten Tag, mein Name ist Broich, Laurenz Broich, ich bin Pfarrer in Köln. Ich bin … aus seelsorgerischen Gründen … auf der Suche nach Informationen über einen Herrn Franz Präger, der früher einmal Reporter bei der Quick gewesen ist …«

»Ja, das war mein Vater«, sagte der Mann.

»Ich weiß nicht genau, wie ich es erklären soll …«, fuhr Laurenz fort.

Da unterbrach ihn der Mann: »Das macht nichts, lassen Sie sich Zeit. Immerhin habe ich mehr als zehn Jahre auf Ihren Anruf gewartet.«

Orsan Tolu öffnete erst nach dem vierten Klingeln und sah ziemlich verschlafen aus, als er Linda oben am Treppenabsatz empfing.

»Ich habe Ihnen doch schon alles gesagt«, knurrte er. »Was wollen Sie?«

»Ein paar Fragen hätte ich noch«, erwiderte Linda.

»Hören Sie – ich habe gerade die Kids in den Kindergarten gebracht und mich noch mal hingelegt, ich habe die halbe Nacht gearbeitet. Können Sie nicht ein anderes Mal …«

»Sie haben die Wahl«, sagte Linda. »Sie können von mir aus ein anderes Mal der Polizei erklären, was Sie oben in der Wohnung getrieben haben. Oder meinetwegen den Rössners. Die wären vielleicht gar nicht so unglücklich darüber, wenn Ihre Aktion ihnen einen Grund für die außerordentliche Kündigung Ihres Mietvertrages bieten würde. Oder Sie reden einfach jetzt erst mal mit mir und dann sehen wir weiter.«

Tolu stieß einen tiefen Seufzer aus.

»Kommen Sie rein.«

Linda folgte ihm im Zickzackkurs um Kickboard, Laufrad und Bobbycar herum durch den Flur ins Wohnzimmer. Diesmal bekam sie sogar einen Sitzplatz angeboten und hockte sich aufs Sofa.

»Ich würde Ihnen gern Kaffee oder Tee servieren«, sagte Tolu spitz, »aber leider ist das Wasser mal wieder abgestellt.«

»Wegen der Sanierungsarbeiten?«

»Haben Sie hier irgendwelche Handwerker gesehen?«, fragte er zurück und ließ sich in den Sessel fallen. »Das ist einfach nur die ganz normale Schikane Ihrer Klienten, der Rössners.«

»Kann man gegen so was nicht vorgehen?«, fragte sie.

Es interessierte sie ernsthaft.

Tolu zuckte mit den Schultern.

»Klar«, meinte er, »dann ruft man bei denen in der Firma an und die sagen dann, sie würden bei den Handwerkern nachfragen, was gerade anliegt, dann hört man zwei Tage nichts und dann läuft es wieder.

Und dafür ist dann am übernächsten Tag für acht Stunden kein Strom da. Es sind Nadelstiche, um einen auf lange Sicht mürbe zu machen. Und trotz alledem – ich habe keinen Fuß in diese Wohnung da oben gesetzt.« Er lehnte sich zurück und verschränkte die Arme vor der Brust. »Bin gespannt, was Sie mir nachweisen wollen.«

»Der Artikel gestern im Express«, sagte sie. »In der Nacht zu Sonntag sind die Blutspritzer wieder aufgetreten und schon am Sonntag hat jemand bei der Zeitung angerufen. Dieser jemand hat nur aus einem Grund gewusst, was da passiert ist. Nämlich weil er es selber getan hat. Und ich weiß, dass Sie das gewesen sind.«

»Was?«

»Der Anruf. Sie haben sich an die Zeitung gewandt.«

»Wie kommen Sie darauf?«

Anstatt eine Antwort zu geben, erwiderte sie einfach nur seinen Blick.

Wieder seufzte er tief.

»Okay, okay. Ich habe bei der Zeitung angerufen. Aber ich habe Sie nicht angelogen. Ich bin nicht das Gespenst, das hier umgeht.« Er hob beide Hände auf Schulterhöhe, als könne er damit seine Unschuld belegen. »Ich bin nicht der, den Sie suchen. Und ich weiß auch immer noch nicht, wer es ist.« Er nahm die Hände wieder herunter und streckte seinen Rücken durch. »Bevor Sie mich jetzt fragen, warum ich mitgekriegt habe, dass es wieder passiert ist, das mit dem Blut – ich habe es gesehen. Auf dem Bildschirm meines Laptops. Ehrlich gesagt haben Sie selber mich auf die Idee gebracht.«

»Bitte?«

»Na ja, bei unserer ersten Begegnung haben Sie

mir ja quasi unterstellt, dass ich die Kameras in der Wohnung oben gehackt hätte. Da dachte ich mir, es wäre vielleicht gar keine schlechte Idee, das mal wirklich zu tun. Es war ziemlich einfach.«

»Aber warum haben Sie das gemacht? Wenn Sie doch sagen, dass Sie mit dem Spuk nichts zu tun haben.«

»Na, eben darum. Also einerseits … ja, ich habe auch die vage Hoffnung, dass der Spuk vielleicht die Rössners vertreiben könnte. Dass sie irgendwann die Nase voll haben, sich von dem Haus wieder trennen und uns hier einfach in Frieden leben lassen. Andererseits … es kann niemand sagen, wie weit der Täter im Zweifel gehen würde. Bis jetzt tauchen halt immer wieder mal diese Blutflecken auf. Aber wenn der Täter seine Ziele damit nicht erreicht, was dann? Wird er zu drastischeren Maßnahmen greifen? Und uns irgendwann im Zweifel das Haus anzünden? Oder etwas in der Art? Ich habe Kinder, ich kann da nicht einfach die Hände in den Schoß legen. Ich dachte, dass ich vielleicht etwas mitkriege. Aber alles, was ich gesehen habe, ist Ihr Mitarbeiter. Der Herr mit dem eindrucksvollen Tattoo auf dem Schädel. Jedenfalls bis Samstagnacht.«

»Ach. Da haben Sie mehr gesehen?«

»Na, leider nicht viel. Mein Sohn hat komische Geräusche gehört. Ich dachte erst, er hätte sich das eingebildet, Kinder in dem Alter fantasieren sich ja im Dunkeln alles Mögliche zusammen. Aber dann habe ich es auch gehört. Ein Rumpeln und auch Schritte im Treppenhaus. Ich hab durch den Türspion geschaut, aber da war niemand. Und dann hab ich sofort am Computer auf die Kameras geschaltet, aber nur das frische Blut gesehen. Und eben Ihren Mitarbeiter, dem das ja ordentlich zugesetzt hat.«

»Schritte im Treppenhaus«, wiederholte Linda. »Jemand ist durchs Treppenhaus gelaufen, aber nicht an Ihrer Wohnungstür vorbei. Ergo – nicht nach unten, sondern nach oben?«

»Zu Frau Fischenich?«, fragte Tolu zurück. »Sie denken dabei an Dietmar Pütz?«

»Allzu viele Alternativen fallen mir nicht ein«, meinte sie. »Gar keine, um genau zu sein.«

»Hm«, machte er.

Linda fragte: »Wenn Sie nicht hinter den Anschlägen mit dem Blut stecken, warum hätten Sie dann sofort bei Tom Meinhoff vom Express anrufen sollen?«

»Na, weil ich schon wollte, dass die Sache weiter eskaliert.« Tolu stand aus seinem Sessel auf. »Ich habe mitbekommen, dass der erste Zeitungsbericht den Rössners richtig zugesetzt hat. Der war übrigens die Idee von Dietmar Pütz gewesen.«

»Ich weiß«, nickte Linda.

»Der Reporter hat gesagt, ich möge mich jederzeit melden, falls sich etwas tut. Das hab ich dann auch gemacht. Das ist ja wohl nicht illegal.«

»Der Anruf bei der Zeitung nicht. Dass Sie die Kameras hacken, allerdings schon. Sie wissen das.«

Tolu setzte sich wieder und sah Linda eindringlich an.

»Als Detektivin haben Sie vielleicht mal mit Menschen zu tun, bei denen eingebrochen wurde.«

Sie nickte.

»Dann wissen Sie, dass manche Opfer von Einbrüchen geradezu traumatisiert sind. Einer Freundin von mir ist das auch passiert. Wochenlang wohnte sie bei Verwandten in der Hoffnung, dass dieses schreckliche Gefühl wieder verschwindet. Aber es ging einfach nicht weg. Das Einzige, was sie tun konnte, war die Wohnung zu kündigen und sich eine andere Bleibe zu suchen. Die Tatsache, dass fremde Menschen mit

Gewalt in den privatesten Bereich eindringen, ist eine tiefe Erschütterung des Selbstvertrauens – überhaupt des Vertrauens in die Welt und in die Mitmenschen. Mit anderen Worten: Es macht einen komplett fertig.«

»Worauf wollen Sie hinaus?«

»Was die Rössners hier tun, ist nichts anderes als eine Art legaler Einbruch. Sie kommen in dieses Haus und lassen keinen Stein auf dem anderen. Sie füllen es nicht nur mit Lärm und Dreck und tun mit uns, was ihnen gefällt – stellen uns die Heizung ab oder das Wasser oder den Strom, wie ich schon erzählt habe, sie lassen auch teilweise das Dach abdecken, bis es reinregnet und durch die Decke tropft wie in der Wohnung neben der von Frau Fischenich.«

»Mit einem klitzekleinen Unterschied«, sagte Linda. »Einbrecher kommen einfach so, aber die Rössners haben das Haus gekauft. Es gehört ihnen. Und wenn sie es sanieren wollen oder sogar müssen, dann ist das eine unternehmerische Entscheidung.«

»Pah!«, machte Tolu. »Wir haben pünktlich die Miete gezahlt, wir haben die Treppe geputzt und die Mülltonnen rausgestellt, wir haben uns anständig benommen und die Nachtruhe eingehalten – Frau Fischenich und ich und alle, die inzwischen schon ausgezogen sind. Wir wären jedem Vermieter eine Freude. Also jedem, der ein Interesse daran hat, wirklich Vermieter zu sein. Aber das wollen die ja nicht, die Rössners. Die wollen uns verjagen, damit sie aus unseren Wohnungen so Hipsterbuden machen und die dann überteuert weiterverkaufen können. In einer fairen Welt wäre es längst verboten, ein Mietshaus zu irgendeinem anderen Zweck zu kaufen als zu dem: dass man Wohnungen zu fairen Preisen vermietet.«

»Das hier ist eben keine faire Welt«, sagte Linda. Tolus Worte waren so stichhaltig wie naiv.

»Ganz genau, Frau Broich«, nickte er. »Und darum bin ich bereit, sehr weit zu gehen, um mich und meine Kinder zu verteidigen. Als ich die Kameras gehackt habe, war das vielleicht ein Schritt zu weit, das gebe ich zu. Und jetzt ist es an Ihnen. Was wollen Sie tun? Mich anzeigen? Oder bei den Rössners verpetzen?«

»Weder das eine noch das andere«, sagte Linda und erhob sich. »Vorerst. Ich glaube Ihnen, dass Sie nicht derjenige sind, der das Blut verspritzt. Das mit den Kameras bleibt meinetwegen unter uns. Aber ...« Sie sah ihn scharf an. »Dafür habe ich etwas bei Ihnen gut.«

»Mein Vater hat zuletzt in Wiesbaden gelebt«, sagte Gerd Präger. »Nach seinem Tod habe ich sein Haus verkauft und den Haushalt aufgelöst. In seinen alten Papieren fand sich ein Bündel mit höchst seltsamen Unterlagen. Zum einen waren da Briefe von einer gewissen Rosa. Das muss eine Jugendliebe meines Vaters gewesen sein, Anfang der Fünfziger, bevor er meine Mutter traf. Zum anderen gibt es diese grauenhafte Buchhaltung – ein Kassenbuch oder eine Gehaltsliste oder ähnliches. Das hat mich verstört, wirklich verstört. Ich habe begonnen, Nachforschungen anzustellen. Aber die verliefen alle im Sand, ich habe nichts herausgefunden. Mein Vater war ja zu der Zeit, aus der die Dokumente stammen, bei der Quick gewesen, aber die gibt es schon so lange nicht mehr. Ich konnte ein paar seiner früheren Kollegen ausfindig machen, aber keiner von denen konnte mir weiterhelfen. Und ich hatte niemals einen Anhaltspunkt, wer diese Rosa sein könnte ... Irgendwann hat meine Frau mir geraten, die Suche einzustellen. Es war einfach zu frustrierend. Und sie – also meine Frau – sagte damals zu mir: Vielleicht versucht irgendwo irgendjemand anderes ebenfalls, dieses Rätsel zu lösen? Weil es zu diesen Briefen vielleicht noch die Gegenstücke gibt? Vielleicht sucht irgendjemand genauso nach Franz Präger, wie du nach dieser Rosa suchst?«

»Und dieser jemand bin dann wohl ich«, murmelte Laurenz.

»Offenbar. Ich hatte ehrlich gesagt nicht damit gerechnet, dass das eines Tages wirklich geschehen würde.«

»Na, ich muss Sie wahrscheinlich enttäuschen. Ich bin kein Verwandter von Rosalinde Kaul – so lautet der volle Name. Und ich fürchte, dass die Briefe Ihres Vaters an die Dame nicht mehr existieren. Aber trotzdem gilt es ein Rätsel zu lösen. Sie haben von Buchhaltungsunterlagen gesprochen. Sie haben sie grauenhaft genannt. Was meinen Sie damit?«

»Sie kennen diese Listen nicht? Und haben noch nie davon gehört?«, fragte Gerd Präger erstaunt.

»Richtig.«

»Also … mit grauenhaft meine ich tatsächlich das, was das Wort besagt. In diesen Listen steckt das nackte Grauen.« Er machte eine Pause, atmete schwer ein und wieder aus. »Ich glaube, ich möchte das nicht am Telefon erzählen. Wissen Sie, ich bin im Vorruhestand, ich habe Zeit. Und mit dem ICE ist es nur eine Stunde bis Köln. Ich könnte einfach die Unterlagen einpacken und zu Ihnen kommen. Passt Ihnen das? Gleich morgen?«

8

Mittwoch, 12. September

Seit Olek auf Lindas Geheiß seine Nachtwachen eingestellt und inzwischen wieder zu seinem gewohnten Tagesrhythmus zurückgefunden hatte, gab es wieder zweites Frühstück. Das war aber auch der einzige Lichtblick an der Sache. Denn eigentlich tappte Linda bei diesem Fall weiterhin vollkommen im Dunkeln.

Sie kaute auf einem Stück Wurst und sah Olek zu, der ein Stück Gurke kaute und gleichzeitig Opa Eberhards Schwarzbrot mit Honig bestrich. Der Alte sprach ohne Unterlass, aber Linda hörte nicht hin, als gäbe es einen Knopf in ihrem Kopf, mit dem sich der Ton ausschalten ließ wie beim Fernseher. Sie hatte keinerlei Zweifel mehr, dass Dietmar Pütz für den Spuk in der Bechsiefener Straße dreizehn verantwortlich war. Und seine Großtante steckte irgendwie mit drin. Wie tief, das ließ sich noch nicht sagen, spielte aber auch keine große Rolle. Die Frage aller Fragen war: Wie machte er das? Und wie ließ es sich beweisen?

Olek warf ihr ein kurzes Lächeln zu. Eigentlich war es mehr die Andeutung eines Lächelns, die Ahnung eines Lächelns. Ein Zucken im Gesicht von jemandem, der gewiss schon einmal in seinem Leben gelächelt hatte und es irgendwann auch einmal wieder tun würde und nur zwischenzeitlich nicht mehr genau wusste, wie das eigentlich geht. Olek war ein vollkommenes Rätsel. Beinah noch verworrener als dieser Fall.

Sie hatten jetzt drei Nächte zusammen verbracht. Es war nichts passiert. Nichts. Was immer das hieß. Linda hatte gar keine Lust, in solchen Teenagerkategorien zu denken. Aber Worte waren nun einmal mit Bedeutungen besetzt und der Begriff *Nacht zusammen verbracht* ließ doch im Grunde an Klarheit nichts zu wünschen übrig. Früher, als junge Frau, kam für sie erst das große Verliebtsein und dann das aufregende Nacht-Zusammen-Verbringen und dann vielleicht echte Liebe oder auch nicht. Später kam zuerst ein plötzliches Nacht-Zusammen-Verbringen und danach vielleicht ein kleines Verliebtsein oder ein großes Versteckspiel oder nichts. Das hier aber passte in keine der Schubladen.

War Olek nun schwul oder impotent oder schlichtweg nicht an ihr interessiert, also zumindest nicht in dem Sinne? Und sie selbst? Hätte sie gar nicht sagen können, aber zum Glück fragte ja auch niemand. Olek schon gar nicht. Er fühlte sich gut in ihrer Nähe, das merkte sie. Und seine Nähe fühlte sich auch für sie gut an. Man muss doch nicht immer alles erklären und für alles irgendwelche Namen finden.

Außer für den »Blutfinken« natürlich. Frau Rössner hätte sie schon gern einen Namen geliefert. Sie hatte sich für diesen Nachmittag angekündigt. Und Linda hatte nichts in der Hand außer einer langen Spesenrechnung.

»… kannst du dich ja wohl zwischendurch auch um meinen Fall kümmern«, vollendete Opa Eberhard seine lange Rede und sah seine Enkelin herausfordernd an.

»Bitte?« Linda schob sich eine Haarsträhne hinters Ohr und noch ein Stück Wurst auf die Messerspitze. »Entschuldige, ich war gerade in Gedanken.«

»Ja, aber in den falschen«, knurrte der Alte. »Ich

glaube, du hast seit Wochen nichts mehr unternommen, was meine heimliche Verfolgerin betrifft.«

Er holte zwei zerknitterte Briefe aus der Innentasche seiner Strickjacke. Das heißt – es sollte wohl so aussehen, denn natürlich hatte seine Strickjacke gar keine Innentasche. Er legte die beiden Blätter nebeneinander auf den Tisch und strich mehrmals darüber, um das Papier zu glätten. Linda kannte die Briefe längst, denn sie hatte schon öfter über den Sinn dieser Worte gegrübelt, die jemand in rohen Großbuchstaben hingekritzelt und dann als anonymen Brief in den Briefkasten der Detektei geworfen hatte.

WAS SAGT DIR DIE
ZWEIUNDZWANZIG NULL ACHT?
DENKST DU DANN AN JENE NACHT?
JA, IN DER TAT:
VERRAT.

Das war die erste Botschaft gewesen. Opa Eberhard behauptete steif und fest, er könne mit dieser Zahlenkombination nichts anfangen. Linda und Laurenz vermuteten, dass es sich um ein Datum handle. Bloß von welchem Jahr?

Linda hatte den seltsamen Brief fast schon vergessen gehabt, als ein zweiter eintraf. Diese Zeilen lauteten:

BIST DU ENDLICH AUFGEWACHT?
ERINNERST DU
DIE FOLGENSCHWERE
JENER NACHT?

Und nur wenige Tage später hatte die Nachricht auf der großen Plakatwand gleich gegenüber der Haustür geprangt wie eine Bekräftigung, dass es jemandem sehr ernst war: *Ja, in der Tat: Verrat.*

Davon abgesehen aber nichts – weder Drohungen noch Forderungen oder sonst irgendetwas, was man von Stalkern gewohnt war, nicht der kleinste Versuch einer Kontaktaufnahme. Seltsam genug. Und nun berichtete der Alte seit zwei oder drei Wochen von dieser Frau mit hohen Stiefeln und karierten Röcken, die ihn angeblich verfolge. Linda wollte das eigentlich für Einbildung halten. Aber die Briefe waren ja auch nicht eingebildet, sondern lagen hier auf dem Frühstückstisch. Und der Alte hatte sie zumindest nicht selbst verfasst, um sich wichtig zu machen. Das hatte Linda nämlich kurz in Betracht gezogen und heimlich die Papiere grafologisch untersuchen lassen. Auch was das Plakat betraf, gab es keine Spuren.

»Okay, Opa«, sagte Linda. »Da ich im Fall des Spukhauses gerade einfach nicht weiterkomme, sollte ich die Zeit vielleicht nutzen, mich ein bisschen um deine Verfolgerin zu kümmern. Also – Herr Broich, Sie als lebende Legende der Detektivgilde, als langjährige beste Spürnase von Köln, was würden Sie mir raten?«

»Ich würde«, setzte der Alte an und seine Augen strahlten, »ich würde ... größtmöglich ... ich hätte ... hm.«

»Wir stellen ihr eine Falle.«

Das war Olek. Er hatte gesprochen. Und zwar so beiläufig, als frage er, wer noch Kaffee wolle.

»Ha!«, machte der Alte. »Eine Falle. Natürlich!«

»Natürlich«, murmelte Linda. »Eine Falle. Warum bin ich da nicht draufgekommen?«

Allerdings dachte sie weniger an Opas Verfolgerin. Mehr an Dietmar Pütz.

Laurenz saß mit Birte Molzhagen und Frau Klüver, der Kita-Leiterin, in deren Büro. Sie beugten sich über Strichlisten, auf denen sie Plus- und Minuspunkte der Bewerberinnen gesammelt hatten.

»Nummer drei hat mich am meisten überzeugt«, sagte Birte.

Laurenz nickte und schaute zur Kita-Leiterin.

»Schon«, sagte Frau Klüver zögernd. »Aber die persönliche Lebensführung ...«

»Dass sie geschieden ist, hindert uns nicht daran, sie einzustellen«, erwiderte er.

»Aber wenn sie eines Tages wieder heiraten möchte?«, überlegte Frau Klüver. »Dann haben wir ein Problem. Denn dann müssten wir ihr kündigen – und dann hetzen uns die Eltern die Presse auf den Hals.«

»Das ist doch total hypothetisch«, sagte Birte. »Außerdem weiß sie, worauf sie sich einlässt, wenn sie einen katholischen Arbeitgeber wählt.«

»Klar, jetzt schon«, nickte Frau Klüver. »Aber es kann doch kein Mensch wissen, wie sich sein Leben in fünf oder zehn Jahren entwickeln wird.«

»Eben«, meinte Laurenz.

Beide Frauen sahen Laurenz an. Ihn – den Mann, den Priester. Es war seine Entscheidung, so tickte eben das System.

»Wir bieten ihr die Stelle an«, sagte er. »Ich übernehme die Verantwortung.«

Ein schönes Gefühl, diese vier Worte lässig auszusprechen. Inzwischen fand er Gefallen an seiner Position. Man könnte auch sagen: an Macht. Im Knast war er eine ganz kleine Nummer gewesen. Zwar räumte das Staatskirchenrecht einem Seelsorger im Gefängnis etliche Freiheiten und Sonderrechte ein, doch am Ende musste dann doch jede Adventsfeier, jedes Musikcafé oder was er sonst so veranstaltete auf einem komplizierten Dienstweg behördlich genehmigt werden. Und jetzt war er im Grunde seine eigene Behörde. Natürlich gab es da noch die eigentliche, die bischöfliche Behörde, das Generalvikariat, doch dort hielt man ihn an der langen Leine. Angesichts des Priestermangels hatten sie gar keine andere Wahl, als seine bisweilen auch unorthodoxen Methoden zu tolerieren. Und doch kam ihm etwas falsch daran vor. Falsch war nämlich, fand er, dass das auch hier geltende Staatskirchenrecht ihm überhaupt Handhabe über das Privatleben von Menschen gab.

Natürlich fand er es wichtig, dass bei der Einstellung von kirchlichem Personal auch die kirchliche Moral eine Rolle spielte. Aber diese Moral erschöpfte sich doch nicht im Schlafzimmer. Kirchliche Moral verurteilte Rassismus und Antisemitismus, Ausbeutung und Umweltzerstörung, doch aus irgendeinem Grunde ging es am Ende nie um solche Dinge, sondern darum, wer mit wem schlief. Die Kirche war doch keine Soap. Und er, Laurenz Broich, kein Sittenwächter. Vielmehr der Mann mit dem Sack, fiel ihm ein, als ihm jetzt beim Hinausgehen wieder der Junge mit der Zahnlücke über den Weg lief. Irgendwie brachte es das gut auf den Punkt, fand Laurenz. Sack und Asche standen der Kirche doch gut zu Gesicht. Anstatt über andere zu urteilen und Umkehr zu predigen, müsste man selbst erst einmal vorleben, was das eigentlich heißt: Umkehr. Gute Frage.

Birte Molzhagen riss ihn aus seinen Gedanken.

»Wollen wir noch einen Kaffee trinken, drüben beim Bäcker?«

Er sah auf die Uhr.

»Ich bekomme gleich Besuch, gern ein anderes Mal.«

»Ich wollte eigentlich auch nur fragen, ob es was Neues aus dem Spukhaus gibt«, sagte sie.

»Ein Stück weit hängt das auch von meinem Besucher ab«, sagte er. »Jedenfalls erwarte ich jemanden, der vielleicht etwas Licht in die Geschichte von dem Prostituiertenmord vor fast siebzig Jahren bringen wird.«

»Oh, das klingt wirklich spannend. Also glaubst du, dass es da einen Zusammenhang zu den Blutspritzern gibt, die man an den Wänden findet? Angeblich sollen die ja vor ein paar Tagen erst wieder aufgetreten sein. Stand zumindest in der Zeitung.«

»Hab ich auch gehört«, nickte er bloß. »Was da genau womit zusammenhängt, weiß ich auch noch nicht so recht. Mich interessieren die Vorgänge von damals fast mehr als die von heute, muss ich sagen. Aber das würde jetzt zu weit führen ...«

»Ach, schade«, meinte sie.

»Na ja.« Er musste lächeln. »Vermutlich wird man es am Ende eh alles in der Zeitung lesen, wenn das so weitergeht.«

»Ich kann mir vorstellen, dass die Investoren von dieser negativen Publicity gar nicht begeistert sind«, meinte Birte.

Laurenz zuckte mit den Achseln und schwang sich auf sein Rad.

»Also nur für den Fall, Laurenz«, sagte sie noch, »dass du irgendwas mitkriegst, ob die Investoren wieder verkaufen wollen – es würde mich interessieren.«

»Mein Mann ist schon kurz davor, die Brocken hin-
zuschmeißen und das Objekt wieder zu verkaufen«,
sagte die Rössner. »Er wäre schon froh, wenn wir ohne
Verlust aus der Nummer wieder rauskommen.« Sie sah
Linda über den Schreibtisch hinweg aus zusammengekniffenen Augen an. »Aber ich will uns nicht von
einem billigen Gruseltrick vergraulen lassen. Stellen
Sie sich vor, es spricht sich herum, dass man nur etwas
Hokuspokus veranstalten muss, um einen Investor
wieder loszuwerden – das würde doch landauf, land-
ab Schule machen. Nein, das müssen wir durchstehen.
Und darum ist es so wichtig, dass Sie vorankommen.«

»Verstehe«, nickte Linda. »Ich würde zunächst
nochmals zusammenfassen, was bisher …«

Mit einer knappen Geste schnitt ihr die Rössner das
Wort ab. »Ich habe Ihre Mails gelesen, vielen Dank.
Ich bin vor allem hier, weil ich mich über Ihre nächsten Schritte informieren möchte. Also – wie planen Sie,
weiter vorzugehen?«

»Ich bin inzwischen ziemlich sicher, dass Dietmar
Pütz unser Mann ist. Der Großneffe von Frau Fischenich. Doch hinsichtlich der Frage, wie er die Blutspritzer macht, tappe ich weiterhin im Dunkeln. Ich
konnte einige Theorien ausschließen: Er hat nicht selber die Wohnung betreten, er nutzt auch keine Rohre
oder Schläuche, er hat offenbar auch keinen Zugriff
auf die Kameras.« Dass sie wusste, wer stattdessen einen Zugriff hatte, verschwieg Linda. »Es gibt manchmal Fälle, wo man einfach nicht weiterkommt. Dann
hilft oft nur noch eines: dass der Täter von sich aus
einen Fehler macht.«

»Aber ich habe nicht die Absicht, bis zum

Sankt-Nimmerleins-Tag zu warten, bevor das geschieht. Der Kommissar Zufall ist nicht das, was ich mir unter der Arbeit eines Detektivs vorstelle, muss ich sagen.«

»Oder einer Detektivin«, ergänzte Linda. »Ich spreche auch nicht vom Zufall. Ich schlage vor, dass wir den Druck auf Pütz erhöhen. Beziehungsweise dass wir ihn ganz plump reinlegen. Die simpelsten Methoden sind manchmal die durchschlagendsten.«

»Wir?« Die Rössner hob skeptisch die Augenbrauen. »Wer ist wir?«

»Sie bitten ihn um ein Treffen«, sagte Linda. »Sie erklären ihm, dass meine Nachforschungen eindeutig ergeben haben, dass er der Täter ist, dass wir es ihm aber nicht beweisen können. Sie sagen, dass Ihnen das Detektivbüro Broich auf die Dauer zu teuer wird, und fragen ihn, ob man sich nicht auch anders einigen könnte. Sie fragen, wie viel er haben möchte, damit er mit dem Spuk aufhört.«

»Ach«, winkte die Rössner ab, »da wird er doch nicht drauf eingehen. Er will doch kein Geld von mir, er will das Haus.«

»Es geht ja nicht darum, dass Sie mit ihm einig werden«, sagte Linda. »Wir wollen nichts weiter, als dass er es zugibt. Sie müssen ihn in eine Diskussion verwickeln und dabei völlig davon überzeugt sein, dass seine Schuld für uns feststeht. Früher oder später wird er darauf eingehen, vielleicht ja sogar ein bisschen stolz sein. Womöglich verrät er Ihnen sogar, wie er es anstellt, und prahlt damit. Entscheidend aber ist, dass wir Sie vorher verwanzen.«

»Bitte? Wie im Film?«

»Nein. Besser als im Film. Unauffälliger. Wir brauchen keinen Sender, ich muss das ja nicht live mithören, wir zeichnen es nur auf.«

»Ich weiß nicht.« Frau Rössner machte ein Gesicht, als hielte Linda ihr einen wurmstichigen Apfel zum Essen hin. »Das kommt mir doch sehr unseriös vor. Haben Sie etwas Derartiges überhaupt schon einmal gemacht?«

»Allerdings.«

»Mit Erfolg?«

»Ich würde sagen, in sieben von zehn Fällen hat es geklappt.«

»Das ist mir zu wenig. Bei so was mache ich nicht mit.« Die Rössner stand auf. »Wissen Sie, was das Stichhaltigste an Ihrem Vorschlag ist? Der Satz, den Sie mir in den Mund legen wollten: dass mir Ihr Detektivbüro zu teuer sei. Das kann nämlich schon sehr bald tatsächlich so sein. Daher möchte ich Ihnen raten, sehr rasch einen gerichtsfesten Beweis zu liefern. Egal, ob Sie diesen Pütz hereinlegen oder hypnotisieren oder ob Sie ihn rund um die Uhr beschatten, bloß lassen Sie mich dabei aus dem Spiel. Ich will nur Ergebnisse, nichts weiter.«

»Danke für den Rat«, sagte Linda und erhob sich ebenfalls. »Darf ich Ihnen vielleicht auch einen Rat geben? Vielleicht wäre es sinnvoll, wenn Sie mal mit Ihren Mietern reden, denen ein bisschen entgegenkommen. Vielleicht hilft das ja auch, die Aufklärung des Falles zu beschleunigen.«

»Pah«, machte die Rössner. »Und am Ende hat man das Finanzamt im Nacken.«

»Wieso das denn?«

»In München«, sagte die Rössner, »das hab ich neulich gelesen, wollte ein Eigentümer seine Wohnungen gezielt an Niedrigverdiener vermieten. Daraufhin hat das Finanzamt die entsprechenden Kosten nicht mehr als Betriebsausgaben anerkannt. Begründung: Es fehlt die Gewinnerzielungsabsicht.«

»Ich verstehe nicht ganz, was Sie meinen …«

»Das Finanzamt hat das Ganze als Hobby des Vermieters eingestuft, verstehen Sie? Wir alle arbeiten doch schließlich, um Geld zu verdienen. Und dafür muss man eben erst mal Gewinn machen. Aber das muss ich Ihnen ja nicht sagen – von Freiberuflerin zu Freiberuflerin. Und darum hoffe ich, dass Sie bald liefern werden.«

»Okay«, sagte Linda bloß und hielt ihrer Klientin die Tür auf.

»Viel Glück«, sagte die Rössner, »ich melde mich dann wieder.«

Linda schloss die Tür hinter ihr und schaute verärgert aufs Holz. Von wegen, den Druck auf Pütz erhöhen … sie hatte nur den Druck auf sich selber erhöht.

Vielleicht klappte es ja wenigstens nachher mit der Falle, die sie mit Opa und Olek der unbekannten Verfolgerin stellen wollten. Wenn es die denn wirklich gab, denn daran mochte Linda im Grunde fast so wenig glauben wie an die Wiederkehr der ermordeten Rosalinde Kaul.

M

Als Laurenz mit dem Fahrrad um die Ecke bog, sah er vor der Tür des Pfarrhauses einen Mann mit grauen Schläfen und grauem Janker stehen, der sich auf den Griff eines kleinen Rollkoffers stützte. Laurenz stellte sein Fahrrad ab, schüttelte dem Mann zur Begrüßung die Hand und nahm ihn mit ins Haus. Und während er Kaffee zubereitete, öffnete Gerd Präger den Koffer und stapelte Aktenordner auf den hässlichen alten Couchtisch.

Der Tisch mit seiner Oberfläche aus ins Holz einge-
lassenen Fliesen aus dem Nachlass des alten Prälaten
Sondershausen, der Laurenz' Vorgänger gewesen war
sowohl als Pfarrer dieser Gemeinde wie auch als Bewohner dieses Hauses, war Trash und eigentlich immer völlig unpassend, ganz egal, was auch immer mit
wem auch immer hier gerade besprochen wurde. Auf
skurrile Weise hatte Laurenz Gefallen daran, aber vor
allem verband er mit diesem Tisch sentimentale Erinnerungen an seine Jugendzeit, zu der er selbst Gast in
diesem Pfarrhaus gewesen war und mit dem damals
noch jungen, agilen Pastor über das nächste Zeltlager
diskutiert hatte oder über die Frage, warum Gott eigentlich das Böse zuließ.

Als er jetzt die verstaubten Ordner sah, denen sein
Gast sehr behutsam einige brüchige, teils einzeln
in Klarsichthüllen verwahrte alte Papiere entnahm,
schien dieser Tisch irgendwie zu sich selbst zu kommen.

Sie hielten sich nicht mit Smalltalk auf – Wie war
die Bahnfahrt? Haben Sie gut hergefunden? –, sondern Präger reichte Laurenz ohne Umschweife eine
der Hüllen und sagte: »Das hier ist ein typischer Brief,
den die besagte Dame an meinen Vater geschrieben
hat. Es gibt sehr viele davon, alles zu sichten würde
Stunden dauern. Ich habe für Sie ein paar exemplari-
sche Dinge herausgesucht, damit Sie einen Eindruck
bekommen.«

Laurenz nahm den Brief in die Hand. Er trug das
Datum des 17. Mai 1951 – nur wenige Wochen vor
Rosalindes Tod. Das Papier war vergilbt und an den
Rändern schon etwas bröselig, aber man konnte noch
die feinen Linien erkennen, die offenbar mit Bleistift
eingezeichnet und später wegradiert worden waren,
um die Worte in akkurate Zeilen zu fassen. Die Buch-

staben standen steil nach rechts geneigt, als stemmten sie sich gegen einen steifen Wind. Zugleich waren sie schwungvoll ineinander verschlungen – und vor allem waren sie in Sütterlin.

»Können Sie es lesen?«, fragte Präger.

»Hm, ein bisschen.«

Griechisch oder Hebräisch wäre ihm jetzt vermutlich leichter gefallen. Jedenfalls am Anfang, doch nach einigen Zeilen gewöhnte sich sein Gehirn an das Schriftbild und sprang immer rascher von Wort zu Wort, bis er im normalen Tempo lesen konnte:

Liebster Franz,

ich habe dir bei unserem letzten Zusammensein gesagt, dass wir aufhören müssen. Aber die Wahrheit ist: Wir können noch nicht aufhören. Vielmehr: ICH kann noch nicht aufhören. Es gibt noch so viele, die gern bereit sind, für ihre Exklusivrechte zu bezahlen.

Und doch spüre ich, dass es mehr und mehr gefährlich wird. Als würde sich eine Schlinge ganz langsam um meinen Hals zuziehen. Man hat mir anonym gedroht, Liebster! Man weiß, wo ich wohne. Und doch mag ich nicht aufhören, ist es nicht seltsam? Vielleicht liegt es am Kitzel der Gefahr, der mir behagt. Vielleicht ist es ein Fluch. Der auf mir lastet bis zum bitteren Ende, dass ich sie verfolge bis in ihre Träume, so wie sie mich verfolgt haben, damals. Und mich noch heute verfolgen, auch in meinen Träumen. Sie sollen noch ein wenig bluten, liebster Franz, noch ein wenig bezahlen, und dann gehe ich fort von Köln, dann geh ich mit dir in die Schweiz oder nach Mexiko oder wohin du willst, und wir werden alles hinter uns lassen.

Geht denn das? Nein, ich werde sie niemals hinter mir lassen können, diese Leute, denn sie sind überall, wo ich bin. Sie sind immer in meinem Nacken, alle, die kalte Kralle der Erinnerung packt immer wieder zu. Aber wenn sie bezahlen, hilft mir das. Nicht des Geldes wegen. Sondern weil es zeigt, dass sie verwundbar sind. Damals waren sie wie schwarzgepanzerte Maschinen, denen keine Macht der Welt etwas anhaben konnte. Heute sind sie Spießbürger und brave Beamte und sorgen sich um ihren Ruf.

Ach Franz, Liebster, so geht es mir immer im Kreise in meinem armen kleinen Kopf herum wie in einem Karussell, das niemals anhält. Aber ich will dich mit all meinen wirren Gedanken nicht langweilen. Darum schließe ich diesen Brief

mit vielen Küssen für dich

deine

Rosa.

Stirnrunzelnd legte Laurenz die Folie mit dem Brief auf den Tisch zurück. Aufhören womit? Wer soll zahlen? Wer zieht die Schlinge zu? Wer ist verwundbar geworden – ehedem gepanzerte Maschine und später Spießbürger? Es musste auf irgendeine Weise mit der Nazizeit zu tun haben, wurde ihm klar. Ja, das ergäbe Sinn.

»Das hier ist sie übrigens«, sagte Präger und reichte ihm ein kleines Schwarzweißfoto, kaum briefmarkengroß und ähnlich einer Briefmarke an den Rändern gezackt, wie man es bei solch alten Fotos häufig sah.

Laurenz nahm das Bild und betrachtete das von kinnlangem dunklem Haar umgebene schmale Gesicht, das eigentlich einem jungen Mädchen gehören müsste, wären nicht die Augen seltsamerweise die eines steinalten Menschen gewesen – so jedenfalls wirkte ihr Blick.

Ein seltsamer Hauch wehte ihn an. Dieses geisterhafte Wesen der Rosalinde Kaul, die ihm bislang eher wie eine Legende vorgekommen war, fast so unwirklich wie das Gespenst, von dem Käthe Fischenich sprach, hatte plötzlich eine ganz reale Gestalt.

»Und nun lesen Sie bitte einmal das hier«, sagte Präger und schob einen anderen Brief, ebenfalls in einer Klarsichthülle, über den Tisch.

Dieses Schreiben war maschinengeschrieben und ließ verschiedene Felder frei, als handle es sich um eine Art Formular. Aber es war in Briefform verfasst:

Sehr geehrter Herr [...],

für die Zeitschrift Quick haben wir einen Artikel verfasst, der Ihre Tätigkeiten vor 1945 zum Gegenstande hat, unter anderem auch [...].

Eine Durchschrift des Manuskripts senden wir Ihnen anliegend.

Wir möchten Ihnen anbieten, vorab die exklusiven Rechte an unserem Text zu erwerben. Der Kaufpreis beträgt [...] DM, den Sie auch in Raten begleichen können. Wenn Sie auf unser Angebot eingehen, wird von einer Veröffentlichung des Artikels selbstverständlich abgesehen werden und das Original-Manuskript wird in Ihren Besitz übergehen.

Sofern wir Ihr Interesse geweckt haben, sehen wir zwecks Mitteilung der Zahlungsmodalitäten Ihrer geschätzten Antwort entgegen. Bitte schreiben Sie dazu an die Postfachadresse, die als Absender auf dem Umschlag angegeben ist.

Hochachtungsvoll
Die Wissenden

»Briefumschläge sind keine mehr vorhanden«, sagte Präger, bevor Laurenz danach fragen konnte. »Sonst hätte ich vielleicht schon früher auf die Identität von Rosa schließen können.«

Laurenz ließ das Schreiben sinken.

»Was halten Sie davon?«, fragte Präger.

»Das ... klingt nach Erpressung, oder was denken Sie?«

Der Mann nickte. »Ja, mein Vater und seine Geliebte waren ganz offenbar Erpresser.«

»Alle dachten, dass Rosalinde Kaul eine Prostituierte war«, sagte Laurenz vor sich hin.

»Bitte?«

»Nun, die Nachbarn konnten sich wohl nicht erklären, woher die junge alleinstehende Frau so viel Geld hatte. Sie haben die Schlussfolgerung gezogen, die in ihrer Fantasie die nächstliegende war. Aber wenn ich das richtig verstehe, dann hat Rosalinde Kaul offensichtlich eine Reihe von Personen um Geld erpresst, und zwar mit deren vermutlich unrühmlicher Rolle während der Nazizeit? Und Ihr Vater hat ihr dabei geholfen? Mit der Drohung, dass er sonst alles in seiner Illustrierten enthüllen werde?«

»Genauso verstehe ich es auch«, sagte Präger und reichte ihm nun ein altes Büchlein im Querformat. Auf dem schwarzen Einband stand *Journal* und über die stockfleckigen Blätter zogen sich breite Tabellen. In der linken Spalte standen immer je zwei Buchstaben, wohl Initialen. Daneben waren offenbar bestimmte Taten oder Eigenschaften notiert, dann folgten Geldsummen und Hinweise zum Stand der Zahlung:

M. J., Sonderkommando Kütter, folterte 2 Ukrainer zu Tode, Nov. 44, zahlt 1000 Mark à 4 Raten. 250 Mark eingegangen am 2.3.51

W. L., Gestapo Köln, Dez. 44, Jugendhaus Freimersdorf, hat Marie m. Schläuchen gepeitscht bis zur Besinnungslosigkeit/Friedel unter d. Folter die Schienbeine gebrochen etc. etc., zahlt 3000 Mark zu 6 Raten.

500 Mark eingegangen am 4.3.50, 500 Mark eingegangen am 2.4.50

F. R., Bandenkampfkommando, tötete im Feb. 45 3 Jugendliche in Ehrenfeld bei Razzia durch Genickschuss, zahlt 2.400 Mark, ganze Summe bereits eingegangen.

G. D., Hausmutter Jugendhaus Freimersdorf, ließ im Jan. 45 2 Mädchen verhungern, Sondervereinbarung.

M. K., Sonderkommando Kütter, folterte Peter, Heinz u. 1 Fremdarbeiter zu Tode, 2.000 Mark gefordert, noch keine Antwort.

So ging das seitenweise weiter, an die dreißig Einträge. Laurenz' Augen sprangen immer schneller von Zeile zu Zeile, je mehr er zu begreifen begann, was hier verzeichnet war. Er suchte die Initialen E. B., aber er fand sie nicht. Auch beim zweiten und dritten Mal nicht. Eberhard Broich stand eindeutig nicht auf dieser Liste.

Richtiggehend ermattet sank er in seinen Sessel zurück, sah seinen Gast an und sagte: »Sie haben vollkommen recht. Das ist eine Buchhaltung des Grauens.«

Einen Moment schwiegen sie beide und das letzte Wort hing schwer im Raum.

Schließlich fragte Laurenz: »Sie sagten am Telefon, dass Sie Nachforschungen angestellt haben. Wie weit sind die gediehen?«

»Aus den Aufzeichnungen geht ja teilweise hervor, dass es um Köln und die Umgegend geht. Etwa das Jugendhaus Freimersdorf ...«

»Das hab ich mich gleich gefragt, was das wohl sein mag ...«

»Das war ein Teil der Arbeits- und Besserungsanstalt Brauweiler.«

»Brauweiler, natürlich! Die Abtei. Heute ist das ein Kulturzentrum, Konzerte und Tagungen finden dort statt. Und meines Wissens gibt es auch eine Gedenkstätte.«

»Richtig. Und da bin ich auch vor einigen Jahren gewesen. Es ist zwar einiges bekannt über die entsetzlichen Dinge, die damals dort geschehen sind, aber in den Unterlagen, die erhalten sind, finden sich nur wenige Namen. Auf eine Rosa konnte niemand schließen. Aber jetzt habe ich ja den vollständigen Namen. Also wir. Aus einigen der Briefe geht jedenfalls hervor, dass Rosa als Jugendliche wohl in Brauweiler inhaftiert war, bis zum Ende des Krieges. Warum, ließ sich nicht herausfinden. Vielleicht hatte sie sich einfach nur zu wenig angepasst. Die Nazis haben aufmüpfige Jugendliche zu Hunderten als Asoziale abgestempelt und in solchen Anstalten weggesperrt, ich habe einiges darüber gelesen.«

»Und all die Initialen? Gab es da Hinweise? Oder zumindest Verdachtsmomente?«

»Nein, das ist wohl zu spekulativ.«

»Hm«, machte Laurenz und beugte sich wieder über das Journal. »W. L. könnte für Walter Labonté stehen – einen Gestapo-Mann, der später Staatsanwalt wurde.« Er berichtete knapp von seinem Gespräch mit Erwin Pott und was er von dem Prozess gegen den Klütte Schäng wusste. »Ihr Vater soll sich in dem Prozess sehr bedeckt gehalten haben.«

»Das kann ich mir vorstellen. Meine beiden Schwestern und ich waren da ja schon auf der Welt, er war Familienvater, Pressesprecher eines angesehenen Instituts und wollte sicher auf keinen Fall da hineingezogen werden. Ich kann mich selber gar nicht daran erinnern. 1965 sagen Sie? Da war ich elf Jahre alt. Aber vielleicht hat mein Vater das einfach für sich behalten, er war viel auf Reisen, womöglich wusste nicht mal meine Mutter von diesem Prozess. Und von der Vorgeschichte schon gar nicht.«

»Aber innerlich scheint Ihr Vater nicht damit abgeschlossen zu haben«, überlegte Laurenz. »Sonst hätte er all das«, er deutete auf die Unterlagen, die sich auf dem Fliesentisch verteilten, »vernichtet, anstatt es aufzubewahren.«

»Das denke ich auch«, nickte Präger. »Es kommt mir beinahe so vor, als hätte er das Material extra für mich aufgehoben. Damit ich selber die Dinge herausfinde, über die zu sprechen er nicht die Kraft hatte. Oder den Mut. Ich weiß, das klingt ein bisschen verrückt.«

»Ganz und gar nicht«, widersprach Laurenz. »Es klingt absolut plausibel für mich.«

Er dachte an Opa Eberhard. An Käthe Fischenich. Und plötzlich kam ihm ein Gedanke. Hatte die alte Frau sich an ihn, Laurenz, gewandt, damit er ebenfalls etwas herausfände, worüber zu sprechen die alte Frau selber nicht den Mut oder die Kraft aufbrachte?

»Wenn Sie erlauben, Herr Präger, würde ich mir gern ein paar Kopien von den Unterlagen machen.«

»Selbstverständlich.«

Laurenz sammelte das Büchlein, die beiden Briefe, auch das Foto ein und Gerd Präger folgte ihm hinüber ins Pfarrbüro, das um diese Zeit geschlossen hatte. Laurenz legte nach und nach die einzelnen Blätter auf die Glasfläche des Kopierers, schloss den Deckel und drückte die Starttaste. Sein Gast stand einfach dabei und lauschte scheinbar gelassen auf das gleichmütige Surren und Rattern des Gerätes. Doch Präger ging eine Frage im Kopf herum, das wusste Laurenz, denn er kannte diesen Blick und er kannte auch die Formulierung, mit der die meisten Leute ansetzten, ganz genau wie jetzt.

»Kann ich Sie was fragen – Sie als Priester?«

»Natürlich.«

»Wie bewerten Sie das, was mein Vater da getan hat? Ich meine – moralisch? Strafrechtlich dürfte das ja eindeutig sein. Erpressung oder zumindest Beihilfe. Aber moralisch?«

Sie als Priester. Was du auf Erden löst, wird auch im Himmel gelöst sein, hatte Jesus zu Petrus gesagt. Er, der Priester, besaß die Macht, Menschen freizusprechen. In den Kategorien des 21. Jahrhunderts klang das für viele eher nach Hokuspokus und war im Grunde ein unerhörter Vorgang. Aber Laurenz erlebte immer wieder, dass Menschen genau das von ihm erhofften. Dass er sie freisprach.

»Ich erinnere mich an eine Begegnung aus meiner Schulzeit«, sagte Laurenz, »da war ich in der Oberstufe und wir hatten einen Zeitzeugen zu Gast. Ein alter Mann saß in unserer Aula und hielt einen Vortrag über die Nazizeit. Er war bei den Edelweißpiraten gewesen. Ich nehme an, Sie wissen, was das für eine Gruppe war?«

»Jugendliche Widerständler«, nickte Präger.

»Ja. Vielleicht nicht wirklich Widerständler, aber zumindest, wie Sie vorhin sagten, unangepasst. In unseren Augen, aus der Perspektive der Neunzigerjahre – wir hatten gerade erst im Kino den Film *Schindlers Liste* gesehen – war dieser Mann ein Held. Umso schockierender fand ich, was er über die Nachkriegszeit erzählte. Dass Leute wie er keineswegs als Helden galten, sondern als Außenseiter, Querulanten, Verräter sogar, oder eben als Asoziale. Genau wie ehemalige KZ-Opfer und andere Verfolgte. Niemand wollte ihre Geschichten hören. Oder ihnen gar Anerkennung zollen. Was ich damit sagen will: Von heute aus gesehen kann man sich fragen, warum Rosalinde und

Ihr Vater diese Liste nicht einfach der Polizei übergeben haben. Aber ein ehemaliges Heimkind, ein einfaches Mädchen wie Rosa, hätte vermutlich überhaupt nichts erreicht. Das Bewusstsein für die Verbrechen der Nazizeit hat sich ja im Grunde erst nach den Auschwitz-Prozessen der Sechzigerjahre allmählich gebildet. Und wir reden hier über die frühen Fünfzigerjahre. Vermutlich haben Rosalinde und Ihr Vater gar keinen anderen Weg als diesen gesehen, um irgendwie eine Art von Gerechtigkeit herzustellen.«

Auf Prägers Gesicht breitete sich ein versöhnter Ausdruck aus, als habe er gerade einen langen und erbitterten Streit mit irgendwem beigelegt – mit seinem Vater oder mit sich selbst.

»Ja«, sagte er, »das habe ich mir auch immer wieder gesagt. Aber es tut gut, das auch von jemandem wie Ihnen zu hören. Manches Mal habe ich damit gehadert, dass ich erst nach dem Tod meines Vaters diese ganz andere Seite von ihm kennenlernen konnte. Dass ich keine Chance mehr hatte, mit ihm darüber zu sprechen.«

»Das kann ich gut verstehen«, nickte Laurenz und dachte an Eberhard.

Sein Großvater war am Leben. Noch war Zeit, zu sprechen. Über ... na, das war ja eben die Frage.

Und plötzlich war da Antonia in seinem Kopf. Vielleicht eine Assoziation über die Erinnerung an die Oberstufenzeit? Antonia Pfeiffer kannte er aus dem Studium. Sie war Historikerin. Und lag ihr Forschungsschwerpunkt nicht auf der Nazizeit im Rheinland? Er nahm den Packen seiner Kopien aus dem Ausgabefach des Gerätes und suchte auf Nadeesha Ratnasiris Schreibtisch nach einem großen Locher. Er würde Antonia besuchen und ihr diese Unterlagen zeigen. Bestimmt fiel ihr dazu etwas ein, was ihn weiterbrächte.

Rhea strich mit der Hand über ihren karierten Rock, stand vom Schreibtischstuhl auf und nahm ihre Handtasche. »Ich geh ein bisschen raus«, sagte sie.

Am Schreibtisch gegenüber blickte ihre Kollegin auf. »Schon wieder?«

»Ich kann beim Spazierengehen einfach gut nachdenken«, entgegnete Rhea. »Wenn ich zurückkomme, habe ich das Mailing und die Vorbereitung des Meetings im Kopf. Mach dir keine Sorgen, Carmen.«

»Ich mach mir keine Sorgen als deine Mitinhaberin dieser Agentur«, sagte Carmen, »sondern als deine beste Freundin. Ich sehe doch, dass dich irgendwas umtreibt.«

»Was sollte mich umtreiben?«

Unwillkürlich fasste Rhea in ihre Handtasche und fühlte den Umschlag. Natürlich war der Brief da, aber sie wollte sich trotzdem vergewissern.

»Das wüsste ich halt gern«, sagte Carmen. »Hat es mit deinem Großvater zu tun? Seit du ihn hierher nach Köln geholt hast, bedrückt dich was. Das spür ich doch.«

»Du kannst dich einfach gut in andere Leute hineindenken.« Rhea ging um die Schreibtische herum und legte ihrer Kollegin und besten Freundin eine Hand auf die Schulter.

»Das ist ja unser Job, im Marketing«, lächelte Carmen und griff nach Rheas Hand.

Aber die zog sie weg und seufzte: »Sich in andere reinzudenken ist manchmal einfacher, als wenn man sich in sich selbst hineindenken muss. Oder in die eigene Geschichte. Weniger schmerzhaft.«

Sie ging zur Tür. »Ich hab da eine Art Projekt. Und

irgendwann werde ich es dir erzählen. Aber jetzt noch nicht. Ich muss mir erst selber noch ein bisschen klarer werden, wo ich damit eigentlich hin will. Bis gleich.«

Sie trat auf die Straße, ins goldene Septembersonnenlicht, wo die Menschen in leichter Kleidung durch den nicht enden wollenden Sommer eilten und dabei anscheinend ganz und gar ihrer Gegenwart verhaftet waren oder höchstens der allernächsten Zukunft – dem nächsten Termin oder ihrer Einkaufsliste oder der Frage, ob sie jetzt gleich beim Italiener zum Mittagessen das Businessmenü wählen sollten oder lieber Insalata Capricciosa.

Das grüne Dreifensterhaus warf einen Schatten auf die Plakatwand gegenüber, wo nichts an Rheas kleinen Streich erinnerte, inzwischen warb die bunt beklebte Wand für eine Kette von Fitnessstudios. Wie bestellt trat schon nach kurzer Zeit der alte Eberhard Broich senior aus der Tür, um seinen inzwischen recht regelmäßigen Mittagsspaziergang zu unternehmen. In einigem Abstand folgte sie ihm und wusste selber nicht recht, was das bringen sollte. Ihr gefiel aber der Gedanke, dass der Alte sich verfolgt fühlte. Das war vielleicht ein kleiner Geschmack von der echten Verfolgung, die Opa Theo seinetwegen hatte erleben müssen. Natürlich fragte sie sich selbst, ob sie sich da nicht völlig verrannt hatte. Oder, wie Opa Theo gesagt hatte, ob sie sich nicht eher um ihre Kinder und die Zukunft sorgen sollte statt um die Vergangenheit. Aber ohne Wurzeln gab es keine Flügel – ähnlich lautete der Titel eines Buches, das sie mal gelesen hatte.

Der Alte sah sich verstohlen um. Schon neulich hatte er sie bemerkt und das war gut so, es sollte ihn ruhig ein Unbehagen überkommen. Sie näherten sich der Straßenbahnhaltestelle Mitscherlichstraße, wo sie den Alten am letzten Donnerstag auf der Bank neben dem Büdchen hatte sitzen sehen. Da war er mit einem Mann unterwegs gewesen, vermutlich der Enkel, der Bruder der Detektivin. Dieser Mann, das hatte sie inzwischen herausgefunden, war kein geringerer als der Pfarrer dieser Gemeinde. Was für eine schillernde Familie. Und vermutlich ahnte niemand, aus welchem Verrat einst die Detektei hervorgegangen war. Vielleicht hatte der junge Broich deswegen Priester werden müssen? Um unbewusst für den Alten Buße zu tun? So etwas gab es, sie hatte viel darüber gelesen.

Wieder steuerte der Alte auf diese Bank zu, wandte sich abermals um – und was war das jetzt? Er wirkte, als gebe er jemandem ein verstohlenes Zeichen. Erst dachte Rhea, sie sei gemeint. Aber es musste jemand hinter ihr sein. Sie wartete einen Augenblick, um sich nicht allzu auffällig umzuwenden. Doch dann drehte sie ein wenig den Kopf und erkannte ihn sogleich im Augenwinkel. Der Riese mit dem Adler-Tattoo. Das Tattoo sah sie nicht, denn der Mann trug eine Baseballkappe, die er tief ins Gesicht gezogen hatte. Aber sie erkannte ihn trotzdem. Ein solcher Schrank von Kerl war eben nicht zu übersehen. Er war der Typ, der seit einiger Zeit in dem grünen Haus ein- und ausging. Vielleicht Altenpfleger oder Bodyguard oder womöglich beides.

Rhea ließ von dem Alten ab und schlenderte in eine Nebenstraße. Sie war neugierig, ob der Kerl ihr folgte. Sie ging zwanzig, dreißig Schritte, blickte sich scheinbar zufällig um und sah, dass er ebenfalls in die Straße einbog. Sie ging weiter, er folgte. Sie blieb stehen, hielt ihr Handy ans Ohr, als telefonierte sie. Er war ebenfalls stehen geblieben und schien das Schaufenster einer Änderungsschneiderei zu mustern. Langsam setzte sie sich wieder in Bewegung, nahm eine weitere Straßenecke und noch eine, beschleunigte unwillkürlich ihre Schritte und stand vor einer Kirche.

Ihr Verfolger war zurückgefallen und hatte die letzte Ecke noch nicht erreicht. Wenn es ihr gelang, sich rasch irgendwo zu verstecken, würde er vorübergehen und an der nächsten Kreuzung nach ihr Ausschau halten. Aber wo sollte sie sich verstecken? Sie hatte keine Lust, sich wie ein Kind hinter das nächste Auto zu hocken. Das Portal der Kirche stand offen. Sie überquerte die Straße und den kleinen Vorplatz, den die Kirche zusammen mit dem Pfarrhaus und einem Gemeindesaal umgab, und betrat den kühlen Vorraum.

In den Bänken saßen verstreut drei alte Frauen. Rhea ging ein paar Schritte durchs Seitenschiff an den Bänken vorbei nach vorn. Unter einer Marienfigur sah sie eine Kerzenbank. Sollte sie eine anzünden? Das war es doch, was man in Kirchen tat. Richtig kannte sie sich damit nicht aus. Katholisch war sie ja immerhin. Darum wusste sie auch, dass das kleine Häuschen da drüben in der Nische mit den zwei Türen keine Besuchertoilette war, sondern ein Beichtstuhl. Vorn im Vorraum, wo ein heller Sonnenstrahl von draußen auf den Steinboden fiel, tauchte ein breiter Schatten auf. Mist, er war nicht drauf reingefallen. Aber noch hatte er sie nicht gesehen, denn sie stand hinter einer Säule und er blinzelte ins Halbdunkel, seine Augen mussten sich erst vom grellen Sonnenlicht draußen auf das Dämmerlicht im Innern der Kirche umstellen. Ihr blieben zwei, drei Atemzüge Zeit, um unsichtbar zu werden.

Laurenz hatte das dringende Bedürfnis nach einem Kaffee, aber dazu war es leider schon zu spät. Er hatte Gerd Präger noch zu einem kleinen Mittagessen beim

Griechen um die Ecke eingeladen, sie hatten sich ein wenig verquatscht, gleich war es vierzehn Uhr. Von vierzehn bis sechzehn Uhr war Beichtgelegenheit in St. Magdalena. So stand es regelmäßig auf dem zweiwöchentlich erscheinenden Zettel mit den aktuellen Terminen und Gottesdienstzeiten der Gemeinde. Beichtgelegenheit. Eine Gelegenheit, von der immer seltener Gebrauch gemacht wurde. Manchmal erschien überhaupt niemand und er hatte einfach zwei Stunden Zeit ganz allein für sich in der Kirche. Zeit zu beten oder zu meditieren oder einfach mal runterzukommen und seinen Gedanken nachzuhängen, was im Grunde alles dasselbe war. Doch als er jetzt den Vorraum betrat, kam Olek ihm entgegen.

»Hast du sie gesehen?«, fragte sein Mitbewohner übergangslos. In der Hand trug er eine Baseballkappe.

»Wen denn?«

»Die Frau, die deinen Opa verfolgt. Ich dachte, sie wäre in die Kirche gegangen, aber ich hab mich wahrscheinlich geirrt.«

»Tut mir leid«, murmelte Laurenz.

»Mist. Entschuldigung.« Olek sah sich um. »Hier sollte man nicht fluchen.«

»Schon gut.«

Olek ging kopfschüttelnd ins Freie, während Laurenz die Kirche durchquerte, mit stummem Kopfnicken die drei alten Frauen grüßte und die Sakristei betrat. Während er Chorhemd und Stola anlegte, versuchte er die vielen Gedanken und Gefühle abzuschütteln. Das Treffen mit Gerd Präger hatte ihn natürlich aufgewühlt. Und gleichzeitig erleichterte es ihn, dass in den Unterlagen keinerlei Bezug zu seinem Großvater ersichtlich geworden war. Rannte er bloß einer fixen Idee hinterher?

Dass Opa Eberhard gestalkt wurde, durfte zwar

inzwischen als Tatsache gelten. Irgendwer hatte ihm irgendetwas vorzuwerfen. Aber in einem langen Detektivleben blieben vermutlich hunderte alter Rechnungen offen – im wörtlichen und vor allem im übertragenen Sinne – und darauf, dass da ein Zusammenhang zum Fall Rosalinde oder ganz allgemein zur NS-Zeit bestand, deutete bei Licht betrachtet überhaupt nichts hin. Außer dem seltsamen Traum vielleicht, aber das war doch viel zu vage.

Er verließ die Sakristei und kniete sich kurz in die vorderste Bank, um sich zu sammeln. Dann drehte er sich um und sagte leise: »Ich bin jetzt für Sie da.«

Doch eine der Frauen nickte mit dem Kopf in Richtung des Beichtstuhls und antwortete: »Es ist schon jemand drin.«

Verwundert öffnete Laurenz die Tür zu seinem Platz, schloss sie hinter sich und setzte sich hin. Durch das hölzerne Gitter erkannte er im Zwielicht die Silhouette einer Frau mit hochgestecktem Haar. Sie kniete nicht, sondern hockte auf dem Bänkchen. Als er eingetreten war, war sie zusammengezuckt, als habe sie nicht damit gerechnet, dass ihr gegenüber plötzlich jemand auftauchen würde. Er wartete einen Moment, ob sie anfangen wolle. Zum Beispiel ganz klassisch mit dem Kreuzzeichen.

Schließlich fragte er: »Möchten Sie beichten?«

»Ich ... weiß nicht«, sagte die Frau. »Ich bin eher zufällig hier.«

Es gibt keine Zufälle, dachte Laurenz.

»Kann man eigentlich auch Gedanken beichten?«, fragte sie. »Ideen? Absichten?«

»Was immer Sie belastet«, antwortete er.

»Es gibt doch da diesen Satz in der Bibel«, sagte sie. »Mein ist die Rache oder so ähnlich.«

Er nickte.

»Es bedeutet, dass nur Gott Rache üben darf, richtig?«, fragte sie. »Für Menschen wäre demnach Rache verboten?«

»Ich verstehe es weniger als ein Verbot, mehr als eine Entlastung«, sagte Laurenz.

»Was soll das heißen?«

»In archaischen Gesellschaften ist Rache geradezu eine Pflicht. Zum Beispiel, um die Familienehre vermeintlich wieder herzustellen. Doch wenn wir wollen, können wir uns durch Jesus davon befreien lassen. Wir müssen nicht immer alles vergelten. Wir können, wenn wir wollen, aus dem Kreislauf von Schuld und Rache aussteigen, so wie Jesus es getan hat, als er freiwillig die Sünden der Welt auf sich genommen hat und am Kreuz gestorben ist.«

Sie schwieg. Dachte entweder über seine Worte nach oder fühlte sich von seiner Rede schlicht überfahren.

»Das meine ich mit Entlastung«, schob er nach.

»Für mich klingt das eher nach Vertröstung«, sagte sie. »Das hat die Kirche doch schon immer getan: die Menschen aufs Jenseits vertröstet. Ihnen eingeredet, dass erst nach dem Tod die Gerechtigkeit käme.«

»Jetzt haben wir allerdings gar nicht über Gerechtigkeit gesprochen, sondern über Rache«, wandte Laurenz ein. »Ich glaube, das sind zwei verschiedene Dinge.«

»Hm. Weiß nicht. Und wenn es für die Gerechtigkeit schon zu spät ist?«

Er dachte an das Gespräch mit Gerd Präger vorhin, an die Frage nach der Moral. Und dann dachte er: War die Frau, die ihm da gegenübersaß, etwa die unbekannte Verfolgerin seines Großvaters, die Olek in die Kirche hatte gehen sehen? Wenn ja, spielte sie auf Eberhard an? Und wusste sie eigentlich, dass sie hier dem Enkel des alten Broich gegenübersaß?

»Sie tragen sich also mit Racheplänen und fragen sich, ob das, was Sie tun, richtig ist?«, entgegnete er nach einer Weile.

»Ach, wissen Sie …« Sie lächelte. Das hörte er mehr an ihrer Stimme, als dass er es in ihrem Gesicht sehen konnte. »Ich muss dann auch mal wieder los. Ich lasse Ihnen einen kleinen Gruß da.«

Damit stand sie auf und verließ den Beichtstuhl. Und in dem Augenblick, als sie die Tür öffnete und etwas Licht hereinfiel, sah Laurenz einen Wimpernschlag lang ihre scharf geschnittenen Gesichtszüge. Dann entfernte sie sich und das laute Klacken ihrer Stiefelabsätze auf dem Steinboden hallte vom Deckengewölbe der Kirche wider.

Kurz spürte Laurenz den Impuls, aufzuspringen und ihr nachzulaufen. Doch was hätte er dann tun oder sagen sollen?

Außerdem betrat in diesem Augenblick die nächste Dame den Beichtstuhl, kniete sich ächzend auf das Bänkchen und schlug ein Kreuzzeichen.

»Ich hab sie verloren«, berichtete Olek missmutig. »Ich glaube, sie hat mich irgendwie erkannt.«

Er hatte einfach nicht aufgeben wollen und fast zwei Stunden lang die umliegenden Straßen abgesucht, natürlich ohne Erfolg. Jetzt hockte er in Lindas Büro und knetete brummelnd die Baseballkappe in der Hand. Opa Eberhard, der schon lange von seinem Spaziergang zurückgekehrt war, klopfte ihm aufmunternd auf die Schulter und sagte: »Das kann passieren, mein Junge. Mach dir keine Vorwürfe.«

»Und dabei hattest du dich so raffiniert verkleidet«, meinte Linda trocken und deutete auf die Kappe in Oleks Händen. »Was soll's. Immerhin war das schon mal ein Versuch. In Sachen Dietmar Pütz hab ich dagegen noch immer nicht den leisesten Schimmer, wo ich überhaupt ansetzen soll, um ihn aufs Glatteis zu führen.«

Nicht, dass es nicht auch so genug zu tun gäbe. Da war zum Beispiel noch der Unterhaltsflüchtling, der sich laut Aussage der Mutter seiner Kinder irgendwo in Köln herumdrückte und seine Anschrift verschleierte, oder die Entwicklerin, die mutmaßlich Geschäftsgeheimnisse ihrer alten Firma entwendet und zum neuen Arbeitgeber mitgenommen hatte. Es war keine Seltenheit, dass Linda zwei oder drei Fälle parallel bearbeitete – und meistens tat es sogar gut, wenn sie in der einen Sache mal nicht weiterkam, sich einfach der anderen zu widmen. So vermied sie einerseits Leerlaufzeiten und verhinderte zum anderen auch, dass sie irgendwann betriebsblind wurde, wenn sie sich mal in einen Fall so richtig verbiss. Die Abwechslung schärfte die Sinne und löste so manchen Knoten. Aber jetzt gerade hatte sie überhaupt keinen Nerv für Unterhaltsflucht und Geheimnisverrat. Sie wollte diesen Pütz zu fassen kriegen.

Als hätte Opa Eberhard ihre Gedanken gelesen, fragte er: »Warum observierst du ihn nicht? Deinen Verdächtigen?«

»Weil ich doch nicht weiß, wann und wie er wieder zuschlagen wird«, brummte sie. »Ein oder zwei Tage kann man jemanden observieren, höchstens drei. Dann fliegt man entweder auf oder wird zu unaufmerksam. Hab ich alles von dir gelernt, Opa.« Sie klopfte auf den Tisch. »Ich muss da einfach noch mal hinfahren, sein Umfeld studieren, noch mal mit ihm reden. Der Kerl hat irgendeine Schwachstelle und ich werde sie finden.«

»Das ist mein Mädchen«, strahlte der Alte. »Das ist die richtige Einstellung. Und jetzt lasst uns überlegen, welche Schwachstelle meine mysteriöse Verfolgerin hat.«

»Tja«, meinte Linda. »Diese Schwachstelle bist offensichtlich du. Und der Schlüssel zur Lösung dieses Falles steckt hier drin.« Sie tippte dem Alten sachte gegen die Stirn. »Wenn du dich endlich erinnern würdest, was es mit dem 22. August auf sich hat, wären wir sehr viel weiter. Beziehungsweise endlich mal drüber reden würdest, falls du schon die ganze Zeit weißt, um was es hier geht.«

»Ich bin genauso ratlos wie ihr«, sagte Eberhard und hob wie entschuldigend die Hände. »Wir wissen doch nicht mal, ob es bei zweiundzwanzig null acht wirklich um ein Datum geht.«

Da klingelte es.

Olek öffnete und Laurenz trat ein, machte ein ernstes Gesicht und legte einen Briefumschlag auf den Tisch. Eberhards Name stand darauf.

»Zahlt dein Bischof so schlecht, dass du jetzt nebenher die Post austragen musst?«, fragte Linda.

Eberhard streckte die Hand nach dem Brief aus, zog sie aber sofort wieder zurück.

»Ist das für mich?«

»Siehst du noch einen anderen Senior hier im Raum?«, fragte Laurenz zurück. »Deine Verfolgerin war in meinem Beichtstuhl. Und auf dem Weg nach draußen hat sie diesen Brief auf eine der hinteren Bänke gelegt.«

»Was? Wie? Du hast sie gesehen? Was hat sie gesagt?« Linda, Olek und der Alte riefen durcheinander.

Laurenz schüttelte nur den Kopf und sagte: »Erstens gilt das Beichtgeheimnis. Und zweitens … na ja

… gäbe es keinerlei neue Erkenntnisse, wenn ich es brechen würde.«

Eberhard stupste Linda an und wies mit dem Kinn auf den Brief. »Guck da mal rein«, sagte er geradezu ehrfurchtsvoll.

»Der ist doch für dich«, meinte sie, »hast du das Lesen verlernt?«

Aber dann nahm sie den Umschlag und zog ein Blatt Papier heraus. Sie warf einen kurzen Blick darauf und drehte es um, dass die anderen es lesen konnten.

WER HAT DAVON GEWUSST,
DAMALS IM AUGUST?
DU HAST ALLES GEGEBEN UND
MUSST DAMIT LEBEN.

Schweigen.

Es dauerte, bis Eberhard bemerkte, dass die anderen drei ihn ansahen und offenbar auf eine Reaktion warteten.

»August«, schnaubte er bloß und stand ächzend auf. »Und was soll da gewesen sein?«

»Das wollen wir eben von dir wissen«, sagte Linda. »Immerhin ist mit diesem Brief zweifelsfrei geklärt, dass es wirklich um ein Datum geht.« Sie legte das Papier auf ihren Schreibtisch.

»Anstatt mich auszufragen, solltest du Detektivarbeit machen«, schimpfte Eberhard und fuhr zu Laurenz herum. »Du hättest den Umschlag gar nicht nehmen dürfen ohne Handschuhe.« Zu Linda: »Und du hättest erst mal Spuren sichern müssen. Auf Papier kann man nämlich sehr wohl Fingerabdrücke finden, wenn man sich Mühe gibt. Und du«, zu Olek, »solltest dir verdammt noch mal endlich so ein Zmacht Fohn kaufen, wie alle anderen es auch haben, denn dann hättest du die Frau wenigstens mal fotografieren können, wenn es mit dem Observieren nicht klappt.«

Er schlurfte zur Treppe, hielt inne und sah noch einmal in die Runde, aber keiner hatte den Nerv, jetzt in eine absehbar sinnlose Diskussion einzusteigen. Also blieb ihm nichts anderes übrig, als vor sich hin brabbelnd die Stufen zu erklimmen. Und wieder fragte sich Laurenz, wie viel Opa Eberhard ihnen hier vormachte.

Linda faltete das Papier wieder zusammen, schob es zurück in den Umschlag und warf ihn auf einen Stapel mit Wiedervorlagemappen.

»Du solltest Detektivarbeit machen«, äffte sie ihren Großvater nach. »Das würd ich ja gern. Und deshalb fehlt mir leider die Zeit, an dieser Grundschullyrik herumzurätseln. Das war doch eher deine Leidenschaft, oder?«

Sie meinte Laurenz.

»Ich bin selber gerade ziemlich eingebunden«, erwiderte der. »Darum wollte ich dich fragen, ob ich morgen Nachmittag dein Auto borgen kann.«

»Geht leider nicht«, antwortete Linda. »Ich muss noch mal zu Dietmar Pütz fahren. Was ist dein Problem? Fahrrad geklaut?«

»Ich muss eine alte Freundin besuchen.«

»So was nennt man jetzt stark eingebunden – Mann, du tust mir wirklich sehr leid, so ein stressiger Job. Kein Wunder, dass ihr Priestermangel habt.«

»Es ist … na ja, beruflich nicht, aber es geht um den Fall Rosalinde. Ich habe einige Sachen erfahren, die dich sicher auch interessieren. Und Antonia, die ich morgen treffen will, könnte mir noch ein paar Hintergrundinformationen liefern.«

»Wo wohnt sie denn?«

»In Brühl. Und ja, ich weiß, da kann man auch mit der Achtzehn hinfahren, aber das dauert halt ewig.«

Da blitzte in Lindas Augen etwas auf.

»Vorschlag«, sagte ich. »Ich fahre dich. Pütz wohnt doch gar nicht weit weg von Brühl. Das können wir kombinieren. Und dafür hab ich noch mal was gut bei dir.«

»Hatte ich nicht umgekehrt noch was gut bei dir?«

»Pfff«, machte Linda.

Beide sahen Olek an, doch der winkte ab und brummte: »Zieht mich bloß nicht in euren Geschwisterkrieg rein.«

»Was genau möchtest du denn bei mir guthaben?«, fragte Laurenz.

»Ich weiß es selber noch nicht so ganz, ich feile da an einer Idee«, sagte sie. »Wenn es so weit ist, dann sag ich es dir.«

8

Donnerstag, 13. September

Zumindest durfte er diesmal vorne sitzen. Während der Fahrt berichtete Laurenz seiner Schwester von dem Treffen mit Gerd Präger und den Erkenntnissen über Rosalinde Kaul. Und dass es in den alten Unterlagen des Erpresserpärchens keinerlei Hinweis auf ihren Großvater gab.

»Damit hast du doch wohl auch nicht ernsthaft gerechnet«, sagte Linda. »Oder etwa doch?«

Er zuckte mit den Achseln.

»Dieser 22. August kann sich auf so viele unterschiedliche Jahre beziehen«, sagte sie. »1968 oder 1999 oder auf vergangenes Jahr oder weiß der Geier. Olek sagt, er schätzt die Frau auf Ende dreißig, Anfang vierzig. Unser Alter etwa. Was sollte die mit irgendwelchen alten Kriegsgeschichten zu tun haben?«

»So viel und so wenig wie wir selber auch«, meinte Laurenz. »Vielleicht geht es um eine Sache, die die Großeltern dieser Frau betrifft.«

»Opa ist Jahrgang dreißig. Bei Kriegsende war er gerade mal fünfzehn. Was soll er denn als Kind angestellt haben, um fast ein Jahrhundert später von einem Racheengel im Karorock heimgesucht zu werden? Nein, nein. Ich tippe auf irgendein Beziehungsdrama. Die Zahl der fremdgehenden Eheleute, die man im Laufe eines Detektivlebens entlarvt, ist locker dreistellig.«

»Aber Opa hat sich Anfang der Neunziger zur Ruhe

gesetzt«, hielt Laurenz dagegen. »Und wenn die Unbekannte unser Alter hat, war sie zu der Zeit auch noch nicht volljährig. Deine Theorie ist genauso gut oder schlecht wie meine.«

»Dann ist die Lady halt ein unglückliches Scheidungskind«, brummte Linda. »An irgendeinem räudigen 22. August hat Opa dem Vater oder der Mutter dieser Dame seinen Bericht übergeben, daraufhin kam es zu einem schmutzigen Rosenkrieg, die arme Tochter ist bis heute verstört deswegen und will nun Dampf ablassen, indem sie den armen alten Mann stalkt.«

»Das ist doch …«, fuhr Laurenz auf, bremste sich und murmelte: »… na ja, einigermaßen schlüssig.« Er wies mit der Hand auf ein Reihenhaus mit geschmackvoll verwildertem Vorgarten vor ihnen. »Stop, da vorne ist es schon.«

Auch Linda bremste und hielt ihren Beetle am Straßenrand.

»Ich hol dich in etwa zwei Stunden hier wieder ab, passt das?«

»Ja, dank dir.«

»Danke mir nicht zu früh«, grinste sie. »Wir wissen ja beide noch nicht, welche Gegenleistung ich von dir fordern werde. Bis später.«

Er hatte Antonia Pfeiffer während des Studiums auf einer Party kennengelernt. Es war eine von den Partys gewesen, auf denen er versehentlich auf Nachfrage beim Smalltalk sein wahres Studienfach und seinen tatsächlichen Berufswunsch genannt hatte. Man kannte das ja von anderen: Wer Medizin studiert, wird auf solchen Partys von den Gästen gern mal ungefragt mit irgendwelchen kruden Symptomen behelligt: Dieses Ziehen in der Leiste seit einer Weile, was könnte das wohl sein? So wie Jurastudierende auf Partys gern zu rechtlichen Problemen befragt werden: Und dann hat der Nachbar die Äste über dem Zaun einfach alle abgeschnitten – das darf der doch gar nicht, oder? Auf alle Party-Smalltalk-Fragen dieser Art haben Mediziner und Juristen eine immer absolut passende Antwort parat: Kommt drauf an. Leider half sie Laurenz nicht weiter.

Du willst Priester werden? Weil du schwul bist und nicht dazu stehen kannst, oder was?

Kommt drauf an.

Du studierst Theologie? Dann erklär mir doch mal, wenn es angeblich einen liebenden Gott gibt, wieso mein kleiner Bruder Leukämie hat?

Kommt drauf an.

Das funktionierte natürlich nicht. Aber in irgend so einer Partygesprächstraube kam ihm die Studentin mit den langen ebenholzfarbenen Zöpfen zur Hilfe und sagte: »Als Historikerin antworte ich auf jede denkbare Warum-Frage: aus historischen Gründen. Das ergibt zwar meistens keinen Sinn, hört sich aber ziemlich gut an.«

Im Laufe der Jahre schnitt sie nicht nur ihre Zöpfe ab, sondern ließ Laurenz auch erkennen, dass es eigentlich gar kein Witz ist, sondern dass vielmehr tatsächlich fast alles im Leben historische Ursachen hat: Strukturen und Traditionen einer Gesellschaft ebenso wie viele persönliche Konflikte und eigene Spleens. Während der letzten zehn Jahre war ihr Kontakt immer sporadischer geworden und so bestaunte Laurenz zunächst ihre raspelkurzen weißen Haare.

»Wir haben uns aber echt lange nicht gesehen«, sagte er.

»Denk nicht, ich sei erst in den letzten zwei Jahren grau geworden«, lachte sie. »Das fing bei mir schon mit dreißig an. Aber irgendwie hatte ich ab letztem Jahr keine Lust mehr aufs Färben. Mut zur Echtheit.«

»Gutes Motto«, nickte er. »Passt zum Anlass meines Besuchs.«

M

Linda wusste weder, was genau sie Dietmar Pütz fragen wollte, noch wie ihr weiterer Plan aussah. Sie musste ihn halt einfach dazu bringen, noch einmal seinen Spuk zu veranstalten, am besten in dieser oder der nächsten Nacht, und sie musste irgendetwas anstellen, um ihn diesmal wirklich auf frischer Tat zu ertappen. Wenn es darum ging, jemandem eine Falle zu stellen, erwies sich oft ein fingiertes Gespräch als hilfreich. Und dazu hatte sie einen größtmöglich glaubwürdigen Gesprächspartner zur Hand, einen echten Pfarrer nämlich.

Sie parkte vor dem ehemaligen Gutshof, stieg aus und sah sich um. Bei ihrem ersten Besuch am Sonntag hatten sie die Familie Pütz im weitläufigen Garten angetroffen. Wo deren Wohnung lag, wusste sie gar nicht. Sie ging auf das Gebäudeensemble zu, als ein Mann mit einem Wäschekorb unter dem Arm aus einem Nebenhaus kam und sie ansprach: »Kann ich Ihnen helfen?«

»Ich suche Dietmar Pütz.«

»Pützens wohnen da drüben.« Er zeigte mit der freien Hand auf einen der Eingänge. »Aber da werden Sie jetzt niemanden antreffen. Heike ist arbeiten und Dietmar fährt die Kinder zum Sport.«

»Sie haben bestimmt nichts dagegen, wenn ich solange warte und hier ein bisschen herumspaziere?«

»Feel free«, sagte er und ging weiter.

Linda umrundete den Gutshof und sah auf der rückwärtigen Seite den großen Tisch stehen, wo sie alle am Sonntag gesessen hatten. Jetzt war niemand hier. Sie schlenderte in die Wiese hinein, unter den alten Bäumen entlang und auf den Geräteschuppen zu, der neulich schon ihre Aufmerksamkeit geweckt hatte. Die Blätter der Bäume hatten sich schon zu verfärben begonnen und spielten sachte im Wind, als freuten sie sich auf einen goldenen Herbst.

Ein aggressives Surren riss sie aus ihren Gedanken, sie ging unwillkürlich in Deckung und schlug mit der flachen Hand um sich – das musste ein riesiges Insekt sein, eine mutierte Hornisse? Sie konnte nichts sehen. Das Geräusch war neben ihr gewesen, jetzt kam es von oben und entfernte sich, seine Quelle schien nun irgendwo hinter dem Schuppen zu sein. Neugierig ging sie in die Richtung. Jetzt hörte sie es wieder ganz deutlich, es kam aus der Baumkrone einer mächtigen alten Eiche. Irgendein Ding flog dort auf und ab, sie konnte es im dichten Blattwerk nicht richtig erkennen, es war jedenfalls keine Hornisse, sah eher aus wie eine fliegende Spinne. Je näher sie kam, desto höher klang das Surren, es erinnerte fast an einen Bohrer beim Zahnarzt. Linda konzentrierte sich so sehr auf das Objekt, dass sie die Frau in grüner Arbeitskleidung, die hinter einem Baum hervortrat, erst sehr spät sah. Was die Frau in der Hand hielt, kam Linda im ersten Moment wie der Controller eines Konsolenspiels vor – dann endlich verstand sie, was da oben herumflog.

»Ist das eine Drohne?«, fragte sie.

»Richtig«, nickte die Frau. »Entschuldigung, ich wollte Sie nicht erschrecken.«

»Haben Sie nicht.«

»Doch, hab ich.« Sie lächelte.

Jetzt kam das Ding aus der Baumkrone hervor und schwebte sacht zur Erde, um sich gleich vor Lindas

Füßen niederzulassen. Es war kaum handtellergroß, hatte vier dünne Beinchen und auf dem Rücken vier Rotorblätter. Ein winzig kleiner Quadrocopter. Zwischen den Rotorblättern saß ein rundes Teil wie ein Tischtennisball.

»Die will nur spielen«, meinte die Drohnenpilotin. »Sie dürfen sie gern mal anfassen. Ich bin übrigens Claudia, ich wohne hier. Sie sind eine Freundin von Dietmar, nicht wahr? Ich glaub, ich hab Sie am Sonntag hier gesehen.«

»Ja, so ähnlich«, sagte sie und bückte sich. »Ich heiße Linda. Darf ich?« Sie hob den Quadrocopter auf und balancierte ihn behutsam auf der Hand. Der Tischtennisball war eine Kamera, deren Bild sich auf dem Display von Claudias Fernsteuerung fand. Unter dem Bauch trug die winzige Drohne eine kleine Spritze, deren Kolben am oberen Ende in einem Gehäuse und einem Gewirr aus Kabeln endete. Passte dieses Teil durch den Briefschlitz der Tür zur Spukwohnung? Könnte sein.

Weil ihr klar wurde, dass sie den Schlüssel zur Lösung ihres Falles in der Hand hielt, musste Linda mit Mühe ihre plötzliche Anspannung verbergen.

So beiläufig wie möglich fragte sie: »Was machen Sie damit?«

Claudia schien dennoch den Argwohn in ihrer Stimme wahrgenommen zu haben, denn sie machte ein fast schuldbewusstes Gesicht und sagte: »Ja, ich weiß schon, von wegen Öko-WG und so. Normalerweise gibt es hier keine Schädlingsbekämpfung. Aber wir machen das vor allem wegen der Kinder.« Sie deutete auf das Geäst über ihren Köpfen. »Sehen Sie die kleinen Nester da? Thaumetopoea processionea. Zu Deutsch: Eichen-Prozessionsspinner. Haben da gesessen, in diesem Frühsommer. Die feinen Härchen der Raupen geben bei Berührung ein total fieses Gift ab. Das kann für Menschen richtig ernsthaft gefährlich werden. Aber keine Sorge, die Zeit der Raupen ist längst vorbei. Ich trainiere hier nur ein bisschen, damit ich die kleine süße Drohne im nächsten Frühjahr richtig gut beherrsche. Dass man die Viecher mit solchen Sprühdrohnen vergleichsweise minimalinvasiv bekämpfen kann, haben wir nämlich leider erst vor ein paar Wochen mitbekommen.« Sie deutete auf die kleine Spritze, in der eine klare Flüssigkeit stand. »Das ist auch nur Wasser, zum Üben halt. Sie müssen keine Angst haben, dass Sie gleich irgendwelche Pestizide an den Fingern haben.«

»Sie haben diese Drohne erst seit Kurzem?«, fragte Linda. »Haben andere Bewohner hier auch so ein Teil?«

»Warum wollen Sie das wissen?«, fragte Claudia zurück. »Wollen Sie's auch mal probieren? Da können Sie sich ruhig an Dietmar halten, der hat sich auch so einen kleinen Brummer gekauft und ist ganz vernarrt in das Spielzeug. Am Anfang hat er stundenlang trainiert. So – und dieses süße kleine Exemplar hier geht jetzt schlafen.«

Sie nahm Linda den Quadrocopter aus der Hand und lief damit Richtung Schuppen.

»Falls Sie Dietmar suchen, müssen Sie sich übrigens noch etwas gedulden«, sagte sie im Weggehen.

»Ja, ich weiß, er bringt die Kinder zum Sport.«

Linda folgte Claudia ein Stück und sah sie im Schuppen verschwinden. Gleich darauf kam sie wieder heraus und warf die Tür zu, aber ohne abzuschließen, soweit Linda das erkennen konnte.

»Okay, na dann«, sagte sie. »Hat mich gefreut, mit Ihnen zu plaudern.«

»Mich auch«, antwortete Linda. Aber echt, dachte sie. Aber echt.

Claudia entfernte sich, ging unter den alten Bäumen entlang zum Gutshof hinüber und bog um die Ecke. Linda blickte sich kurz um, dann öffnete sie die Tür des Schuppens und huschte blitzschnell hinein. Stickige Dämmrigkeit umfing sie. Ihr Blick wanderte über Gartengeräte, Schläuche und die Unmengen dünner Rohre, derentwegen Pütz sich über Linda lustig gemacht hatte. In einem Regal mit Kabelsalat, alten Autoradios, Taschenlampen, Ersatzakkus für was auch immer und anderem Elektrokram sah sie die Drohne liegen. Nur diese eine. Ob Pütz sein Exemplar drüben im Haus verwahrte? Oder hatte er sie womöglich bei Käthe Fischenich geparkt? Allmählich dämmerte ihr, was der Plan sein könnte, den sie die ganze Zeit suchte. Schemen waren schon zu erkennen.

Da klang etwas dumpf und hohl unter ihren Füßen. Sie machte einen Schritt zurück, zog ihr Handy aus der Tasche und leuchtete auf dem Boden herum. Eine Falltür. Linda ging in die Hocke, tastete, fand einen eisernen Ring und zog daran. Mit der anderen Hand hielt sie das Handy in die Bodenöffnung. Das Licht wanderte über hölzerne Stufen abwärts in einen niedrigen Keller. Warum zur Hölle war denn dieser windschiefe Schuppen mitten auf der Wiese unterkellert?

Bestimmt wäre es eine ganz schlechte Idee, die Treppe hinabzusteigen. Irgendetwas Unheimliches oder Gefährliches würde passieren. Jedenfalls war das doch in Filmen oder Büchern so, um ganz kurz vor der Auflösung der Story noch mal die Spannung hochzutreiben. Genau das war sie schließlich: ganz kurz vor der Auflösung der Story.

Sie klappte die Falltür ganz auf und stieg hinab. Einen Lichtschalter fand sie nicht. Das Handylicht wanderte über Regale voller Einmachgläser und Stapel von Obstkisten mit Äpfeln. Wände und Boden schie-

nen aus gestampftem Lehm zu bestehen, das sorgte
für kühle Luft. Vermutlich ein etwas altertümlicher
Vorratsraum, der ohne Kühlschrank und Gefriertruhe
auskam. Genau das Richtige für Ökofreaks. Irgendwelche Beweisstücke oder sonstige dunkle Geheimnisse schienen hier wohl nicht ihrer Entdeckung zu
harren.

Linda setzte einen Fuß auf die unterste Stufe und
wollte schon wieder nach oben steigen, als sie hör-
te, wie die Tür des Schuppens geöffnet wurde. Ein
Streifen von Sonnenlicht wanderte die Treppe hinab.
Schnell und lautlos zog sie sich zurück, drückte sich
zwischen die Obstkisten an die Wand und machte die
Handy-Taschenlampe aus. Oben gedämpfte Schritte,
Rascheln, Klappern, dann ein Quietschen, das eindeutig von den Scharnieren der Falltür stammte. Der
Lichtstreifen schnurrte zu einem dünnen Faden zusammen, schnellte die Treppe empor und verschwand.
Tiefe Finsternis hüllte Linda ein und entfernt hörte sie
die Tür des Schuppens zuschlagen.

»Ganz schön traurige Geschichte, die du mir da erzählt hast«, sagte Antonia. »Sie passt zu dem, was ich
über die Abtei Brauweiler weiß.«

Sie saßen in dem kleinen Garten hinter dem Reihenhaus und Laurenz hatte auf dem Tisch seine Kopi-
en der Unterlagen von Gerd Präger ausgebreitet.

»Die ehemalige Abtei war schon vor der Nazizeit
eine sogenannte Arbeitserziehungsanstalt«, erklärte
Antonia. »Die Nazis machten daraus ein Arbeitslager
und Gestapo-Gefängnis. Es gab zwei Jugendabtei-

lungen – das Jugendhaus Freimersdorf, das ja hier in deinen Quellen auch erwähnt wird, und den Dansweiler Hof, die hatten zusammen eine Kapazität von rund zweihundertfünfzig Plätzen. Für Jugendliche, die als verwahrlost galten. Vielleicht weil sie die falsche Musik gehört haben oder so was. Die meisten mussten zwischen vier Wochen und drei Monaten dort bleiben. Ab 1943 gab es ein eigenes Gebäude, wo schwererziehbare Mädchen gefangen gehalten wurden. Vielleicht war deine Rosalinde eine von ihnen, das könnte passen. Soweit ich weiß, gibt es leider kaum noch irgendwelche Unterlagen, aus denen man auf die Namen einzelner Opfer schließen kann.«

»Und was ist mit den Namen der Täter?«, fragte Laurenz und zeigte auf die Tabellen des Journals. Die grauenhafte Buchhaltung, wie Gerd Präger sie genannt hatte.

»Einige Angaben springen mir natürlich direkt ins Auge«, sagte Antonia. »Da ist zum Beispiel von dem Sonderkommando Kütter die Rede, das war ein Sonderkommando der Gestapo. Die Kölner Gestapo hat sich die Abtei im Laufe des Krieges immer mehr einverleibt, Räume beschlagnahmt und eigene Häftlinge dort eingepfercht, besonders nach irgendwelchen Großrazzien. Ferdinand Kütter war Kommissar bei der Gestapo und galt als besonders brutal. Unter anderem war er für die öffentlichen Hinrichtungen in Ehrenfeld im November vierundvierzig verantwortlich. «

Laurenz wusste davon. Die Mitglieder der Ehrenfelder Gruppe hatten noch bis in die Achtzigerjahre schlicht als Kriminelle gegolten. 2011 immerhin bekamen die letzten Überlebenden das Bundesverdienstkreuz und nach einem der ermordeten Widerständler, dem damals siebzehnjährigen Barthel Schink, hatte man eine Straße benannt.

»Kütter hat das Sonderkommando im September vierundvierzig gebildet«, fuhr Antonia fort, »und in Brauweiler eine eigene Folterabteilung aufgebaut. Dort sind etliche Menschen auf grauenhafte Weise zu Tode gequält worden. Von den wenigsten haben wir die Namen. Vor allem die sogenannten Ostarbeiter sind unbekannt. Und auch von den Tätern weiß man trotz jahrzehntelanger Forschung längst nicht alle Namen. Oder was aus ihnen wurde.«

»Was wurde zum Beispiel aus dem Kütter?«, fragte Laurenz.

»Nicht mehr viel«, sagte Antonia. »Im April fünfundvierzig hat er sich ins Bergische abgesetzt und in der Nähe von Wipperfürth Selbstmord begangen.«

»Und der hier«, Laurenz tippte mit dem Finger auf die Initialen W. L., »könnte das nicht Walter Labonté sein?«

»Durchaus«, nickte sie. »Du sagtest, dass er später Staatsanwalt gewesen ist. Ich kann mir vorstellen, dass es über ihn noch einiges Material gibt, und vielleicht ließe sich das sogar nachweisen. Dann würde er zum Kreis derjenigen gehören, die von deiner Rosalinde erpresst wurden. Und damit hätte er natürlich ein Mordmotiv gehabt.«

Deine Rosalinde. Ja, irgendwie war sie es tatsächlich. Es kam ihm inzwischen beinahe so vor, als sei er für sie verantwortlich.

»Was geht dir durch den Kopf?«, fragte Antonia.

»Ich bin seltsam versessen darauf, ihren Mörder zu finden«, sagte er. »Obwohl erstens dieser Mörder schon lange tot sein muss und zweitens dieser Fall mit dem von Linda – zumindest auf der Ebene nackter Fakten – nichts zu tun hat und es drittens völlig fraglich ist, ob ich Käthe Fischenichs Seelenpein damit abhelfen kann, dass ich ihr irgendwann den Namen des Täters präsentiere.«

»Da ist wohl der Einfluss deiner Herkunftsfamilie doch sehr groß, dass du selber Detektiv spielen musst«, meinte sie. »Aber Scherz beiseite. Mich lässt es ja auch nicht los, diese Zeit und was damals geschah. Gerade jetzt, wo wieder viele einen Schlussstrich ziehen wollen. Wo Politiker im Bundestag sitzen, die das alles für einen Vogelschiss halten. Es ist eben nicht vergangen, es gehört zu uns. Es ist ein Teil dessen, was uns ausmacht. Kulturell, psychologisch. Also, wenn ich mir eine Kopie von dieser Liste machen darf, würde ich die ganzen Initialen hier einmal mit den Quellen abgleichen, die ich zu Brauweiler habe. Vieles ist inzwischen digitalisiert, da muss man nicht mehr in die Archive hinabsteigen und den Staub von den Akten blasen, bevor man ganz behutsam die knisternden Seiten aufblättert.« Antonia fuhr mit einer Hand über das Journal. »Wobei ich das als Historikerin eigentlich ganz gern mag, dieses Knistern und den Staub und so. Das ist nämlich auch ein bisschen wie Detektivspielen und hat seinen ganz eigenen Reiz. Wenn du mir ein paar Tage Zeit gibst, vielleicht finde ich noch etwas, das dich weiterbringt.«

»Das wäre großartig. Hm, aber da wäre auch noch etwas anderes. Keine Ahnung, ob du damit etwas anfangen kannst.«

»Immer raus damit.«

»Es geht um ein Datum«, sagte er. »Einen 22. August. Leider weiß ich nicht, von welchem Jahr.«

Eine beschissene Dramaturgie, fand Linda. Das hier war doch kein Krimi, sondern das reale Leben. Da war es komplett überflüssig, dass man sie hier einsperrte, so kurz, bevor sie Dietmar Pütz überführen konnte. Und selbst wenn es doch ein Krimi wäre, hätte das doch gar keinen dramaturgischen Mehrwert. Ihr Verschwinden würde auffallen, ihr Auto stand doch drüben vor dem Hof. Laurenz wusste, wohin sie gewollt hatte, alle Spuren würden zu Dietmar Pütz führen. Der Mann ritt sich damit doch nur immer weiter in den Schlamassel rein. Sie zog ihr Handy hervor. Natürlich hatte sie hier unten kein Netz.

»Dazu fällt mir tatsächlich etwas ein«, sagte sie. »Die Aktion Gitter am 22. August 1944. Das war eine groß angelegte Verhaftungswelle. Im Zusammenhang mit dem gescheiterten Hitler-Attentat vom 20. Juli. Da hat man im Grunde sämtliche Menschen einkassiert, die man eh schon auf dem Kieker hatte, sozusagen die allerletzten, von denen noch irgendwie so etwas wie Opposition zu erwarten gewesen wäre. Frühere Kommunisten und Sozialdemokraten, Gewerkschafter und Vertreter des politischen Katholizismus.«

»Okay«, machte Laurenz bloß, schaute einen Moment in den Himmel und murmelte: »Was könnte ein fünfzehn- … nein, ein vierzehnjähriger Junge mit diesen Dingen zu tun haben?«

»Du sprichst in Rätseln.«

»Ja, sorry.« Er sah sie an. »Es ist mir selber ein Rätsel. Eine fixe Idee, nicht mehr. Hoffe ich.«

»Alle Haushaltshilfen vor dir«, sagte der alte Eberhard zu Olek, während dieser ihnen beiden noch einen Slibowitz eingoss, »haben mir das Trinken verboten. Aber du, du füllst mich ja richtig ab.«

Sie waren soeben von einem ausgedehnten Spaziergang zurückgekehrt, jetzt war es Nachmittag. Der Alte war gemächlich durchs Veedel flaniert und Olek war ihm in gebührendem Abstand gefolgt, aber die Unbekannte hatte sich diesmal nicht blicken lassen. Jetzt saßen sie an Eberhards Küchentisch.

»Warum haben sie das verboten?«, fragte Olek.

»Dumme Frage, mein Junge«, knurrte der Alte. »Weil es natürlich ungesund ist. Die Spätfolgen …«

»Spätfolgen«, wiederholte Olek und fragte völlig ungerührt: »Wie alt bist du noch mal? Und wie alt willst du noch werden?«

Eberhard lachte leise.

»Ich mag deine Geradlinigkeit, mein Junge. Tja. Wie alt will ich noch werden? Soll ich die Neunzig noch mitnehmen? Früher hatte ich ein Ziel: Ich wollte noch erleben, wie meine Enkelkinder heiraten.« Wieder lachte er, diesmal lauter. »Ich wollte Hochzeiten. Stattdessen musste ich zu einer Priesterweihe gehen. Aber da blieb ja noch Linda. Hatte ich gedacht. Doch inzwischen halte ich es für wahrscheinlicher, dass Laurenz seinen Pfarrerjob hinschmeißt und sich eine nette Frau sucht, als dass Linda sich auf einen Mann einlässt. Also mit Trauschein, meine ich.«

Olek kippte sein Glas.

Der Alte stupste ihn mit dem Ellbogen an.

»Wär sie nichts für dich?«

Olek goss sich erneut ein.

»Selbst ein verkalkter alter Mann wie ich kriegt

doch mit, wie ihr beide euch anschaut«, sagte Eberhard. »Was ist dein Problem?«

»Jedes Mal, wenn ich aus dem Knast komme, finde ich früher oder später eine neue Freundin«, sagte Olek. »Und irgendwann baue ich dann wieder Mist und komme wieder ins Gefängnis und sie verlässt mich.« Er stierte in sein Glas. »Ich hab es satt, verlassen zu werden.«

Er kippte das Glas.

Der Alte klopfte ihm auf die Schulter und meinte: »Vielleicht baust du einfach dieses Mal keinen Mist mehr, wie wäre das?«

Olek sah ihn an, als hätte er diese Möglichkeit bisher noch nie in Betracht gezogen. Als sei der ewige Kreislauf von Haft, Entlassung und neuer Straffälligkeit eine Art Naturgesetz.

Dann blickte er unvermittelt auf, fixierte den Alten und fragte: »Was war am 22. August?«

»Jetzt fängst du auch noch damit an«, knurrte der Alte und drehte sein Glas um, als säße er nicht am Küchentisch, sondern am Wirtshaustresen. Dann stützte er sich auf der Tischkante auf und stemmte sich hoch. »Ich brauch jetzt ein Nachmittagsschläfchen.«

Linda war in der Dunkelheit wie gelähmt. Sie brauchte eine Weile, um sich bewusst zu werden, dass niemand sie mit Absicht eingesperrt hatte. Dass es hierfür keine Dramaturgie gab, weil das echte Leben dafür viel zu banal war. Im Unterschied zu literarisch konstruierten Geschichten gab es im echten Leben leider viel zu wenig echte, dramaturgisch sinnvolle

Wendungen, dafür aber viel zu viele blöde Zufälle, die ein Fernsehredakteur oder eine Verlagslektorin vermutlich gar nicht durchgehen lassen würde. Irgendjemand war in den Schuppen gekommen, hatte die Klappe offen stehen sehen und sie geschlossen, damit nicht der nächste, der hereinkäme, aus Versehen in die Tiefe stürzen würde.

Nachdem sie sich diesen Gedanken sehr dezidiert zurechtgelegt hatte, ging die Panik zurück, die, wie ihr erst jetzt bewusst wurde, von ihr Besitz ergriffen hatte. Ihre Hände und Füße gehorchten ihr wieder. Sie tippte am Handy auf das Icon mit der Taschenlampe und leuchtete in den Keller, betrat die Holztreppe und stieß ohne jeden Wiederstand die Bodenklappe auf, stieg hinaus und schloss sie lautlos hinter sich. Dann verließ sie den Schuppen und ging möglichst gemächlich zu ihrem Auto, ohne dabei noch irgendjemandem zu begegnen.

Laurenz, den sie in Brühl wieder einsammelte, gab sich einsilbig und wollte nicht viel von seinem Treffen erzählen. In Sachen Rosalinde hätte er sehr interessante Hintergründe erfahren, sagte er, aber eine wirklich neue Erkenntnis habe es nicht gegeben. Also in Sachen Rosalinde, schob er nach.

Eine Weile schwiegen sie, doch als sie auf die Severinsbrücke bogen und den Rhein überquerten, begann Linda, ihrem Bruder den Plan zu erläutern, den sie gefasst hatte, und welche Rolle er darin spielen sollte.

»Na gut«, meinte Laurenz. »Ich wollte sowieso noch mal zu Frau Fischenich. Passt es dir so gegen sieben?«

Er holte sein Handy hervor und rief die alte Dame an, um ihren gemeinsamen Besuch anzukündigen.

Antonia Pfeiffer klappte den Laptop auf und legte ihre Kopie von Laurenz' Kopie jener grauenhaften Buchhaltung daneben. Es gab eigentlich genug anderes zu tun, aber das Anliegen ihres alten Freundes Laurenz hatte sie gepackt und sie brannte darauf, mehr über die genannten Personen zu erfahren. Vor allem ein Eintrag hatte sie neugierig gemacht: G. D., Hausmutter im Jugendhaus Freimersdorf. Mutmaßlich die einzige Frau auf der Liste. Und die einzige Person, von der Rosalinde und ihr Komplize und Lebensgefährte Franz Präger keine Geldsumme gefordert hatten, sondern irgendeine andere Gegenleistung. *Sondervereinbarung*, stand da. Der erste Teil des Wortes hatte für Antonia immer einen unterschwellig bedrohlichen Klang. Sonderkommando. Sonderbehandlung. Sondervereinbarung. Was wusste man über die damaligen Aufseherinnen? Wie viele waren namentlich bekannt?

Und wieder breitete Laurenz die Unterlagen aus. Diesmal auf dem Couchtisch von Käthe Fischenich.

»Wie Sie sehen, habe ich einige Recherchen angestellt«, sagte er. »Meine Schwester hat mir sehr dabei geholfen, darum habe ich sie gebeten, mitzukommen.«

Die alte Dame sah Linda skeptisch an.

»Man hat Rosalinde Kaul immer für eine Prostituierte gehalten«, sagte Laurenz, »doch das war sie nicht.« In kurzen Sätzen berichtete er von seinem Treffen mit

Gerd Präger. »Mich würde interessieren, ob Ihnen zu den Initialen auf dieser Liste etwas einfällt.«

Käthe Fischenich nahm ihre Brille ab, beugte sich tief über den Tisch und fuhr mit dem Zeigefinger ganz langsam im Zickzack die Zeilen und Spalten auf dem Papier entlang. Es kam ihm so vor, als würden ihre Gesichtszüge dabei immer weiter einfrieren, bis sie irgendwann völlig versteinerten. Dann machte sie den Rücken gerade, setzte die Brille wieder auf und sagte: »Tut mir leid. Das sind ja alles nur Abkürzungen. Dazu fällt mir nichts ein.«

In diesem Augenblick kam sie ihm wie Opa Eberhard vor.

»Hätte ja sein können«, meinte Laurenz achselzuckend und sammelte die Unterlagen wieder ein, um sie in seinem Rucksack zu verstauen.

»Denken Sie denn«, fragte sie, »dass Rosalinde Ruhe gibt, falls Sie herausfinden, wer sie ermordet hat?«

»Ist es nicht so, dass Sie das denken?«, erwiderte Laurenz. »Bei unserem ersten Treffen haben Sie das so ähnlich ausgedrückt.«

»Ja, schon. Ich weiß nicht. Und Sie, Frau Broich?« Sie wandte sich an Linda. »Haben Sie denn etwas Neues herausgefunden?«

»Leider nicht«, brummte Linda. »Es scheint wie verhext zu sein. Im wahrsten Sinne des Wortes.«

»Tja«, sagte Laurenz, »das wäre dann schon alles. Wollen wir denn noch ein gemeinsames Gebet sprechen?«

Beide Frauen schienen widersprechen zu wollen, trauten sich aber nicht. Also faltete Laurenz die Hände und sammelte sich und die alte Dame tat es ihm nach. Linda blieb nichts anderes übrig, als mit möglichst andächtiger Miene dabeizusitzen, während ihr Bruder erst einige frei formulierte Sätze sprach, bevor er und die Alte das Vaterunser anschlossen. Dabei konnte Linda noch mithalten, doch als zum Schluss das Ave Maria folgte, musste sie passen. Und wurde das Gefühl nicht los, dass ihr Bruder den kurzen Augenblick genoss, da sie ihm als Priester völlig ausgeliefert war.

Kurz darauf verabschiedeten sich die Geschwister. Als Frau Fischenich die Wohnungstür hinter ihnen schloss und die beiden auf dem Treppenabsatz standen, zischte Linda eine Spur lauter als nötig: »Na toll, Bruderherz, was hat uns das jetzt gebracht? Nichts, überhaupt nichts.«

Sie stiegen die Treppe hinab.

»Es war halt so eine Idee gewesen«, sagte Laurenz. »Ein Versuch. Es hätte doch sein können, dass Frau Fischenich einen Hinweis für uns hat.«

»Ein Hirngespinst. Ich hab es dir doch gleich gesagt. So ein Mist. Ich werde den Fall wohl zu den Akten legen müssen.«

Vor der Tür zur Spukwohnung blieben sie stehen und Laurenz meinte zu hören, dass oben die Wohnungstür wieder einen Spalt breit geöffnet wurde.

»Wieso?«, fragte er. »Irgendwann wirst du schon denjenigen erwischen, der die Wände mit Blut vollspritzt.«

»Irgendwann ist zu spät«, widersprach Linda. »Ich habe keine Zeit mehr. Frau Rössner hat mir ein Ultimatum gestellt. Falls die Blutspritzer noch einmal auftauchen, ohne dass ich die Ursache herausfinde, dann wird sie das Haus verkaufen.«

»Was? Sie will verkaufen?«

»Ja, sie hat einfach die Nase voll.«

»Dann musst du eben die Wohnung noch mal überwachen.«

»Das hat doch beim letzten Mal auch nichts gebracht.«

Damit setzten sie sich wieder in Bewegung. Auf dem nächsten Treppenabsatz flüsterte Laurenz kaum hörbar:»Ich kann mir nicht vorstellen, dass Pütz darauf reinfällt.«

»Abwarten«, flüsterte Linda zurück. »Wenn man den Leuten das, was sie wollen, direkt vor die Nase hält, werden sie erstaunlich risikobereit.« Sie wandte sich zu einer der Türen auf diesem Stockwerk und drückte die Klingel. »Vielen Dank bis hierher. Du kannst schon mal gehen, ich muss noch kurz mit Herrn Tolu sprechen.«

10

Freitag, 14. September

Laurenz starrte auf die Installation in der Mitte des Pfarrsaals: Aus einer hohen Vase ragten Weizenähren, daneben brannte eine Kerze und im Kreis darum herum lagen bunte Seidentücher. Und darauf waren laminierte Fotos verteilt und Alltagsgegenstände, die im Laufe dieses Nachmittags als Symbole für verschiedene Aspekte der Kommunionvorbereitung herhalten würden. Eine gestaltete Mitte nannte man das, Laurenz kannte es noch aus seiner Zeit im Jugendverband, das gehörte zu einem richtig guten Stuhlkreis eben dazu. Pastoralreferentin Biggi Schikorsky war eine Meisterin der gestalteten Mitte und sowieso eine Meisterin der Kinderpastoral. Sie hatte diesen Nachmittag vorbereitet, zu dem sich nun fast vierzig Katechetinnen im Pfarrsaal in diesem Stuhlkreis versammelt hatten. Darum musste Laurenz nichts weiter tun, als sich zurückzulehnen und auf Zuruf von Biggi dann und wann das Wort zu ergreifen.

Die Katechetinnen hatten die Aufgabe, ab Oktober einen Haufen von über zweihundert Kindern auf die Erstkommunion vorzubereiten – schön in übersichtliche Gruppen zu sieben oder acht Kindern eingeteilt, die sich dann ein halbes Jahr lang zu wöchentlichen Gruppenstunden treffen sollten. Die heutige Sitzung diente dazu, die Katechetinnen auf ihren Job vorzubereiten, denn neben einer Handvoll ehrenamtlich aktiver Frauen, die jedes Jahr mit von der Partie waren, saßen hier im Stuhlkreis ganz überwiegend noch uninformierte Mütter von Kindern, die selbst zur Erstkommunion gehen würden. Sie waren allesamt hoch motiviert und ließen sich von Biggi das notwendige Handwerkszeug vermitteln, das es braucht, um eine Horde Acht- und Neunjähriger mit dem Evangelium Jesu Christi in Kontakt zu bringen – mit Themen wie Nächstenliebe, Versöhnung, Erlösung und der Frage, was genau da eigentlich passiert, wenn auf dem Altar kleine runde Scheibchen aus Esspapier und ein Schluck Rotwein in den Leib und das Blut des Herrn verwandelt werden.

Laurenz war mit der Antwort auf diese Frage selbst noch nicht am Ende und das war okay, denn schließlich hieß es ja das *Geheimnis des Glaubens*. Auch die Frauen hatten viele Fragen und suchten nach Antworten und das war das Schöne an solchen Treffen, dass man zwar über Kinderpastoral sprach, aber irgendwie auch über sich selbst. Mitten im Alltag der Familien, die sich mit der Vereinbarkeit von Job und Kindern herumschlugen, zwischen Schule und Sportverein und Musikunterricht und alledem brachen anlässlich der Erstkommunion die alten Sinnfragen wieder auf. Warum sind wir eigentlich auf der Welt? Warum existiert das Universum und nicht vielmehr nichts? Und was heißt das für mich?

Nur einer saß da in der Runde, der schon alle Antworten zu wissen schien. Es war neben Laurenz der einzige Mann im Stuhlkreis, ein korpulenter Typ im Kapuzenpulli, der, soweit Laurenz aufgeschnappt hatte, selbst Theologe und früher mal hauptamtlicher Vorsitzender bei der katholischen Jugend gewesen war. Heute verdingte er sich als freier Autor, schrieb Jugendromane und schien sich in spiritueller wie pädagogischer Hinsicht für außerordentlich kompetent zu halten. Immer wieder warf er irgendwelche oberschlauen Bemerkungen ein, aber Biggi war souverän genug, den Mann zu tolerieren.

Laurenz versuchte so gut es ging, den Gesprächen zu folgen, aber immer wieder wanderten seine Gedanken zu Antonias Anruf an diesem Vormittag.

»Ich habe einen Namen für dich«, hatte sie gesagt. »Du weißt schon, G. D., Hausmutter im Jugendhaus Freimersdorf. Die mit der Sondervereinbarung. Der Name lautet Gertrude Decker. Sie wurde später versetzt und war zuletzt Aufseherin im Konzentrationslager Buchenwald. Mit dem Kriegsende verliert sich ihre Spur. Was aus ihr wurde, kann ich nicht sagen.«

»Aber ich vielleicht«, hatte Laurenz gemurmelt, denn bei der Nennung des Nachnamens war er wie vom Blitz getroffen.

Deckers Kättchen.

Käthe Fischenich.

Um ganz sicherzugehen, war er gleich ins Pfarrbüro gelaufen und hatte Nadeesha Ratnasiri gebeten, im Taufregister der Pfarrei nachzusehen. Und tatsächlich. Gertrude Decker war Käthe Fischenichs Mutter. Und wie hatte die alte Dame sich ausgedrückt, als Laurenz vorige Woche mit ihr in der Kirche zusammengesessen hatte?

Dabei habe ich für meine Mutter mehr getan, als man überhaupt für einen anderen tun sollte …

Plötzlich war Pause. Alle standen von ihren Stühlen auf, griffen bei Kaffee und Streuselkuchen zu, standen in kleinen Grüppchen beisammen und tauschten sich über die Lehrerinnen ihrer Kinder aus oder darüber, in welchem Restaurant am besten die Kommunionfeier auszurichten sei und ob es im September nicht überhaupt schon zu spät sei, für kommenden April dort anzufragen.

Laurenz ging vor die Tür. Ihm war dringend nach einer Zigarette, er hatte bloß mal wieder keine eingesteckt. Doch er hatte Glück – und Pech zugleich, denn draußen stand der Jugendbuchautor und rauchte. Und außer ihm rauchte hier natürlich niemand.

»Darf ich eine Zigarette schnorren?«, fragte Laurenz.

Der Typ hielt ihm seine Schachtel hin und gab ihm Feuer.

Dabei sagte er: »Also ich find den Nachmittag ziemlich cool, echt jetzt. Aber für meinen Geschmack ist es ein kleines bisschen zu kuschelig. Ich meine – das Evangelium ist doch im Grunde eine ziemlich krasse Story. Man darf den Kindern ruhig ein bisschen mehr zumuten. Also die Kids etwas mehr mit den eigentlichen Themen konfrontieren.«

Laurenz zog an der Zigarette und schwieg. Ständig sagte der Mann so Wörter wie cool und krass, vielleicht weil er dachte, dass man als Jugendbuchautor so reden müsse. Laurenz hatte keine Lust, sich jetzt auf eine Diskussion einzulassen, was denn wohl die eigentlichen Themen seien. Das überließ er gern Biggi.

Gottlob ertönte bald darauf Biggis Klangschale – das Zeichen, um die Pause zu beenden.

Laurenz war ein Wort aus dem kurzen Gespräch mit dem Autor im Kopf haften geblieben. Konfrontieren. Das war es, was er tun musste. Deckers Kättchen konfrontieren. Denn vielleicht, das ging ihm in diesem Augenblick auf, hatte sie es die ganze Zeit genau darauf angelegt. Und so beschloss er, Linda an diesem Abend noch einmal ins Spukhaus zu begleiten.

Er kratzte sich durch den Ärmel seines Holzfällerhemds hindurch in der Armbeuge. Das Pflaster stör-
te ihn. Aber es war ja das letzte Mal. Sowieso. Heike
hatte darauf bestanden, es nur noch ein einziges Mal
zu tun. Und mit etwas Glück reichte das, denn wenn
es stimmte, was Tante Käthe der Detektivin und ihrem
Pfaffenbruder abgelauscht hatte, konnte er den Rössners heute den letzten, entscheidenden Schlag versetzen.

Dietmar Pütz parkte den Wagen, schulterte den
Rucksack und ging durch die Dämmerung bis zur
Bechsiefener Straße dreizehn. Er klingelte bei Käthe.
Natürlich konnte das eine Falle sein. Aber wenn er
es nicht versuchte, würde er es sich vielleicht für alle
Ewigkeit vorwerfen. Und schließlich hatte Käthe Vor-
sichtsmaßnahmen ergriffen: Auf dem Weg die Treppe
hinauf blieb er vor der Tür zur Wohnung von Rosalinde Kaul stehen und bückte sich zum Türschloss. Ein
winziger Tropfen Zahnpasta klebte auf dem Zylinder.
Klein genug, um nicht weiter aufzufallen, und doch
hinreichend deutlich, um daraus zu schließen, dass
seit gestern Abend niemand diese Tür geöffnet hatte.
Und folglich auch niemand eingetreten war und dort
jetzt Nachtwache hielt. Offenbar stimmte es: Detektivin Linda Broich hatte aufgegeben.

Fast fand Dietmar Pütz das ein wenig schade. Er
hätte sich eine zähere Gegnerin gewünscht, damit
sich der Sieg am Ende etwas heroischer anfühlte. Aber
bestimmt musste auch so eine Detektivin vor allem auf
Effizienz achten. Konnte es sich nicht leisten, sich in
einen einzigen Fall richtig zu verbeißen, während ihr
andere durch die Lappen gingen. Da musste man öko-

nomisch denken und auch schon mal den einen oder anderen Misserfolg abschreiben, wenn sich Aufwand und Ertrag nicht länger rechneten. So war es doch überall. Und am Ende auch bei den Investoren. Dieses Haus hier war doch für Rössners nichts weiter als eine anonyme Kostenstelle in der Buchhaltung. Für Käthe hingegen ein ganzes Leben. Und für ihn eine Zukunftsvision.

Schnaufend erreichte er den obersten Stock, wo seine Großtante ihn an der Tür empfing. Der Duft von Bratkartoffeln drang aus der Wohnung.

»Du solltest dich stärken, bevor du zur Tat schreitest«, sagte Käthe.

Er aß am Küchentisch Bratkartoffeln, die Käthe gerade für ihn gemacht hatte, sie saß dabei und schaute ihm zu. Es war schon nach neun und sie mochte so spät am Abend nichts mehr essen, da kriegte sie doch nur Sodbrennen. Pütz kriegte auch welches, aber das war egal, denn er kam ja sowieso nicht zum Schlafen.

»Ich glaube, er weiß es«, sagte sie ansatzlos.

»Was weiß wer?«, fragte Pütz mit vollen Backen.

»Der Pastor. Er weiß, was damals mit der armen Rosalinde passiert ist. Und warum.« Sie erzählte von der Liste, die Pfarrer Broich ihr am Abend zuvor gezeigt hatte.

«Das Mädchen hat ehemalige Nazischergen erpresst?«, fragte er. »Davon hast du nie erzählt. Dann wird es wohl einer von denen gewesen sein.«

Sie wich seinem Blick aus.

Im Kopf versuchte er, die neue Erkenntnis einzuordnen.

»Hast du davon gewusst?«, hakte er nach. »Von diesen Erpressungen?« Sie senkte den Kopf. Eine ungeheure Ahnung ergriff ihn. »Kanntest du einen der Namen auf der Liste? Stehst du etwa selber … nein, das kann doch gar nicht sein, dafür bist du viel zu jung.«

Da schluchzte sie plötzlich auf und rief: »Ich habe Rosalindes Blut über dieses Haus gebracht.«

Es konnte nicht stimmen, sie fantasierte oder was auch immer. Er hatte tausend Fragen im Kopf und wusste, dass jetzt nicht die Zeit dazu war.

»Das Blut an den Wänden ist mein Blut«, sagte er und klopfte mit der rechten Hand auf seine linke Armbeuge. »Und das werde ich jetzt ein allerletztes Mal verspritzen. Danach erzählst du mir, was damals war.«

Fast kam er sich vor, als flüchte er vor ihr, während er jetzt nach seinem Rucksack griff und den winzigen Quadrocopter hervorholte. Unter dem Bauch der kleinen Sprühdrohne klebte die gefüllte Spritze. Wie phänomenal dieses kleine Geschöpf der Technik doch war. Er hatte seine Flugkünste fast perfektioniert, er konnte die Drohne durch den Briefschlitz steuern und wieder zurück, er konnte haarscharf unter der Zimmerdecke fliegen und dem Gesichtsfeld der Kameras entgehen, heute Abend zum letzten Mal, wenn alles gut lief. Es würde ihm irgendwie auch fehlen.

»Willst du nicht wieder bis nach Mitternacht warten?«, fragte seine Großtante.

Pütz schüttelte den Kopf.

»Ich will es hinter mich bringen, bevor Frau Broich und ihr Helfer vielleicht doch noch anrücken.« Er bückte sich abermals und zog die Fernsteuerung aus dem Rucksack. »Drück mir die Daumen«, sagte er.

Dann schaltete er die Drohne an, nahm sie und die Fernsteuerung in die Hand, ging durch den Flur und öffnete die Tür. In diesem Augenblick begann der Quadrocopter in seiner Hand zu surren. Die Rotorblätter drehten sich und das Gerät hob sich ganz langsam aus seiner Hand wie ein Marienkäfer, den man aus einer Pfütze gerettet hat und den man nach ein paar Sekunden der Erholung aus der geöffneten Hand fortfliegen lässt. Völlig verdattert starrte Pütz auf die Steuerung, nahm sie in beide Hände und presste beide Daumen gegen die kleinen Joysticks. Aber die Drohne reagierte nicht, sondern kreiste einfach über ihm. Das Kameraauge glotzte ihn an. Er setzte die Steuerung ab und schnappte nach dem Quadrocopter, sprang hoch und noch mal, aber das Ding wich aus und vollführte einen Looping, als wolle es ihn verhöhnen, dann flog es hinab ins Treppenhaus. Pütz lief hinterher, die Stufen hinab, vorbei an der Spukwohnung und noch weiter nach unten, dann bremste er so scharf, dass sein eigener Schwung ihn beinahe zum Stürzen gebracht hatte.

Unten auf dem Treppenabsatz vor Orsan Tolus Wohnung standen Linda Broich und ihr Helfer mit dem Adler-Tattoo und ihr Bruder, der Pfarrer, und Tolu selbst, einen kleinen Tabletcomputer in der Hand. Die Drohne stand über ihren Köpfen, in Augenhöhe zu ihm, und schien beinahe zu grinsen.

»Was für eine verdammte Scheiße!«, fluchte Pütz und fixierte Tolu. »Du hast die Drohne gehackt, du Arschloch.«

Statt einer Antwort tippte Tolu auf das Display seines Tablets und ein dunkelroter Strahl schoss in Pützens Gesicht. Dieser schrie auf.

»Sorry«, sagte Tolu. »War ein Reflex.«

»Das nennt man wohl Eigenbluttherapie«, feixte Linda.

»Ach Gott, ach Gott«, rief Käthe Fischenich, die ihrem Großneffen nachgeeilt war. »Ach Gott, ach Gott.«

»Herr Pütz, wir müssen reden«, sagte Linda.

»Frau Fischenich, wir auch«, sagte Laurenz.

Wenig später hatten sich fast alle in Käthes Wohnzimmer versammelt: Käthe und ihr Großneffe, Linda und Laurenz und Olek, der zunächst mit verschränkten Armen neben der Tür stehen geblieben war, sich aber dann, als er überzeugt war, dass keine Fluchtgefahr bestand, in einen Sessel sinken ließ. Lediglich Orsan Tolu hatte sich unter Pützens Beschimpfungen in seine Wohnung zurückgezogen.

»Das wird er mir büßen«, sagte Pütz jetzt.

»Er konnte nichts dafür«, meinte Linda. »Ich hab ihn unter Druck gesetzt. Und Sie wollen doch einem alleinerziehenden Vater nichts zuleide tun. Besser überlegen Sie, was Sie nun machen.«

»Na, was schon«, brummte Pütz. »Sie werden zur Polizei gehen und mich anzeigen. Und dann ist Heike ebenfalls alleinerziehend für … was weiß ich? Wie lange muss man dafür in den Knast?«

»Ich denke nicht, dass Sie ins Gefängnis müssen, Herr Pütz«, erwiderte Linda. »Ich schlage vor, Sie zeigen sich ganz einfach selber an. Das würde Ihnen dann schon mal zugutegehalten werden. Und wenn Sie sich bereit erklären, das Spukzimmer da unten auf eigene Kosten zu renovieren, dann kann ich die Rössners vielleicht überreden, dass man Sie nicht wegen Sachbeschädigung belangt. Allerdings müssen Sie sich auf eine Schadensersatzforderung einstellen, vermute ich. Weil den Rössners ja einige Kaufinteressenten abgesprungen sind.«

»Das könnte denen so passen, diese …« Er brach ab und entschied wohl, sich nun lieber etwas zurückzuhalten.

Da Pütz nicht weitersprach und Linda auch nichts erwiderte, sah nun Laurenz seinen Part gekommen.

215

Er räusperte sich und begann: »Frau Fischenich, ein Gutes hat es nun, denn der Spuk ist wohl vorbei. Allerdings haben Sie sich gewünscht, dass Rosalindes Seele erlöst wird. Erinnern Sie sich an unser erstes Gespräch?«

»Ja«, sagte sie fast tonlos. »Sie haben gesagt, dass eher die Seele des Mörders erlöst werden müsste.« Sie schaute zu Boden.

»Ich glaube, es gab keinen Mord«, sagte Laurenz, »und darum auch keinen Mörder. Es war keine Absicht, nicht wahr? Sie können uns sagen, wie es passiert ist. Haben Sie miteinander gekämpft? Rosalinde und Sie?«

»Schluss damit!«, rief Pütz. »Sie haben kein Recht, Käthe so unter Druck zu setzen. Für wen halten Sie sich eigentlich?«

»Ist schon gut, Dietmar«, sagte die alte Frau und eine stumme Träne löste sich ganz langsam aus ihrem Augenwinkel. »Einmal muss ich es doch erzählen.«

Sie blickte Laurenz an, aber eigentlich schaute sie durch ihn hindurch in die Vergangenheit.

»Meine Mutter hat nie ihren Namen ausgesprochen«, flüsterte sie. »Sie hat sie immer nur die Hure genannt.«

Katharina Decker, genannt Käthe, ist ein anständiges Mädchen, das gar nicht richtig weiß, was eine Hure eigentlich ist. Sie hat eine vage Ahnung davon, eine Vorstellung, die ihr die Schamesröte ins Gesicht treibt, aber sie kann niemanden danach fragen, was es wirklich damit auf sich hat, denn ein anständiges

Mädchen spricht nicht über solche Dinge. Nicht im Kolonialwarenladen, wo sie seit dem Ende der Volksschule arbeitet, und schon gar nicht zu Hause bei Mutter.

Am liebsten würde sie Rosalinde selbst fragen. Diese geheimnisvolle junge Frau, die da ganz allein in der Wohnung ein Stockwerk tiefer lebt. Nur ein klein wenig älter als Käthe selbst, aber schon völlig frei, unabhängig. Hat keinen Mann, keine Familie, tut einfach, was sie will. Kommt und geht, wie es ihr passt, in ihren wunderschönen teuren Kleidern. Kein Wunder, dass Mutter sie hasst. Mutter hasst alles, was sich nicht anpassen kann, aus der Reihe tanzt. Alle müssen sich anpassen, sagt sie immer, wo kommen wir sonst hin?

Gottlob ist Käthe angepasst, sie tanzt nicht aus der Reihe. Obwohl das ja vielleicht mal ganz schön wäre, wer weiß?

Wenn sie Rosalinde im Treppenhaus begegnet oder im Hinterhof beim Wäscheaufhängen oder im Keller beim Kohlenholen, dann sagt sie artig Guten Tag, aber mehr auch nicht. Dabei gibt es so viel, was sie Rosalinde gern fragen würde. Doch wenn Mutter das mitbekäme, würde es eine ordentliche Tracht Prügel setzen. Mutter hat jeden Kontakt zu Rosalinde strengstens verboten. Als habe sie Angst, dass Käthe sich bei Rosalinde anstecken könnte. Mit was auch immer.

Doch eines Tages – auch fast siebzig Jahre später, als steinalte Frau, wird Käthe nicht sagen können, welcher Teufel sie da geritten hat – spricht sie sie an. Da kommt sie gerade aus dem Laden zur Mittagspause nach Hause. Rosalinde steht im Morgenmantel auf dem Treppenabsatz, offenbar ist sie eben erst aufgestanden und will nach der Post sehen.

Käthe stellt sich ihr keck in den Weg und fragt rundheraus: »Bist du eine Hure geworden, damit du morgens lange schlafen kannst?«

Gleich darauf brennen ihre Wangen wie Feuer, so rot wird Käthe von ihren eigenen Worten, warum nur hat sie das gesagt? Will sie Rosalinde verletzen? Provozieren? Sie aus der Reserve locken, damit Rosalinde etwas sagt oder tut, woraus vielleicht erklärbar werden könnte, warum Mutter dieses junge Ding so hasst?

Rosalinde stemmt eine Hand in die Hüfte, legt den Kopf schräg und fragt: »Du hältst mich für eine Hure, ja?«

»Ja«, sagt Käthe und nimmt all ihren Mut zusammen. »Jeder hier im Haus weiß das. Stimmt es etwa nicht?«

»Nein«, sagt Rosalinde. »Wer sagt denn das?«

Kurz zögert Käthe. Doch jetzt gibt es kein Zurück mehr.

»Meine Mutter«, sagt sie entschlossen.

»So, deine Mutter.« Etwas verändert sich in Rosalindes Gesicht. Es wird hart, aber zugleich spielt ein spöttischer Zug um ihre Lippen. »Nun – vielleicht hat sie ja recht, deine Mutter. Zumindest bin ich etwas Ähnliches. Willst du sehen, warum ich wurde, was ich bin?«

Käthe erstarrt. Sie ist zu weit gegangen, sie hätte niemals etwas sagen dürfen. Was hat Rosalinde vor? Sie sollte jetzt einfach den Kopf schütteln, eine Entschuldigung murmeln und an Rosalinde vorbei nach oben gehen. Aber die Neugier ist viel stärker. Stumm nickt sie, dann folgt sie Rosalinde in die Wohnung.

Die Wohnung ist schlicht, fast spartanisch eingerichtet. Käthe hat in ihrer jugendlichen Vorstellung ein Gewühl aus Samt und Seide und Plüsch erwartet, rote Kissen, rote Polster, doch nichts dergleichen gibt es da. Im Schlafzimmer stehen ein schmales Bett und eine sehr alte Kommode, beides scheint noch von vor dem Krieg zu stammen.

Ohne ein weiteres Wort dreht Rosalinde sich zur

Wand, wendet Käthe den Rücken zu, dann öffnet sie den Morgenmantel und lässt ihn bis auf die Hüften herabfallen.

Käthe schlägt die Hände vors Gesicht. Noch nie hat sie solche Narben gesehen. Nein – sie hätte niemals gedacht, dass ein Mensch überhaupt solche Narben haben kann.

Rosalinde schließt den Mantel wieder, dreht sich um, blickt Käthe ins Gesicht. Und was sie dann sagt, zieht Käthe den Boden unter den Füßen weg.

»Deine Mutter hat mir das angetan.«

»Nein ...«, stammelt Käthe und weicht einen Schritt vor Rosalinde zurück.

»Du weißt natürlich nichts davon«, fährt Rosalinde fort. Ihre Stimme ist leise, aber kalt wie Stahl. »Niemand weiß es. Und damit das auch so bleibt, bezahlt deine Mutter meine Miete.«

Käthe weicht noch einen Schritt zurück.

Rosalinde erzählt alles. Was sie als Mädchen in Brauweiler erlitten hat. Und dass Käthes Mutter später nach Buchenwald versetzt wurde. Aber da waren sie doch wegen der Bomben, denkt Käthe, sie waren doch evakuiert oder nicht? Und hat Mutter dort nicht als Krankenschwester gearbeitet?

»Nein, nein, nein!«, ruft Käthe, »das ist nicht wahr.«

Doch sie weiß, dass es stimmt. Alles. Alles ergibt auf einmal Sinn. All die Dinge, die Käthe als kleines Kind nicht verstanden hat. Und vor allem das ewige Schweigen. Sie macht noch einen Schritt rückwärts und noch einen und stößt gegen die Kommode, auf der allerlei Nähzeug liegt, Stoffe, Schnittmuster, eine lange, spitze Schere.

»Es bleibt unser Geheimnis«, flüstert Rosalinde. »Das Geheimnis von deiner Mutter und mir und jetzt auch von dir.«

»Unser Geheimnis«, murmelt Käthe.

»Für immer«, sagt Rosalinde. Jetzt klingt sie ganz sanft.

»Ja, für immer!«, zischt Käthe. Woher kommt die plötzliche Wut? Nein, keine Wut, es ist blanker Hass, Mutters Hass, sie spürt Mutters Hass überall in ihrem eigenen Körper, den Hass, den Mutter auf Rosalinde hat, den Mutter auf sich selber hat, den sie auf die Welt hat.

»Komm Kind, leg die Schere fort«, sagt Rosalinde. Sie hat keinerlei Angst, sondern bewegt sich langsam auf Käthe zu.

Käthe wundert sich – wie kam die Schere in ihre Hand? Warum schnellt ihre Hand plötzlich vor? Warum weicht Rosalinde nicht zurück?

»Mach keine Dummheiten«, sagt Rosalinde und kommt noch näher.

Käthe will nur fort, will an Rosalinde vorbei und zur Wohnungstür laufen, doch dafür muss Rosalinde aus dem Weg.

Ja – aus dem Weg muss sie! Denn wie sie da ganz dicht vor Käthe steht, dieser schmale Körper mit den entsetzlichen Narben, ist sie der lebende Beweis dafür, dass Mutter eine Bestie ist. Dass Käthes Kindheit eine Lüge ist.

Hat sie bewusst zugestochen? Oder nur aus Versehen, in dem Handgemenge bei dem Versuch, an Rosalinde vorbei und zur Tür zu kommen, während die ihr die Schere abnehmen wollte? War Rosalinde sofort tot, nachdem sie zurückgetaumelt und hingeschlagen war, mit dem Kopf direkt auf den Pfosten dieses altertümlichen Bettes?

Käthe weiß es nicht.

Und wird es auch als alte Frau nicht wissen.

All das Blut auf einmal, sogar an der Wand …

Sie verbarg das Gesicht in den Händen und schluchzte laut auf.

»Käthe, das …«, begann Pütz ratlos und sah Laurenz an.

Laurenz sagte schlicht: »Nehmen Sie sie in den Arm.«

Als hätte er dazu eine Anleitung benötigt. Er hockte sich neben seine Großtante und schlang die Arme um die schmalen Schultern der alten Frau und hielt sie fest.

Lange sagte niemand ein Wort. Linda saß gebannt da und der eigentlich hart gesottene Olek hatte einen feuchten Schimmer im Blick. Pütz sah immer noch völlig ungläubig aus.

»Mutter war an dem Tag nicht zu Hause, das war mein Glück«, flüsterte Käthe. »Ich bin hoch in unsere Wohnung, habe mich gewaschen und das Kleid, das ich an dem Tag trug, weggeworfen, es war voller Blut. Mutter habe ich erzählt, ich hätte es mir versehentlich an einem Zaun zerrissen, und dafür gab es Prügel.« Sie schluckte. »Mit niemandem habe ich je darüber gesprochen. Und lange Zeit war es für mich so weit weg, dass ich beinahe überzeugt davon war, es sei niemals passiert.«

»Ich hab diese alte Geschichte in dir aufgewühlt, richtig?« Pütz war geradezu bestürzt. »Nachdem die Rössners mit der Sanierung begonnen haben. Da meinte ich einmal scherzhaft, es sei doch schade, dass in diesem Haus kein Gespenst umgeht, denn das könnte doch die neuen Besitzer wieder vertreiben.« Er sah zu Linda, dann zu Laurenz und sagte: »Daraufhin hat Käthe mir erzählt, dass es hier einen Mordfall gegeben hat. Dass die Polizei ihre junge Nachbarin tot in der Wohnung gefunden habe und Blutspritzer an den Wänden ... und da ist mir diese Idee gekommen. Gott, Käthe ... wenn ich geahnt hätte ... Warum hast du mir das nicht erzählt?«

»Es ging einfach nicht«, flüsterte sie.

»Aber seitdem war das alles für Sie wieder da«, sagte Laurenz. »Und das haben Sie nicht mehr ausgehalten. Sie haben mich angerufen, weil Sie mit mir darüber sprechen wollten. Weil es einfach irgendwann einmal raus musste, egal, wie viel Zeit inzwischen vergangen war. Aber Sie hatten nicht die Kraft, es selber zu erzählen. Sie wollten, dass ich es herausfinde.«

Käthe Fischenich senkte den Kopf.

Da stand Pütz unvermittelt auf, funkelte die beiden Geschwister zornig an und sagte: »Machen Sie meinetwegen mit mir, was Sie wollen. Aber wenn Sie Käthe jetzt die Polizei auf den Hals hetzen, dann ...«

»Dann was?«, fragte Olek.

»Das war doch ein Unfall, ein Unglück«, rief Pütz. »Käthe war fast noch ein Kind. Es ist Jahrzehnte her. Wollen Sie etwa, dass man sie jetzt noch vor Gericht stellt?«

Er sah Laurenz beschwörend an, als hinge es von ihm ab. Auch Käthe sah ihn an. Linda sah ihn an. Olek sah ihn an. Warum sahen sie ihn alle an? Es war doch nicht an ihm, irgendein Urteil zu sprechen. Oder doch? Ihm fiel eine Statue von Petrus ein, der den Schlüssel zum Himmel in Händen hält, der Schlüssel wog Tonnen. Doch um den Himmel ging es hier gar nicht. Nur darum, ob es gerecht wäre, wenn die alte Frau sich vor Gericht würde verantworten müssen.

Laurenz räusperte sich und sagte: »Das hier fällt unters Beichtgeheimnis. Auch wenn wir nicht zu zweit, sondern zu fünft sind. Es gilt trotzdem.«

Das war natürlich blanker Unsinn. Oder auch nicht, er wusste es in diesem Augenblick gar nicht. Es spielte aber auch keine Rolle.

10

Samstag, 27. Oktober

Der Hinterhof des Hauses Bechsiefener Straße Nummer dreizehn lag größtenteils in goldenem mittäglichem Herbstsonnenschein. Auf dem einen Grill zischten Bratwürstchen, auf dem anderen schmorten Tofuspieße. Die Kinder von Orsan Tolu flitzten mit den Kindern von Dietmar und Heike Pütz und etlichen anderen Kindern durch die Gegend, während die Erwachsenen mit Sektgläsern in der Hand freundlich zurückhaltend darauf warteten, dass Laurenz seine kurze Ansprache beenden und endlich mit seinem Weihwasserschwengel das Haus segnen würde.

Die meisten hier kannten so etwas gar nicht und fühlten sich am ehesten an eine Schiffstaufe erinnert. Aber Birte Molzhagen hatte darauf bestanden, dieses Fest mit einer Segnungsfeier zu verbinden. Da wollte niemand widersprechen, schließlich hatte sie überhaupt erst ermöglicht, was nun hier entstehen sollte: das Genossenschaftliche Mehrgenerationen-Wohnprojekt Rosalinde. Denn tatsächlich hatte sie ihr Vorhaben wahr gemacht und den Rössners ein Kaufangebot unterbreitet, das diese schließlich annahmen und so zumindest mit einem kleinen Gewinn aus der Sache herauskamen. Zwischen ihnen und Dietmar Pütz war es daraufhin zu einer außergerichtlichen Einigung gekommen.

Sodann hatte Birte einen Pachtvertrag mit der Genossenschaft von Pütz und seinen Mitstreitern geschlossen und der Pfarrgemeinde den Nießbrauch eingeräumt

– wenn Laurenz das alles richtig verstanden hatte, es klang sehr kompliziert in seinen Ohren. Jedenfalls hatte Birte sich zugleich selbst in die Genossenschaft eingekauft: Sie tauschte ihren alten Bungalow gegen die ehemalige Spukwohnung, während die Familie Pütz nun ins Erdgeschoss ziehen wollte. Auch in den anderen Wohnungen wurde derzeit gewerkelt und renoviert und bald würde hier jeden Tag so viel Leben herrschen wie heute, an diesem Fest.

»Und dass diesem noch sehr viele Feste folgen werden und Ihre Gemeinschaft sich stetig weiterentwickelt und unter einem guten Geist steht«, rief Laurenz den neuen Bewohnern, Nachbarn, Gästen zu, »dazu wollen wir nun Gottes Segen erbitten.«

Sein Blick fiel auf Käthe, die in einem gepolsterten Gartensessel saß und versonnen in sich hineinlächelte. In den Tagen nach ihrem Geständnis hatte Käthe beschlossen, reinen Tisch zu machen und gemeinsam mit Laurenz zur Polizei zu gehen. Dort nahm man ihre Aussage zwar auf, doch die Staatsanwaltschaft gelangte zu dem Schluss, dass es sich nicht um Mord, sondern allerhöchstens um Totschlag handele, der insofern seit fast einem halben Jahrhundert verjährt sei. Viel entscheidender als das schien für Käthe aber etwas anderes zu sein: Durch die Ereignisse der letzten Wochen war Rosalinde dem Vergessen entrissen worden. Jetzt trug sogar das Haus ihren Namen. In gewisser Weise würde sie damit Käthe am Ende überleben und das, so kam es Laurenz vor, war für die alte Frau ein zutiefst versöhnlicher Gedanke.

Nachdem wenig später das letzte Amen gesprochen war und endlich die Würstchen und Tofuspieße zur Verteilung gelangten, gesellte sich Laurenz zu Linda, die mit Olek ein wenig abseits stand.

»Weißt du, was Olek mich gerade gefragt hat?«,

grinste sie. »Ob du unser Haus eigentlich auch mal gesegnet hast. Oder ob du's mal tun würdest.«

»Du hast nichts zu trinken«, sagte Olek zu Laurenz. »Ich hol mal Bier.«

»Bis jetzt ist noch niemand auf die Idee gekommen, mich darum zu bitten«, antwortete Laurenz überrascht. »Gott sei Dank hat es ja bisher auch noch nicht gespukt. Und außerdem würde mir da noch ein entscheidender Schritt fehlen.«

»Ach, und welcher?«

»Nun, dieses Haus hier hat uns seine Geheimnisse offenbart«, sagte Laurenz.

»Und das von Opa und mir nicht, meinst du also«, erwiderte Linda.

»Da sind einige Fragen offen. Hast du eigentlich jemals wissen wollen, wie Opa überhaupt darauf gekommen ist, Detektiv zu werden?«

»Ähm … nein. Ist das wichtig?«

»Ich glaube schon.« Er beugte sich zu ihr hinüber und sagte: »Wir müssen mal reden, du und ich. Mit Opa. Darüber, wo er in der Nacht vom 22. auf den 23. August 1944 gewesen ist.«

Da kam Olek wieder heran, drei Kölschstangen in der Hand. Die Geschwister griffen zu.

»Machen wir, Bruderherz«, versprach Linda. »Aber an einem anderen Tag. Prost.«

Laurenz Broich ermittelt weiter ...

Leseprobe

Magnus Mahlmann

Auf dem Feld schneiden sie des Nachts

Ein Fall für Laurenz Broich

ISBN 978-3-7616-3403-5

Ab Sommer 2020
im Buchhandel erhältlich.

J.P. BACHEM KRIMI

1

Mittwoch, 22. November

Er schob die alte Holztür gerade so weit auf, dass er durch den schmalen Spalt ins Innere der Scheune huschen konnte. Das Knarzen hatte niemanden geweckt. Draußen dämmerte der neue Tag, doch hier drinnen war es finster. Nur ein paar schmale Streifen fahlen Lichts fielen durch die Ritzen in der Wand und zeichneten Gitterstäbe auf die kleinen Atemwölkchen aus seinem Mund. Soweit er es erkennen konnte, war niemand mehr hier gewesen, nachdem er am Abend zuvor seine Vorbereitungen getroffen hatte. Er griff ins Stroh und fühlte das Holz der Kiste, die metallenen Beschläge, fuhr mit der Hand über den Deckel und bis zur Rückseite und ertastete den Strick.

Er hatte sich entschieden.

Ja, dafür stand er: Kaplan Paulus, der entschiedene Diener. Einfacher Arbeiter im Weinberg des Herren, demütig, bußfertig, aber entschieden. »Wer nicht mit mir ist, der ist gegen mich«, sagt Christus, der Herr.

Seine Eltern hatten ihn Paul genannt, Paul Scholten, sie hätten ihn ebenso gut Saul nennen können, dachte er. Vom Paulus zum Saulus hatte er sich gewandelt, genau in die falsche Richtung; war von einem Sehenden zu einem Blinden geworden, aber es war noch nicht zu spät. Noch konnte er handeln. Wobei der Vergleich mit Paulus/Saulus nicht recht passte. Eher war er Judas Iskariot.

Sind Verräter nicht auf ihre Weise wichtige Figuren der Weltgeschichte? Zumindest der Heilsgeschichte? Ohne den Verrat des Judas hätte es das Leiden und Sterben Jesu Christi nicht gegeben, keine Auferstehung, keine Erlösung von den Sünden. Trotzdem hat Judas sich danach erhängt.

Der Strick lag rau, schwer und überraschend warm in seiner Hand. Direkt über seinem Kopf verlief der tragende Balken. Kaplan Paulus ließ ein Ende des Stricks zu Boden, holte aus und warf es hoch und über den Balken, fasste zu und zog es zu sich heran. Obwohl sie ihn damals bei den Pfadfindern rausgeworfen hatten – zu reaktionär sei er, fast rechtsradikal! – wusste er immerhin, wie man Knoten knüpft.

Nein, nein, nein, von Advent wollte er nichts hören. Erst sollte das Christkönigsfest gefeiert werden, auch wenn ringsum schon die Weihnachtsmärkte öffneten. Zwar galt Laurenz als »liberal«, doch bei bestimmten Dingen war er durchaus konservativ und das Kirchenjahr gehörte dazu. Mit Entrüstung lehnte er darum die Spekulatius ab, die Nadeesha Ratnasiri ihm anbot. Gerade hatte er mit der Pfarrsekretärin einen Plausch gehalten, jetzt spähte er durchs Fenster des Pfarrbüros hinüber zum Portal der Kirche, das in einem unschlüssigen Novembermorgenlicht da lag. Gewöhnlich nahm er sich vor den ersten Terminen des Tages etwas Zeit, um ein paar Minuten in der dämmrigen Kirche zu sitzen, der Stille zu lauschen und seinen Gedanken nachzuhängen. Manchmal kam es aber auch zu überraschenden Begegnungen.

Und Nadeesha, die seiner stummen Überlegung gefolgt zu sein schien, sagte: »Ich habe vorhin einen Mann hineingehen sehen. Ich glaube, ein Mitbruder von Ihnen.«

»Wer – Pater Matthew?«

»Nein, den hätte ich doch erkannt. Ein Mann in Ihrem Alter etwa, kurzes Haar, graues Jackett, Kollarhemd.«

Laurenz lächelte und meinte: »Trotz des Priestermangels gibt es noch immer eine ganze Reihe von Kollegen, auf die diese Beschreibung zutrifft.«

»Nur auf Sie nicht«, erwiderte sie trocken.

Er blickte unwillkürlich an sich hinab. Im Kollarhemd fühlte er sich immer ein wenig eingeengt. Stattdessen trug er heute Jeans, Rollkragenpullover und ein altes Leinensakko mit einem kleinen Kreuz am Revers.

»Na, dann schau ich mal«, sagte er, trat aus dem Büro auf den Kirchplatz hinaus und begann sofort in seinem Leinensakko zu frieren. Es wurde nicht besser, als er die Kirche betrat und und ihm klar wurde, wer sich da in einer der hinteren Bänke niedergelassen hatte.

Monsignore Marc Wagner, Personalchef des Erzbistums Köln, hörte seine Schritte und erhob sich, setzte ein breites Lächeln auf und deutete auf den Platz neben sich.

»Ich wusste doch, dass ich dich hier um diese Zeit antreffe«, sagte er leise.

Laurenz schüttelte sich, um das Frösteln loszuwerden, aber es verschwand nicht.

»Was soll dieser Überfall, Marc?«, stieß er hervor. »Noch dreister als beim letzten Mal. Da hast du mich immerhin telefonisch vorgewarnt. Aber jetzt …«

»Lass mich doch erst mal erklären …« Marc hob

beschwichtigend die Hände, doch Laurenz ließ seinen einstigen Studienfreund und heutigen Vorgesetzten überhaupt nicht zu Wort kommen.

»Ihr habt mich gegen meinen Willen hierhin geschickt«, fuhr er fort, »gegen all meine Bedenken. Weil ich nun einmal dem Erzbischof und vor allem dem lieben Gott die Treue versprochen habe, bin ich natürlich brav hierher zurückgekommen, in mein eigenes Heimatveedel, um hier neuer Pfarrer zu werden. Und was soll ich sagen – es läuft. Einigermaßen. Jeden Tag ein bisschen besser. Ich kann hier was bewegen, hier ist was im Entstehen und ich habe mich sogar damit arrangiert, dass das Detektivbüro meiner Schwester direkt um die Ecke liegt und mein verrückter Mitbewohner aus dem Knast meinen verrückten Großvater betreut – und jetzt«, er holte tief Luft, »wollt ihr mich schon wieder woanders hin schicken?«

Marc Wagner wartete geduldig, dass Laurenz' Wortschwall versiegte, dann sagte er schlicht: »Wir schicken dich nirgendwohin. Jedenfalls nicht auf eine neue Stelle. Wir hören ja nur Gutes über dein Wirken hier. Dein seelsorgerisches Wirken – und was du … nun ja … sonst noch tust. Deswegen bin ich hier. Können wir uns bitte setzen?«

Laurenz zuckte mit den Achseln und ließ sich auf die Bank nieder, Marc hockte sich neben ihn und sagte fast im Flüsterton: »Es geht um Paul Scholten.«

»Dieser miese kleine Denunziant?«, zischte Laurenz. »Bitte sag mir nicht, dass du seinetwegen hier auftauchst.«

»Doch. Aber anders als du denkst. Ich weiß, du hast ihn gefressen, weil er sich vor ein paar Wochen über dich beschwert hat.«

»Beschwert?« Laurenz hielt mit Mühe seine Stimme unter Kontrolle. »Er hat mich beim Kardinal angeschwärzt. Wegen der paar Kondome. In der Nachbargemeinde machen sie das seit Jahren.«

Marc grinste nur. Laurenz' Pfarrei Sankt Magdalena betrieb unter anderen einen »Nachbarschaftsladen« in einer Hochhaussiedlung, der Lebensberatung und praktische Hilfen in allen erdenklichen Formen und Situationen anbot. »Kondome sind vielleicht Sünde, aber Abtreibung noch mehr«, setzte Laurenz hinzu.

Dieser Paul Scholten widerte ihn an. Er nannte sich schlicht Kaplan Paulus, war trotz seines Alters von Mitte Vierzig tatsächlich immer noch Kaplan und strebte wohl auch nichts anderes an, denn das ließ ihm offenbar die Freiheit, sich mit allerlei sehr zwielichtigen Gruppen einzulassen, die Messe nur im außerordentlichen Ritus zu feiern – auf Lateinisch und mit dem Rücken zur Gemeinde – und bei jeder Gelegenheit unkatholische Vorgänge anzuprangern beziehungsweise Dinge, die er für unkatholisch hielt.

»Mit der Formulierung, was du sonst noch tust, meine ich was anderes«, erwiderte Marc. »Ich habe gehört, dass du dich zusammen mit deiner werten Schwester als Detektiv betätigst.«

Laurenz wollte gleich wieder aufbrausen, doch diesmal war Marc schneller.

»Ich komme nicht, um dich deswegen zu tadeln, falls du das denkst. Im Gegenteil.« Er senkte die Stimme noch weiter und sagte: »Ich brauche deine Hilfe. Detektivische Hilfe. Paul Scholten ist spurlos verschwunden.«

Laurenz sah Marc einen Augenblick lang reglos an, überlegte kurz, ob heute der erste April wäre, doch es war und blieb November. Er schüttelte den Kopf.

»Da musst du dich an Linda wenden. Oder am besten gleich an die Polizei.«

»Geht nicht«, erwiderte Marc. »Das muss vollkommen vertraulich behandelt werden.«

»Das Detektivbüro Broich steht seit drei Generationen für absolute Diskretion«, sagte Laurenz und klang plötzlich wie sein eigener Großvater.

»Ich bitte dich nicht als Personalchef. Sondern als Freund.«

Laurenz zögerte lange.

Dann räusperte er sich und sagte: »Okay, ich kann dir vielleicht helfen. Aber nicht auf eigene Faust. Nur gemeinsam mit Linda. Und ihr müsst sie dafür anständig bezahlen.«

»Geld ist unser geringstes Problem«, murmelte Marc.

»Wir können gleich zu ihr gehen«, sagte Laurenz und erhob sich.

Marc folgte ihm zum Ausgang.

»Das Haus meiner Schwester, wo auch die Detektei liegt, ist nur zwei Straßen von hier«, erklärte Laurenz.

Doch den Weg konnten sie sich sparen, denn direkt vor dem Portal stand Linda, die Lederjacke bis oben zugeknöpft und derart blass, dass das kleine Nasenpiercing in ihrem käseweißen Gesicht richtig zu leuchten schien.

»Ich muss mit dir reden«, presste sie hervor.

»Oh, wir auch mit dir, Schwesterherz«, lächelte Laurenz und deute auf Marc, um beide miteinander bekannt zu machen. »Das ist ...«

»Allein«, sagte sie tonlos. »Jetzt gleich.«

Laurenz runzelte die Stirn, machte eine entschuldigende Geste in Marcs Richtung und ging mit Linda ein paar Schritte auf den Platz hinaus.

»Was ist denn los?«

»Ich brauche deinen Rat.« Sie flüsterte beinahe so wie Marc vorhin. »Als Bruder ... und als Seelsorger. Also weißt du ... Olek und ich ...«

»Ja, ich weiß«, nickte er und grinse. »Ich bin ja nicht blind. Das sieht ja jeder, dass da was zwischen euch läuft. Und von meiner Seite ...«

»Ich habe wirklich ein moralisches Problem«, unterbrach sie ihn.

Irgendetwas belustigte ihn daran. Das war nicht fair von ihm, und zu keinem anderen Menschen würde er an dieser Stelle etwas Doofes sagen, aber sie war und blieb nun einmal seine kleine Schwester und er der große Bruder, der einen doofen Spruch halt nicht herunterschlucken konnte. Er sagte leichthin: »Im Nachbarschaftsladen kriegst du kostenlos Kondome.«

Da sah sie ihn ernst an und erwiderte: »Dazu ist es zu spät.«

»Bitte?«

Ihre Lippen bebten.

»Laurenz, ich bin schwanger«, flüsterte sie. »Ich ... hab überhaupt keine Ahnung, was ich jetzt tun soll.«

Mord im Veedel:
Pfarrer Laurenz Broich ermittelt

Der ehemalige Gefängnispfarrer Laurenz Broich
stolpert – eher unfreiwillig – in seine erste
Ermittlung. Kaum angekommen als neuer Pastor
in seinem Kölner Heimatveedel, überschlagen sich
die Ereignisse und Broich muss Schwester Linda,
die das elterliche Detektivbüro leitet, unter die
Arme greifen …

Ein Regionalkrimi mit Charme und authentischen
Charakteren, der beste Unterhaltung bis zum
Schluss verspricht!

**„Die Stärke des Romans
ist seine Nähe zur Realität."**

Robert Boecker,
Chefredakteur
Kirchenzeitung Köln

Magnus Mahlmann
Was die Gottlosen planen
Der erste Fall für Laurenz Broich
240 Seiten
ISBN 978-3-7616-3271-0
12 Euro

Magnus Mahlmann

Was die
Gottlosen
planen

Der erste Fall
für Laurenz Broich

J.P. BACHEM KRIMI